最強魔法師の
隠遁計画
13
The Greatest Magicmaster's Retirement Plan

シセルニア
若き美貌の元首。恐るべき洞察力と知略の持ち主だが、万事を「ゲーム」扱いするタガの外れた一面も。
アルス・レーギン
現役1位にして世界最強の魔法師。シセルニアの思惑とリリシャの抱える問題に巻き込まれ、力を振るうことに。

リリシャ
アルスの監視役としてやってきた編入生。実は暗殺を生業とする貴族一家の出身で、悩みと精神的な脆さを抱える。
ファノン・トルーパー
クレビディート所属のシングル魔法師。傘型AWRを操る防壁系魔法のスペシャリストだが、少々クセのある性格。

「逃げるなら、地面に頭をこすりつけて私に謝ることね」
「言わせておけば、まったく生意気な！」

最強魔法師の隠遁計画 13

イズシロ

HJ文庫
945

最強魔法師の
隠遁計画

The Greatest Magicmaster's Retirement Plan

CONTENTS 13

Presented by IZUSHIRO　Illustrator MIYUKIRURIA

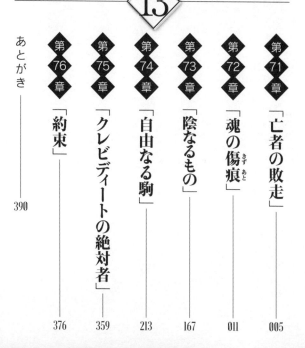

第71章「亡者の敗走」

どろどろとした熱い釜《かま》の中を彷徨《さまよ》っている気分だった。

生きてきた歳月《さいげつ》は、人としての経験に変わる。それはきっと魂《たましい》に蓄積《ちくせき》されていくのだろう。外敵から身を守るために、心を保護するために、魂を経験という殻《から》で覆《おお》う。

誰《だれ》も彼《かれ》もきっとそんな風に厚い殻で、自分を大切に守っているのだ。

なのに、私の足は、そんな自分の魂から剥《は》がれ落ちた殻を踏《ふ》み締《し》めていた……。

◇◇◇

虚《うつ》ろな目で夜道を歩く。

皮膚《ひふ》に浮《う》く汗《あせ》が嫌《いや》に冷たく、それでいて火に炙《あぶ》られているような高熱が、身を焼いていた。どこもかしこも焼けるように熱く、だからこそ汗が時折神経を刺《さ》すように冷たく感じられた。

裸足《はだし》で目的もなく歩き続ける。

逃《に》げるように足を引き摺《ず》り続ける。

酷《ひど》い痛みを感じつつも、彼女《かのじょ》の足は「家」から遠ざかろうと動き続ける。

背中から破かれた服の下は、目を覆いたくなるような蚯蚓《みみず》腫《ば》れの痕《あと》となって、熱を発し続けていた。


「はぁはぁはぁはぁはぁはぁ……」

呼吸音がどこから聞こえているのかも判断できなかった。自分が能動的に発しているのか、それとも己《おのれ》の中に虚ろに響《ひび》いているだけなのか。

これまでの人生全《すべ》てが崩《くず》れ去り、自分を守っていた殻がボロボロと崩壊《ほうかい》していく音だったのかもしれない。

そしてリリシャの足は魂の支えを失ってただ彷徨う。何度も気を失いかけ、どれだけ歩いたかすらも覚束《おぼつか》ない。

意識は混濁《こんだく》しているというのに、背中の熱だけは時折、何時間か前の出来事を、鮮明《せんめい》に思い起こさせる。そしてリリシャは恐怖《きょうふ》に染まった怯《おび》えた顔で後ろを振《ふ》り向くのだ。

捨てられた。処分された。

リリシャが唯一《ゆいいつ》望んだ役目を解かれ、無残に刻まれた無能者の烙印《らくいん》が、背中を炙り続ける。

「私の、私の居場所が……」

虚ろに呟《つぶや》きながらも、黄泉路《よみじ》を彷徨う亡者のように、リリシャはその足を止めることはなかった。フリュスエヴァンという家から追放された自分に、一片《いっぺん》の存在意義も感じることはできなかったのだ。

兄に支配されながらも同時に依存《いぞん》しつつ、実力主義の家風の中で、必死に自分という存在を保ってきた。ただ居場所という名目の虚《むな》しい空間《スペース》を確保されているだけで、どこか安堵《あんど》することができた。

【アフェルカ】の一部になれた。己だけはそう感じていたことで、リリシャはその場所に、より深く依存していった。

それだけしか、自分が自分として、家に、兄に認められる方法はなかったのだ。

だいぶ前、長兄《ちょうけい》が【アフェルカ】からいなくなったその理由を考えてみれば、度重《たびかさ》なる任務の失敗その他《ほか》、思い当たる節はいくつもある。

何より、長兄は殺しを拒絶《きょぜつ》した。それはすなわち、フリュスエヴァンのみならず、リムフジェ一族の存在意義の否定だ。

リリシャは本当のところ、長兄が軍に入った時点で、彼が見下げ果てた存在に落ちぶれたと感じていた。フリュスエヴァンの使命を投げ出し、自分一人、陽《ひ》の当たる道を行こうなどと、リムフジェ一族の宿命に唾《つば》を吐《は》く行為《こうい》に等しいからだ。

でも同時にそれが、気の優《やさ》しい長兄が必然的に選ぶことになった道であることも、理解はしていた……そう、分かってはいたのだ。

痛みと疲労《ひろう》に濁《にご》り切った意識の中で、何故《なぜ》かリリシャはそんな風に、久しく頭の片隅《かたすみ》にすら思《おも》い浮かべたことがない長兄のことを考えていた。

長兄——ジルを自分なりに理解していて、同時に軽蔑《けいべつ》してもいた。でもレイリーはそんなジルを追放したと言った——今の自分のように、落伍者《らくごしゃ》の焼印を刻ませた上で。

虫の良い話だが、今だからこそ、ジルの気持ちが分かるような気がした。長兄もまた、きっと必死にフリュスエヴァンというものに染まろうとして、ついに果たせなかったのだろう。

ただ、そもそも家風自体が、常軌《じょうき》を逸《いっ》していた。この家では、魔力《まりょく》操作や暗器の使い方に始まり、それこそ幼少の頃《ころ》から、殺しのための教育が行われるのだから。

だが、それでもこの家に在り続けようとするならば、ジルもリリシャも、最初からどこかに欠陥《けっかん》があったのかもしれない。

しかし、そんな欠落を努力で埋《う》めるべく、これまでリリシャは必死に足掻《あが》いて来たつもりだ。日々の鍛錬《たんれん》は怠《おこた》らなかったし、ときには相談役に訓練を付けてもらい、死《し》にもの狂《ぐる》いで技術を磨《みが》いてきた。

結果、殺しも徐々《じょじょ》にこなせるようになって来ていた。所詮《しょせん》ターゲットは、軍でも手を汚《よご》したがらない外道《げどう》や人間の屑《くず》ばかり。これはこれで一つの正義なのだと割り切ることも、さほど難しくはなかった。

だが、本家の者として、リリシャは如何《いかん》せん「資質」を欠いていたのだろう。分家と比《ひ》較《かく》してすら、リリシャは誰よりも弱く非才だったのだ。そう考えると、未熟を通り越《こ》して、いっそ己が憐《あわ》れですらある。

だが一方で、そんな自分だからこそ、せめて少しでも役に立とうと……。

これまでずっと、リリシャの神は、次兄《じけい》レイリーであった。

兄に認められることこそ至上の栄誉《えいよ》であり、それが何よりの望みだった。

そのために全てを捧《ささ》げてきたつもりだったが、もはや彼女が心血を注いできたそんな信《しん》仰《こう》の祭壇《さいだん》は、脆《もろ》くも崩れ去ってしまった。十年以上も築いてきた、身を守る殻が剥がれ……そしてそれをリリシャは、耐《た》え難《がた》い痛みと引き換《か》えに、一歩ずつ踏み締めていく。

焼けつく身体《からだ》の痛みと疲《つか》れを引きずって、リリシャは歩く。
そして、這《は》うようにして辿《たど》り着いた地は……。

第72章「魂の傷痕《きずあと》」

アルスは、ようやく戻《もど》った自分の研究室で、昨晩の出来事について考えていた。

調べものをしながらではあるが、やはり思考はおのずと同じところに戻ってくる。

あの夜、アルスの周りで起こった一連の出来事。

【貴族の裁定《テンブラム》】のための話し合いを終えたはずが、再びフェーヴェル邸《てい》に向かう羽目になり――成り行きとはいえ、屋敷《やしき》に忍《しの》び込んだリリシャを救うことになってしまった。

あの時、セルバとリリシャの戦闘《せんとう》に介入《かいにゅう》したことは良かったのか、悪かったのか。

ただ、アルスが介入しなければ、確実にリリシャは死んでいただろう。短い付き合いではあるが、フェーヴェル家お抱《かか》えの執事《しつじ》を相手に、リリシャでは力不足なのは火を見るよりも明らかだ。そもそも暗殺者として忍び込んだ以上、セルバに手心を加えてやる道理はないのだから。

（余計なことに首を突っ込んだか。いや、突っ込まされた？　ああ、それも違《ちが》うか）

システィの言葉がきっかけではあったが、結局、選んだのはアルス自身だ。まさか彼女があの〝大侵攻時〟の話を持ち出すとは思わなかったが、実は話に乗ってやった部分は少なからずある。

それにしても、あらゆる因果が、何だか上手《うま》く回りすぎているのも事実。自分やリリシャ、フェーヴェル家に加え、あのシスティですら、誰かの掌《てのひら》で転がされていたかのようではないか。

「だとすると……さて、この妙《みよう》な舞《ぶ》台《たい》の演出担当と、操《あやつ》り人形《にんぎよう》の操者は一体誰か……」

アルスは僅《わず》かに口端を持ち上げて独白した。

どこからこの妙な計画が始まったのか？　表面上はそうと悟《さと》られないよう、巧妙《こうみよう》に覆い隠《かく》された策略と手練手管。裏にいるのは、きっと智謀《ちぼう》に優《すぐ》れ、人を使うことにかなり長《た》けている者だろう。

その舞台の演者達《たち》は、己の意志で動いているかのように見えて、全てが首謀者《しゆぼうしや》の意図に沿って動かされている気がしてならない。何より巧《たく》みなのは、演者達に「そのこと自体」すらも悟らせない手腕《しゆわん》。

（理事長の言う通り、ベリックが一枚噛《か》んでいるのは間違《まちが》いないが）

そもそも、リリシャが計画に組み込まれているのなら、彼女をアルスの許《もと》に寄越《よこ》したべリックが〝黒〟なのは当然のこと。

ただ、政治的手腕に熟練しており、相手の意志を読むことはおろか逆に操ることにも長けているベリックの意図は、巨大《きょだい》な迷宮《めいきゅう》のように複雑怪奇《ふくざつかいき》に入り組んでいる。彼の心の奥《おく》の奥、本当の意味での真意というなら、アルスですら解き明かすのは困難である。

ただ、今回彼がこれらを計画したとするならば、どうも全体にベリックらしさがない。

いずれにせよ、最終的な目的さえ分かれば一連の出来事に道筋を立てられるのかもしれないが。

「アルス様……調べもの、手についていませんよ？」

ロキによる、全てを見透《みす》かされているような指摘《してき》だった。昨夜、アルスがフェーヴェル邸へと引き返した後、そこで何が起こったのか。テスフィアとロキには実のところ、まだ知らせていない。それは、アルス独特の直感のようなものだ。

「少し考え事をな。ま、取り越し苦労《ぐろう》で済めば良いんだが、ちょっとした懸念《けねん》もある」

このことにベリックが絡《から》んでいるなら、アルスを無駄《むだ》に巻き込むような選択《せんたく》は取らないはずだ。だからこそ、そこには何かの意図があるとみて間違いないだろう。

とはいえ、その読みが信頼《しんらい》できるかというと、必ずしもそうでない部分があるので頭が痛いところである。

なんといっても、彼は軍のトップ、そしてアルスは、未《いま》だアルファの軍人だ。

腐《くさ》れ縁《えん》というか、過去の様々な経緯《いきさつ》に、互《たが》いに縛《しば》られている関係ではあるが、ベリックがアルスに何かを求めたとして、それをあからさまに拒絶することは、駄々《だだ》をこねる子供のようなものだということはアルスにも分かっている。

そもそもこの一連の出来事に裏があること自体、システィに知らされるまで気づけなかったのは、偏《ひとえ》に彼が人の機微《きび》に疎《うと》いからだけではない。何よりも、アルスの鋭《するど》い警戒《けいかい》本能を呼び起こすような、彼に対する明確な悪意めいたものが、この計画には存在していなかったからだ。

(どうも、どことなくフワフワしているというか……この計画には、明確な道筋がないように思えるな。要所要所で、確実に己が望む結果に導こうとする強引《ごういん》さがない)

それはつまるところ、結果に執着《しゅうちゃく》していないということ。計画自体はかなり綿密に立てているにも拘《かか》わらず、明確な結果を望む性急さが感じられない。システィからの情報があったとはいえ、アルスがあの時リリシャのために動くかどうかは、選択者《せんたくしゃ》であるアルス自身ですら、五分五分の賭《か》けだったように思う。

それでいて、敷《し》いた道筋から大きく逸《そ》れないように、しっかりとガードレールで両脇《りょうわき》を固められているような窮屈《きゅうくつ》さだけがある。

（やはり、ベリック〝だけ〟じゃないだろうな。まったく性根《しょうね》の腐った顔が浮かぶようだ）

まだ見ぬ首謀者への悪態を吐《つ》いて、アルスは、目の前にかかった靄《もや》を晴らすように頭《かぶり》を振って、溜《た》め息《いき》を一つ吐いた。

「ほら、また……全然話を聞いていませんよね、アルス様？」

「ん？　まあ、ここでいくら考えていても、こちらからアクションを起こすわけにもいかんか。どの道、俺《おれ》らには先立ってやることがあるわけだしな」

「脈絡《みゃくらく》がないのですけど、でしょうねと返しておきます。さあ、そろそろアルス様が何か言わないと、あの二人が真面目《まじめ》に訓練に取り組めないようですよ」

「ふん、魔力操作の初歩で躓《つまず》いているくせに、手を休めてるとは、余裕《よゆう》があるようで何よりだ」

アルスが見やった先、研究室の広いスペースの中には、いつもの光景が広がっている。

いや、正確にはテスフィアとアリスが日課の訓練に精を出している――はずだったのが、ロキの言う通り、どうやら二人は、全然集中できていないようだった。

アルスの呟きが聞こえたらしく、二人は手を止めて、一度互《たが》いに顔を見合わせる。

「いや、これも大事なのは分かるんだけどさ」

「そうそう、フィアは今大事な時期なんでしょ？　【テンプラム】だったっけ？　やっぱりその対策とか、考えた方が良いんじゃないかな?」

一応、二人には、ここで今【テンプラム】対策より訓練を優先する理由を伝えていたのだが、やはりテスフィアの人生が懸《か》かっているだけに落ち着かないのだろう。

気持ちは分かるが、ウームリュイナ家のアイルからは【テンプラム】の詳細《しょうさい》な通達はまだ来ていない。だとすれば、至らぬ者同士が少ない知恵《ちえ》を出し合っても、たかが知れているわけで。

アルスの結論は――。

「いや、あえて普段《ふだん》通りの訓練を続ける。魔力操作の訓練は、何をするにしても、常に基《き》礎《そ》の基礎だからな」

本音を言えば、テスフィアには【テンプラム】の概略《がいりゃく》だけでも理解してもらいたいところだが、そこは自主学習で補ってもらうとして。

アルスの興味は今、多種ある中のどのルールで行われるかすら定まっていない【テンプラム】ではなく、フェーヴェル家の継承魔法《けいしょうまほう》の方にこそ向いている。

特にフェーヴェル家でフローゼ・フェーヴェルに言われた言葉が、彼の探求心に火をつけたと言っていいだろう。

いわく、継承魔法の習得はアルスでも不可能だ、と。再現することはおろか、偶然到達《ぐうぜんとうたつ》

ではない。

したものが似通ってしまうこともないだろう、とまで言われては、黙《だま》っていられるアルス

「ねぇ、フィアはそれでいいの？　二人を見てると、なんだか深刻な感じしないんだよぉ。

二人とも、もしかしたらこの学院だって、辞《や》めなくちゃいけなくなるんでしょ？」

心配顔のアリスからすれば、【テンブラム】のリスクが気になって仕方ないのだろう。

考えてみれば、それは当然のことのはずなのだが。

「確かにそうなんだけど、ここまで来たらなるようになるって言うのかな？　ほら、アル

があんな感じでしょ？　私まで毒気が抜《ぬ》かれちゃったっていうか」

テスフィアは頬《ほお》を掻《か》きつつ苦笑《くしょう》した。だがそんな仕草は、アリスから見れば、ちょっと

した現実逃避《とうひ》にも見えてしまう。

「アルのせいってことかなぁ？　でも、私だけ蚊帳《かや》の外なんだから……どうしたって、心

配だし不安になっちゃうよ」

アリスの声に、ちょっとした悲《ひ》壮感《そうかん》が交じった。そう、彼女は部外者だからこそ何も知

らされておらず、そのぶんだけ、誰よりも事の重大さを深刻に受け止めているのだろう。

「アリスさん、確かに今回の一件は非常に大きな問題ではあります。アリスさんの心中も

分かりますし、かく言う私も、声に出さないだけで気持ちは同じですよ」

ロキが眉尻《まゆじり》を心持ち下げて、そっとアルスの心中に寄り添《そ》うかのように言う。その言葉は、いっそこの件には無関心にすら見える主――アルスの寡黙《かもく》さに対する、困惑《こんわく》の念が滲《にじ》んでいるようだ。それでもロキは、せめてもの楽観的要素を見出《みいだ》そうとするかのように、言葉を続けた。

「ただ、よく考えると、そこまで深刻にならなくてもいいのかもしれませんね。確かに【テンブラム】の敗北は、そのままテスフィアさんの人生の敗北と言っていいでしょう。もちろん、アルス様とて被《こうむ》るデメリットは同じ。現1位がウームリュイナ家に膝《ひざ》を屈《くっ》するとはいかずとも、大きな借りを作ったとなれば、政治的にも大きな波紋《はもん》が生まれるでしょうし、その結果アルス様の身辺に起こるだろう厄介《やっかい》事は、全てが自由を奪《うば》う拘束《こうそく》具となり得ます。ですが、アルス様の完全な拘束は、軍でさえなし得なかったことです。いくらウームリュイナ家とはいえ、一介《いっかい》の貴族がどうこうできる問題ではありませんから」

それから、ロキは小さく不安げな息を一つ吐いて。

「でも、軍上層部やアルス様の力を理解する高官の方々の反応は、正直気になりますね。いざという時、彼らはどのような行動を取り得《う》るでしょうか……？」

このロキの疑問にテスフィアは。

「ん～、軍のことは今一つ分からないけど、軍部とも繋《つな》がっている貴族は普通《ふつう》問題視するわよね」

「貴族間での抗争《こうそう》を招くかもしれませんね。お二人は、アルファが現役《げんえき》1位たるアルス様を擁《よう》することでもたらされる多大な恩恵《おんけい》を、どこまで理解されていますか？」

「確かにノブレス・オブリージュ……〝高貴なる者の義務〟、ひいては力ある者には責務がある、なんて標語を掲《かか》げる貴族なら、黙っているわけないわね。なんといっても、1位の魔《ま》法《ほう》師なんだから戦力的に魔物に対する切り札なわけだし、それをわざわざ学院に通わせておくっていうのも」

テスフィアの呟くような言葉は、常識的ではあるが、疑いもなく正鵠《せいこく》を射ている。

「その通りです。各国の第一優先課題は、常に魔物の存在ですから。つまり最強の魔法師を擁することは、国政だけでなく外交の場でも大きな力と発言権を持つことに繋がります。もちろん私は一介の軍人ですので門外漢な部分はありますけど、アルス様に何事かがあれば、周囲は今以上に騒《さわ》がしくなるでしょう。そうなれば、きっとこの学院での日常なんて消し飛びます」

滔々《とうとう》と話すロキだったが、アルスとしては当然、そんな事態は御免《ごめん》こうむりたいところだ。だいたい、ウームリュイナに貸しを作った上でそんな大騒動《だいそうどう》にまで発展すれば、アルスとしては泣きっ面《つら》に蜂《はち》も良いところだ。いったいいつまで軍や政治がらみの面倒《めんどう》事に巻き込まれ続けるのか、想像すらしたくない。

「ま、万が一そんなことになったら、この国《アルファ》を捨てるがな」

「はいっ⁉」

「んんっ⁉」

テスフィアとアリスが、いかにも聞き捨てならない、といった風な頓狂《とんきょう》な声を同時に発する。だが、ロキはあくまで冷静に続ける。

「お二人にとっては悪い知らせになるでしょうが、そういう手段も取りうるということです。そうなれば、もはや軍はおろか、国の中枢《ちゅうすう》さえも穏《おだ》やかではいられないでしょう」

国を捨てると言えば人聞きが悪いが、奇《く》しくもその行動は、アルスにとっては人知れず隠遁《いんとん》生活を始めるに等しいもの。平穏《へいおん》を望むのなら、寧《むし》ろ好都合とさえ言えるかもしれなかった。教えを受けている最中で見捨てられる形になる二人には悪いが、確かに「最悪」を想定した場合、国を捨てる手段は十分に〝有り〟なのだ。

実のところ、ちょうどルサールカに行く用事もある。かの国の元首・リチアに、アルスは招待を受けている。だとすれば、いかに長期滞在《たいざい》になり居座《いすわ》り続けても、向こうは大歓《だいかん》迎《げい》してくれるだろう。

「イヤイヤイヤ、それはないでしょ！」

「ちょっとアル、話が飛躍《ひやく》しすぎじゃないかな？　そ、それはさすがに、ねぇ、フィア？」

アリスに全面的な同意を示すべく、まるで首振《ふ》り人形のように、コクコクと必死で頷《うなず》くテスフィア。アルスはそれを冷ややかに眺《なが》めつつ、さして興味もなさげに。

「ま、どうせそんなことにはならんだろ。俺としてはあくまでこの一件に〝巻き込まれてやった〟だけであって、正直、そこそこ面白《おもしろ》い展開になるのを期待しているぐらいだ。寧ろやる気はあるぞ、これでもな」

アルスはアイルとの会談中に、リリシャが見せたいくつかの反応のことを思い出しながら言った。

政治には疎いアルスだが、リリシャのあの態度は、明確にアイルが企《くわだ》てている様々な謀《ぼう》略《りゃく》を感じ取ってのものだろう。

そもそもアイルのウームリュイナ家は、例の婚約《こんやく》証書にまつわる不正行為や各所での政治的暗躍《あんやく》など、叩《たた》けばいくらでも埃《ほこり》が出てきそうな、いかにも〝貴族らしい〟一族だ。別に正義漢ぶって非を鳴らすつもりなどないが、どの道、【テンブラム】関連のことはフェーヴェル家に任せている以上、アルスとしては何もすることがないのも事実なのである。

人を食ったというか、いっそ余裕すら感じられるアルスの態度に、テスフィアは「ほら、言った通りでしょ？」とばかりに肩《かた》を竦《すく》め、アリスも半ば諦《あきら》めた様子で、小さく溜め息を漏《も》らした。

「分かった、アルがそう言うなら……でも、二人の大事なことなんだから、あまり軽く見ちゃダメだよ？　ちゃんと考えなきゃいけないんだからね？」

「分かった分かった、それより、訓練の続きはどうなった？」

一先《ひとま》ず、アリスから頂いた有難《ありがた》い忠告を聞き流すようにして、アルスはいつもの訓練へ
——研究室の日常への回帰を二人に促《うなが》す。それから徐《おもむろ》に立ち上がると、アルスの態度は、たちまち恒例《こうれい》の教師モードへと切り替《か》わった。

実のところ、彼女らの魔力操作技術は、昨今大きく向上している。とはいえ、それだけで生き抜けるほど、外界は甘《あま》くないのも事実だ。

「さて、ここらで一度、お前ら二人と……あとロキにも、新魔法の習得に専念してもらうタイミングを作る。もちろん別途《べっと》、各自での魔力操作の訓練は継続《けいぞく》してもらった上で、だが」

今の一言で室内の空気はガラリと一変して微《かす》かに空気が張る。

「「新魔法⁉」」

「本当ですか⁉」

ソファーに座《すわ》った生徒二人とロキの表情からは、分かりやすいほどの興奮ぶりが伝わっ

てきた。顔が綻《ほころ》び、瞳《ひとみ》が好奇心《こうきしん》を映してパッと輝《かがや》いたかと思うと、たちまち急《せ》かすように姿勢が前のめりになる。ロキですら、魔法習得のチャンスとなれば、ついつい気分が浮かれるのは避《さ》けられなかった様子だ。

（本来なら、完全にマスターして初めて喜ぶべきなんだろうが。悠長《ゆうちょう》に時間を掛《か》けてられないからな）

本来なら、魔法式の完璧《かんぺき》なる理解、術式構造を一つ一つ辿って把握《はあく》していくという道のりには、気が遠くなるほど長い時間が必要となる。今の主流は、発現後のイメージを媒介《ばいかい》としてAWRの機能にも依存したものだが、そのやり方では、手続きを簡略化した分だけ魔法としての完成度は劣《おと》るのが普通だ。

アルスとしてはそんな粗製《そせい》乱造めいた習得法には疑問を覚えざるを得ないが、かといって、チマチマ勉強会を開いている時間もない。

結局は残念ながら、アルスが諸々《もろもろ》を噛み砕《くだ》いて伝え、各々《おのおの》に理解させることから始めなければならないのだ。

それにしても、とアルスは喜びの色を隠せない三人の様子を、少し冷ややかに見つめた。

こんなことでもないと、三人の意欲を引き出せないというのは如何《いかが》なものか。つくづく、魔法師という生き物の呆《あき》れた本質を垣間見《かいまみ》た気分だった。つまるところ魔法師は、魔法に取り憑《つ》かれている人種だとも言える。選ばれた才能ゆえに、人よりも有能である証明を求める。結果、新たな魔法の力を手にすることで、抗《こう》しがたい優越感《ゆうえつかん》を得られるのだろう。ただロキはともかく、優秀《ゆうしゅう》とはいえ魔法師の雛《ひな》でしかない二人のそんな優越感など、外界に出れば一発で砕け散るに違いなかった。

「それじゃあ、一先ずアリスは新魔法を習得するプロセスとして、初めにお前専用AWRが備えてるデバイス、例の三つの円環《えんかん》を自在に操作することから始める。後で魔法式を書いた紙を渡《わた》すが、順番を間違えると、かえって習得までに時間が余計にかかるからな」

アリスのために作った【天帝フィデス】は超がつく高性能AWRだ。本体だけでなくそこに付属する三つの円環部分もまた、別個の独立したAWRとなっている。だからそれを使っている時は、実質的に二種のAWRを併用《へいよう》しているに等しい。さらに、この円環部分こそがこのAWRの肝《きも》であり、材質としてメテオメタルを使っているが故《ゆえ》の性能を秘《ひ》めているのだ。

そのため、これを使いこなすには、避けて通れない課題がいくつかある。具体的には、遠隔《えんかく》での魔力操作と魔法式の投射、これがアリスに与《あた》えられた最重要課題である。

「んで、次はロキだが、そうだな……」

ロキに関してはアルスもつい、少し言い淀《よど》んでしまう。実戦経験豊富な彼女は、ちゃんと最低限必要な魔法を習得できているからだ。

勉強熱心かつ日々の訓練にも余念がない彼女は、探知魔法――魔力による探知ソナー――を組み込んだ戦闘も十分ものにしているくらいだ。

そもそも探知魔法に適性がある時点で、ロキの魔法習得のセンスはずば抜けていると言えるのだ。なお、テスフィアとアリスが現時点での習得魔法数が少ないのは、外界で必要とされる魔法の種類が、彼女ら自身でも判然としないためだ。実戦経験に乏《とぼ》しいが故にどこを補い、何を覚えるべきかの判断が自分でできず、加えて魔法習得のための基礎訓練法も拙《つたな》いため、余計に時間を要してしまう。

例えば、現時点でテスフィアが一人で最上位級魔法を覚えようとすれば、確実に数年……いや、学院卒業までかかってすら、習得は覚束ないだろう。魔法にもよるが、根本的に上位級以上ともなれば、努力とは別の素質も求められる部分がある。適性系統であっても得手不得手があるため、己に合わない高レベル魔法を無理に覚えようとした結果、時間を無駄に浪費《ろうひ》して終わることも少なくないのだ。

「あ～、ちょっと不安もあるが、ロキには【雷霆《らいてい》の八角位】から一つを……」

「【黒雷《クロイカズチ》】ですかッ！」

ロキのテンションが一気に最高潮へと上り詰《つ》める。興奮を抑《おさ》え切れず、思わず立ち上がってしまった彼女の瞳は、一等星の如《ごと》く照り輝いていた。

「ん、んー それはちょっと早い、というか難しいかな」

「で、では一体何をっ⁉」

アルスにやんわりと否定されても、彼女の熱は冷めなかった。ちなみにロキが現在扱《あつか》える中での最高火力は【鳴雷《ナルイカズチ》】である。これは雷系統の正統派では、最高峰《さいこうほう》クラスの魔法だ。

刹那《せつな》の雷とも称《しょう》される超高位魔法《ちょうこういまほう》。しかし、これら【雷霆の八角位】に属する魔法は、誰でも習得できるわけではない。それこそ天稟《てんぴん》や並外れた素質なくしては、ものにすることはできない。さらに言えば、最近だと【雷霆の八角位】の使い手を、アルスはロキ以外に知らない。それほどまでに、人を選ぶ稀有《けう》な魔法群なのである。

「そう、お前には【雷霆の八角位】の中でも、習得者が未だいない魔法に挑《いど》んでもらう」

「ど、どの魔法でしょうか！【雷霆】の魔法といっても、私はほとんど知らないので……それこそ八角位の中でも【鳴雷】の他は、アルス様が使ったのを遠目で見た【黒雷】ぐらいしか分からないのです」

「だろうな、そもそも扱える魔法師がいないし、魔法大典を見ようにも、閲覧《えつらん》上の機密レベルは最大。普通なら、魔法式を調べることすらできないからな。ちなみに【雷霆】の名は、伝承に現れる雷神《らいじん》を元に名づけられたとされている。この辺りは誰も扱えないという認識《にんしき》の魔法だからな。案外そういう魔法は少なくない」

もっとも、ロキがどこから【雷霆】の魔法式を入手したかは訊《き》くまい。

アルスがそう語り終えた時には、ロキは追及《ついきゅう》を恐《おそ》れたのか目を泳がせた。そんな間さえも呑《の》み込まんばかりに目をらんらんと輝かせて、まさに食いつくような反応が二つ。

他系統とはいえ、やはり魔法は魔法。テスフィアとアリスにとっても、それは興味津々《きょうみしんしん》の内容だったようだ。

「ねえねえ、それって何級になる魔法なの？」

「まあ、まだ名前は秘密だが、多分【極致級《きょくち》】に該当《がいとう》するんじゃないか？　正直、会得者《えとく》がいないんで等級の選定となると難しいが。いずれにせよ【雷霆】の名を冠《かん》された八魔法は、どれも例外なく異常に強力だ。だから、最上位級というのは動かんだろうな」

「おおぉー！」

「わあぁー!!」

ちょっとアルスとしても反応に困るくらいの大げさなリアクションを二人は見せる。恐るべき威力《いりょく》を秘めるという未知の魔法に対しての素直《すなお》な好奇心や称賛の念とともに、続けてちらりとロキの顔色を窺《うかが》った視線には、少しばかりの同情の色も混ざっていた。

何しろロキはその未知の魔法の頂きに、これから挑むことになるのだ。それが過酷《かこく》な試練になるだろうことは、これまでアルスの下で訓練をしてきた二人ならば容易に見当がつく。

だが、当のロキ本人は子供のように意気込み、ふんすと鼻息を荒《あら》くしていた。

「ロキは基本的な適性はもう備えているから、時間を掛けて少しずつ習得していくことになるだろう。ただ、さすがに生半可じゃない魔法だからな、頑張《がんば》れよ」

「はい！　必ずご期待に応《こた》えてみせます！」

闘志《とうし》を燃やすロキの目は、熱く輝いている。バナリスで〝雪の男〟を相手に後《おく》れを取った悔《くや》しさも後押《あとお》ししているのか、ロキは、まさに絶壁《ぜっぺき》の崖《がけ》を登るにも等しい試練をあえて自らに課そうとしているようだった。

（……ロキもつくづく魔法師だな）

アルスは心中で呟く。言ってみれば、それは当たり前の事実。されども、ロキの瞳からは、それなりに実戦経験を持つ軍人という以上に、魔法の遠大な道に挑み始めたばかりの者……ちょうどここの学院生達のような、初々《ういうい》しい謙虚《けんきょ》さと強い決意が見て取れる。

ふっと吐息《といき》を漏らしたアルスに、別の熱い視線が……「自分は自分は」と血気にはやり、頬を興奮に紅《あか》く染めた少女の、これまた若すぎる視線が向けられる。

テスフィアのそんな様子を見て、アルスは眉《まゆ》を顰《ひそ》めた。

なんだろうか、突然襲《とつぜんおそ》ってきたこのとてつもない不安は……。

テスフィアとは、学院に来てから随分《ずいぶん》長い付き合いだ。それでも精神的成長という意味では、この少女に限っては、あまり進歩が見られないような気がする。

だからこそ、別に意地悪したいわけでもないのだが、この「私も私も」アピールに対しては、素直に応じることに心理的抵抗《ていこう》を覚えてしまう。

ただ、テスフィアとしてはこれが通常運転というか、いつも通りなのだろう。この赤毛の少女は、とにかく感情が前に出る傾向《けいこう》がある――良い意味でも、悪い意味でも。

フェーヴェル家では、彼女の母君からそれとなく、娘《むすめ》の婿《むこ》にと水を向けられたが、やはり一人前の淑女《しゅくじょ》というには、テスフィアにはまだまだ内面的な課題も多いようだ。

「フィアは……テンプラムの勉強かな」

「……………」

あえてのにべもないアルスの返答に、がっくりと落ちた小さな肩を、慰《なぐさ》めるように優しく叩くアリス。あえて無視を決め込むロキは、かける言葉が見つからないのだろう。

アルスがちらりと見ると、テスフィアは見るからに落胆《らくたん》しているばかりでなく、まるで小動物のように、瞳を潤《うる》ませてさえいた。

（う……）

一応理に適《かな》っている方針に見えるはずだったが、どうしようもない罪悪感がアルスの胸に湧《わ》き上がってくる。アルスとしては軽い冗談《じょうだん》のつもりだったのだ。

（しかし、ここでマジ泣きとは、そんなにショックだったのか？）

ちょっと薬が効き過ぎたというか、多少の反省の念とともに、アルスは頭を掻いて困惑した。かといって、このまま何も言わないのも不味《まず》いだろうし、逆切れするなどは、さすがに悪手だと朴念仁《ぼくねんじん》のアルスにも分かる。

珍《めずら》しく進退窮《きわ》まった様子のアルスを、ロキは脇《わき》からそっと、ニンマリと隠し切れない笑《え》みを湛《たた》えて眺めていた。

なんとも人が悪いようではあるが、ロキとしては面白いような、新鮮《しんせん》なような気持ちだったのだ。学院に来てから、アルスはやはり、かつてとは違う表情を見せるようになったと思う……ある意味で感慨《かんがい》さえ覚えつつ、ロキはあえて、困っているアルスの表情を愉《たの》しむという新たな趣味《しゅみ》を満喫《まんきつ》することにした。

一方のアルスは、ようやく意を決して、涙《なみだ》ぐんでいる少女へと一歩だけ歩み寄る。

それから赤い髪《かみ》に手を伸《の》ばし、ポンポンとなだめるようにそっと押さえる。

ぶっきらぼうな仕草ではあるが、アルスなりの照れ隠しであった。

「悪い、ちょっとした冗談だ。お前にもちゃんと用意してある」

「ほんとう……？」

か細い声で確認《かくにん》の声が返ってくる。いつも通り、カッとなって言い返してくるかと思っていただけにこれはちょっと予想外だ。かえって当惑《とうわく》の念が深まる。加えて、テスフィアの背中を優しくさすっているアリスの存在がまた、物言わぬ援軍《えんぐん》として機能し、アルスとしてもさすがに分が悪いと感じずにはいられない。

「あ、ああ、本当だ」

まるでぐずっている幼な子を相手にしているかのようなやり取りにも思えるが、ここは慎重《しんちょう》に慎重を期する必要があるだろう。

だが、アルスの返事が幾分《いくぶん》「被害者《ひがいしゃ》」への気遣《きづか》いを帯びた調子になった、と見て取るや。

「……確かに聞いたからね？」

言質《げんち》を取ったとばかりに一気に顔を上げ、テスフィアは破顔一笑《はがんいっしょう》。アリスも小芝居《こしばい》だと示すように顔をほころばせ、両手をわあっと合わせるようにして、テスフィアの戦術的勝利を引き立てる仕草を見せた。

してやられた、とは思ったアルスだったが、腹立たしさといった感情は一切《いっさい》湧《わ》いてこない。

いつもなら拳骨《げんこつ》の一つでも見舞《みま》って良いのだろうが、笑顔《えがお》を見せつつも、テスフィアの瞳の端に浮《う》かんでいた本物の涙が、アルスをためらわせた。

どうやら小芝居のつもりで始めた演技も感情が入りすぎて、本当に涙が出てきてしまったらしい。

こうなると、アルスといえど一人の少年。女の涙を見てしまっては、もう降参するほかはない。当然、怒《おこ》る気にもなれず、寧ろこの空気をどうしたものかと考えてしまう。

（これ、やっぱり俺が悪いのか……？　解せん）

多少の狼狽《ろうばい》を覚えるアルスを他所《よそ》に、テスフィアは目のあたりを手で拭《ぬぐ》いつつ。

「あれ、あはは、ちょ、ちょっと待って、あれ？」

「フィア、もしかして本当に泣いちゃってる？　あらら～」

そこに、呆れ顔《がお》でロキが口を挟《はさ》む。

「もう、茶番はこれくらいで良いですか、テスフィアさん？」

「うん。いや～、普通に私だけ新しい魔法ないのかって思っただけなんだけど。ふぅ、もう大丈夫《だいじょうぶ》。はい、オーケー！　さて、話を聞きましょうか」

まだ目は少し赤いが、どうやらいつもの調子には戻ったらしい。傍迷惑《はためいわく》な少女の三文芝《しば》居《い》は、これでようやく幕が下りたようだった。

かくして奇妙《きみよう》な空気を一掃《いっそう》すべく、ゴホン、とわざとらしい空咳《からせき》を挟んで、アルスは話を戻す。

「さてお前には、フェーヴェル家の継承魔法を習得してもらうつもりだ」

「!? え、っと……でもそれって、お母様しか知らないんじゃ」

「もちろん、詳細は俺も把握してはいない。ただ、お前の母君がヒントだけは示してくれたというところだ。つまり【氷界氷凍刃《ゼペル》】は、継承魔法の最終完成形に至る、いわばステップ段階に該当する魔法だと認めた。ま、厳密には構成情報が酷似《こくじ》しているという程度で、完全一致《いっち》ではないんだろうがな」

そもそも【アイシクル・ソード】には、アルスが見たところ、その魔法の威力や形式を鑑《かんが》みても、必要以上に複雑な構成式が組み込まれている。【アイシクル・ソード】を分析《ぶんせき》し、魔法理論のロジックや基礎を踏《ふ》まえて改良を加えようとすれば、道筋は自《おの》ずと定まってくる。

魔法式その他の面で、ごく真っ当な進化系をイメージすれば、次段階は必然的に【ゼペル】もしくはそれに酷似したものに導かれるような形になっていたのだ。

つまるところそれは、素質ある者が挑めば、【アイシクル・ソード】の習得自体が、最終系の継承魔法を習得するための第一歩になるよう、仕組まれていたかのような自然さだった。とはいえ、魔法式を細部まで解析し、そこに紛《まぎ》れた不自然さにどれほどの研究者が気づけるかは疑問だが。

　そんなアルスの推測に沿えば、【アイシクル・ソード】はまず、〝氷結造形〟とでもいったような、基礎技術を会得するために用意されていると考えられる。造形部分の術式が明確に定められていないこともその理由の一つ。これはテスフィアに【アイシクル・ソード】を教えたフローゼの意図したものなのだろうが、【アイシクル・ソード】の魔法式における造形の部分には、あえて使用者による解釈《かいしゃく》の余地が残されているのだ。だからこそあの造形技能はテスフィアの努力と類稀《まれ》なセンスに依《よ》るところが大きい。

　そして【ゼペル】は、さらにその次の段階。

　空間座標を利用した、氷結魔法の操作技術の体得を目指すもの。

（種が割れれば、随分と親切設計。ご丁寧《ていねい》に、家宝たる魔法の改良に挑んで段階を踏めば自ずと最終形に至れるよう、しっかりと仕組まれていたというわけだ）

　アルスはそんなことを思いながら、あらましをテスフィアに語り終えた。

　全《すべ》てを聞くと、彼女はたちまち、ポニーテールを左右に揺《ゆ》らして、弾《はず》んだ声をあげる。

「難しいことはともかく、要は、お母様からの挑戦状《ちょうせんじょう》ってことね！」

「それは分からんが、まあ、お前に継承魔法を習得させたいのは間違いないだろ」

「そうよね、やっぱり親心ってものなのかな？　フェーヴェル家も結局は、当代のお母様しか継承魔法を習得できていないし」

「ん？　いや、それは……」

確かフローゼ・フェーヴェルにアルスが聞いた話では、当主の彼女ですら、複数ある継承魔法の一つすら習得できずじまいだったはずだ。ましてやテスフィアが目指す【アイシクル・ソード】から始まる最終の完成形継承魔法となれば、フローゼでさえ知り得ない可能性が高い。

（セルバさんからは、いずれは俺が考えた魔法を継承魔法として扱ってもいい、という助言も受けたが、どうしたものか……ま、なるようになるか）

そもそもフローゼが習得を目指していたという継承魔法は、時代的に見ても、当時からすればかなり最先端《さいせんたん》であったはず。いや、寧ろ現代の魔法理論すら飛び越《こ》えて、未来を先取りしすぎているような節さえあるという。それなりの才媛《さいえん》だったはずのフローゼですら、習得に至れていない。

一体、当時の技術レベルで、どうすればそのような発想に至れたというのか。フェーヴェルの継承魔法群は、やはり謎《なぞ》めいた代物《しろもの》という他はない。ただ、確かに不可解ではあるが、アルスの知的好奇心は、今や【アイシクル・ソード】に端を発する〝その魔法〟の完成にのみ向けられている。

（謎めいた【アイシクル・ソード】系統の最終形か……一体、どれほどの威力があるものか。いつ編み出されたかも分からない謎多き魔法の正体となれば、当然気になるな）

アルスとしては、一先ずその輪郭《りんかく》だけでも掴《つか》んでおきたい。テスフィアにそれを教えるべきかどうかについては、魔法の構成式が見えた時にでも、改めて考えればよいのだ。

それに、もう一つ。

（これはただの勘《かん》だが、【ゼペル】の先がすぐに最終形とはいかないだろう。恐らく、まだ〝先〟があるはずだ。なら、次のステップに進む程度なら問題はないはず）

そう考えて、アルスは話を続ける。

「そのことだが、実はな、フィア。フローゼさんでも、継承魔法の習得には至らなかったそうだぞ。本人がそう言っていた」

「嘘《うそ》ッ!?　あ、でも……」

戸惑《とまど》いと同時に、思い当たる節でもあるのか、少し考え込むような仕草をテスフィアは見せる。

「ん？　何かあるのか？　ただ、お前んところのお家事情はどうでもいい。【テンブラム】もあることだし、ここらで一つ、高位の魔法を覚えておくのは悪くないってことだ。降りかかる火の粉ぐらい、自分で振《ふ》り払《はら》ってもらわないとな」

「う、うん……」

テスフィアは申し訳なさそうに目を伏《ふ》せたが、それを見たアルスは笑みを濃《こ》くして。

「おい、赤いの。今回は三人の中で、お前の課題が一番過酷だぞ。ただ、継承魔法に至る次の段階を習得できれば、フローゼさんは、さぞ喜ばれるだろうな。やはりちょっとは気にしているようだったからな……親心、というやつか」

ただフローゼの期待に沿うということでいえば、先の親善魔法大会の時といい、実は成績面なら、現状でもテスフィアは十分過ぎる成果を上げていると言えた。ただ、それを告げるのはアルスの役目ではないだろう。そしてフローゼが喜ぶ半面、セルバは得体の知れない完成形継承魔法に不安を抱《いだ》いている節もある。

「本当にっ⁉　お母様が……！」

思わず緩《ゆる》む頬と輝く瞳は、やはり母に期待されているという事実が、彼女にとっては非常に嬉《うれ》しいものだという証明なのだろう。そんなちょっと無粋《ぶすい》な推測をしてみたものの、アルスにはやはり、母娘の絆《きずな》というものは本質的には理解できないような気がしたのだった。

地頭は優秀ながら、肝心《かんじん》なところで要領の悪い面があるテスフィアに対して、今回はきっちり懇切丁寧《こんせつていねい》に全てを教え込み、それこそ脳に知識を強引《ごういん》に押し込むつもりで、アルスは早速《さっそく》説明に入った。できれば、彼女にはなるべく早く自分なりの取っ掛かりを見つけてもらいたいところだ。

ただ、魔法式をびっしり書き記した紙を渡したところで、彼女はきっと知恵熱《ちえねつ》でも出して、動けなくなってしまうのがオチだ。頭から湯気を出して唸《うな》っている姿が、容易に想像できる。

一応フェーヴェル家秘伝でもある継承魔法が関係する事柄《ことがら》なので、詳細な部分でアリスとロキも同席していて良いのか、という問題は出てくるが、そもそもフローゼは、アルスとはいえ、そう易々《やすやす》とスムーズに次段階へ至れるとは考えていないだろう。口止めその他、制限を受けていないのが良い証拠《しょうこ》だ。

それでも、最低限の配慮《はいりょ》としてアリスとロキには魔法式を伏せておくことにした。もちろん、この二人に教える独自の魔法式も他言無用という意味では同じである。

そんな段取りを整えたところで、アルスは改めてわくわくしている様子のテスフィアに向かい。

「期待に沿えなくて悪いが、今から教えるのは【永久凍結界《ニブルヘイム》】じゃないからな？　そもそも継承魔法がどこを目指してるにせよ、部分的に要件を満たしていれば習得自体は難しくないかもしれんからな……っ～か、お前もよっぽど好きなんだな」

「え！　えーっと……もしかして、顔に出てた？」

「もしかしなくても、丸分かりですよ」

ロキに白い目を向けられ、焦《あせ》ったテスフィアは、無理矢理《むりやり》表情を崩そうとでもするように、手でしきりに顔やら頬やらを撫《な》でさする。そんな様子を見て、苦笑しつつアリスが言う。

「ほんとに、フィアはあの魔法、好きだよね～」

「え、だって最上位級魔法だし、やっぱり氷系統としては見過ごせない大魔法なのよ。なんと言っても圧倒的《あっとうてき》なのよね、あの魔法が見せてくれる氷結世界は」

しかしアルスが見たところ、下手の横好きというのとは違《ちが》うまでも、テスフィアがあの魔法の理論をしっかり把握できているようには思えない。

そもそも彼女は、概略のみで全てを知った風な気になる性質《たち》だ。多分習得自体はできなくもないはずだが、向き不向きでいえば後者だと、アルスにははっきり判断できる。

「そっちはいずれ手を出せばいいとして、今回はとにかく別の魔法だ。だが、ある意味では【ニブルヘイム】より希少性は高いくらいだ」

「え、何、何、何よ？　ほらほら、勿体《もったい》ぶらないで教えてよ～」

唇《くちびる》を尖《とが》らせての催促《さいそく》顔に、どこかイラッとさせられるアルスだが、それを言っても今更《いまさら》ではある。

「お前には【コキュートス】を習得してもらう」

「あっ！　それってあれよね。前の【魔法演武《まほうえんぶ》】で、ウル……あ、えっと、ウルハヴァっていうアルファの選手が使った魔法……」

どうにも歯切れが悪い声。テスフィアは一瞬《いっしゅん》だけ、その名前を告げるのを躊躇《ためら》った節がある。それから彼女は何かを誤魔化《ごまか》すように、きまり悪げにそっと視線を逸《そ》らした。

そして、アリスもテスフィアをフォローするかのように。

「あ～、あの仮面を被ってた人だよ、ね、確か……。いや～、一体何者なのかな～？」

どうにも下手すぎる小芝居が入った、微妙《びみょう》な物言い。チラチラとアルスの反応を窺うような二つの視線が彼《かれ》の左右から注がれた。

７カ国親善魔法大会における特別イベントの一つ【魔法演武】。それにウルハヴァなる偽名《ぎめい》で正体を隠《かく》して参加したのは、確かにアルス本人ということで間違《まちが》ってはいない。

ただ、そのへんの事情を察してのことか、別の意味で気を遣《つか》ったのか。

「いや、別に隠してない。それよりもあの偽名を付けたのはこの国の元首だからな。下手なことを言うと、国家機密漏洩《ろうえい》罪だぞ」

アルスとしては冗談めかしたつもりだったが、それを聞いた二人は戦々恐々《せんせんきょうきょう》と「私達《たち》は知らないよ」とばかりにすっとぼける。

「妙《みょう》なフリはもういい。あれはいわば黒歴史だ、引き受けるんじゃなかったと思っているが、後の祭りだな」

苦々しく言うアルスだったが、ロキがフォローのつもりか、唐突《とうとつ》に割って入ってくる。

「アルス様！　絶対にそんなことはありません！　大変勇ましいお姿でしたし、あの仮面も実に似合っていて素敵《すてき》でした!!」

小さな拳《こぶし》を握《にぎ》り締《し》めての、やけに熱のこもった全肯定の言葉に、テスフィアが素早《すばや》く空気を読んで相乗りする。

「そうそう、あれはあれでカッコ良かったわよ！」

とはいえ、ロキはいつかの課外授業の時にも、アルスが着用した妙な仮面を絶賛していたような気がするので、美的センスについては今一つ信頼《しんらい》できないと思うのだが……。

ただ、あまり考えすぎるとかえって深みに嵌《はま》りそうな上、知りたくもないロキの一面を垣間見てしまうような気もする。なのでアルスは一先ず、端的《たんてき》に一言のみを返しておいた。

「そうか」

何事もなく済んでほっとしたのか、テスフィアが安堵《あんど》したように続けて。

「でもホント、すぐには気づかなかったわよね、アリス」

「そうだね。かなり目立ってたから、後になってよく考えてみたらって部分はあったけど」

「そうそう、結局ロキの様子を見てれば……ほら、なんとなく?」

テスフィアの言わんとしていることは、アルスにも分かった。ことアルスに関しては、ロキはどうにも素直に感情を発露《はつろ》しすぎるところがある。やはりアルスの晴れ舞台《ぶたい》ということで気が高ぶってしまい、傍目《はため》にはロキの態度で丸分かりだったということだろう。

（しかし、何故《なぜ》か手元にあの時の衣装があるんだが……ロキには見られないようにしておこう）

正確には、傍迷惑なことに事後になって王宮から速達で一式届けられた、というのが正しいのだが、奇矯《ききょう》なシセルニアのやることやセンスを、いちいち詮索《せんさく》しても仕方ない。

「まぁいい。時間もないから本題に入るが、その前に、実際にやって見せた方が分かりやすいだろう」

ロキに合図を送り、愛用のＡＷＲ【宵霧《よいぎり》】を持ってこさせると、二人が見守る中、少し壁《かべ》やテーブルから離《はな》れて、適度な空間を作る。思えばこんな形でちゃんと魔法《まほう》を教えるのも随分と久しぶりな気もする。

「【コキュートス】は構成要件の複雑さから、最上位級に分類されている」

そう言いながら、【宵霧】の鎖《くさり》を引き、もう一方の手で掴むと輪の一部分が淡《あわ》く光り出す。間もなく、アルスの掌《てのひら》に、小さな魔力の核《かく》が出現する。やがてそこから荊状《いばらじょう》のものが生え、核を覆《おお》うように巻き付き始める。【魔法演武】で見せたものより、かなり小ぶりなサイズだ。

アルスがちらりと視線を送ると、そこにロキが、魔力を纏《まと》わせたナイフを投擲《とうてき》する。それが高速で核へと迫《せま》ったかに見えた刹那、氷の荊がナイフを搦《から》め捕《と》り、そのまま凍《こお》りつかせてしまった。

「一定範囲内《はんいない》に発生した特定の魔力を察知し、凍結させて発動を制止・無効化する魔法。それが【支配凍化《コキュートス》】だ」

魔法構築段階で、魔力の働きを封《ふう》じ込めるといえば的確だろうか。術者と魔法とのリンクを封殺《ふうさつ》することを原理とする、強力な魔法である。

「圧巻ね。でも、これって……」

テスフィアは彼女なりに違和《いわ》感《かん》を抱いたのか、小首を傾《かし》げて率直《そっちょく》に言う。

「守備よりの魔法ってこと？　あまり攻撃的《こうげきてき》じゃないというか、受けの戦術向きなような」

「お前にしてはいいところに気づいたな」

「うん、【ニブルヘイム】と同じ最上位級魔法にしては、って感じ？　攻撃的にも使えるという意味じゃ、実は【ニブルヘイム】の方が良かったりしない？」

率直に思ったままを口にするのは、こういう場合なら、テスフィアの美点でもある。アルスは重々しく頷き。

「まぁ、言わんとしていることは分かる。だが、どちらにも利点はあるんだ。それにお前が【ニブルヘイム】を習得できるならいいが、それが難しいだろうからこその提案だ」

「じゃあ、【コキュートス】って、いわば代用魔法《まほう》ってこと？」

テスフィアは、腑《ふ》に落ちない表情である。

消費魔力量や効果、事象改変の対象など、二つは細かく比較《ひかく》すれば全く別物である。しかし、彼女の指摘《してき》通り、【ニブルヘイム】とまでは言わずとも、氷系統であれば、一見【コキュートス】に近しい魔法は、他にもいくつか存在するのも事実だった。

眉根を寄せたテスフィアが抱いたのと同じ疑念を、ロキもすぐに感じたようだ。口には出さないが、アルスに問いたげな視線を送ってくる。つまりは、ここであえて【コキュートス】を教える意味が理解できないのだろう。

「繰《く》り返すが、この魔法にもしっかりと使い所はあるし、十分驚異的《きょういてき》な魔法と言えるんだ。じゃ、少し話を戻《もど》すが……大貴族には大抵《たいてい》、門外不出の継承《けいしょう》魔法があるよな。一部には禁《きん》忌《き》とされるものもあって、一般的《いっぱんてき》には存在自体が極秘《ごくひ》扱《あつか》いなことも多い。だが、ここであえて「禁忌」と呼ばれるものに焦点《しょうてん》を当てて話すぞ。実は、ある魔法が禁忌とされるのには様々な理由があり得る。単に、人を殺《あや》めることに特化した魔法だから、というだけじゃない。中には、有用だがリスクがあるから、という理由で禁忌扱《あつか》いになっている魔法も存在する。いわば代償《だいしょう》が大きく、使い勝手が悪いわけだな」

ここでアルスは息を整え、全身の魔力を完全に掌握《しょうあく》し直す。たちまち、アルスの口から漏れ出す息が、白い靄《もや》に変わった。

「一度しかやらないから、よく見ておけ」

【コキュートス】を解除すると、ロキのナイフは凍結状態から解き放たれて、床《ゆか》へと落下していく。落下中のナイフに向け、アルスはすっと指を伸ばした。

今度も一瞬で、ナイフ全体が再凍結する。しかし——先程《さきほど》とは、魔法の効果に明確な違いがある。今度はアルスが指を離しても、ナイフは落下しない。まるで周囲の空間や時間ごと静止したように、それはぴたりと空中に縫《ぬ》い付けられていた。

「えっ⁉　何をしたの！」

テスフィアが驚愕《きょうがく》の表情を見せるが、無言のまま、アルスは一先《ひとま》ず指先を擦《こす》り合わせる。一秒未満の発動でも皮膚《ひふ》がヒリヒリする。一瞬の使用でも凍傷《とうしょう》を負っていた。

つまりは、術者に対して副作用とでもいうべきものがある魔法。魔力《まりょく》消費以外の代償を求められるという意味で、他の魔法よりかなりリスクが高いのだ。

「これが本当の【凍魔の蝕手《コキュートス》】だ。強力ではあるが、生半可な魔力障壁《しょうへき》など無視して、空間や時間、丸ごと全てを凍結する性質により、使用者にも害が及《およ》ぶ。俺《おれ》の場合は特に氷系統に適性がないから、凍傷とセットだがな。そのわりに、発現範囲《はんい》もかなり限定的になる」

「アルス様、大丈夫ですか……？」

そう説明している間、ロキはおもむろにアルスの手を取り、心配そうに覗《のぞ》き込んだ。

「大事ない。ただのデモンストレーションで、俺がそんなミスをするわけがないだろ」

ならいいのですが……という呟《つぶや》きとともに、冷たくなった指を、そっとロキの温かい手が包み込んだ。

「これが……バナリスで使用されたという魔法なのですね」

アルスは無言で首肯《しゅこう》を返す。バナリスでの最高レートである、【蛾《が》の王／シェムアザ】の足をもいだ魔法だ。ただ、これ特有の有効範囲の狭《せま》さの問題で、あの時は魔物の体表面という、ごく限られた場所でしか発現させられなかった。

しかも、術者が直接触《ふ》れた箇所《かしょ》の周囲のみ、という細かな制限まである。結果、羽を持つ素早い相手の抑止力《よくしりょく》としては強力無比ながらも、数秒使っただけで、アルスの手は酷《ひど》い凍傷の危険に晒《さら》されたくらいだ。つまり適性を持たない術者では、使用するだけで危険。そのリスクと引き換《か》えゆえに、絶大な効果を有するのだ。

（ここまで来ると「系統」なんてせせこましい分類を超越《ちょうえつ》して、空間に直接干渉《かんしょう》しているわけだから、空間掌握魔法《しょうあくまほう》に分類されてもおかしくはないんだろうがな。まあ、あくまでも凍るという現象に付随《ふずい》した効果だからなんだろうが）

だが、【コキュートス】に限らず、それぞれの系統魔法の中でも、極《きわ》まったものになればなるほど、効果や範囲は、所詮《しょせん》人間の都合で付けている小さな枠《わく》には収まらなくなってくるのが普通《ふつう》だ。もはや系統などという区切りを逸脱《いつだつ》し、物理法則そのものや空間の支配といったスケールにまで及んでしまうものも、いくつかあるくらいなのだから。

それに比して、より重要になるのが魔力操作の技量というわけだ。

「分かったか？　俺が最初に見せた【支配凍化《コキュートス》】は、いわば本命の使い道である【凍魔の蝕手《コキュートス》】の、カモフラージュ的なものに過ぎないんだ。ちょっと込み入っているが、そういうケースもあるってことだ」

「アル、その二つが……同じ魔法名なのはなんで？」

まさに、アリスがそのことについて質問してきた。気分転換《てんかん》代わりに一息つくには丁度良いとばかり、アルスは答える。

「多分、広く周知させないためだな。生半可な術者が中途半端《ちゅうとはんぱ》に手を出さないように、という配慮もあるんだろう。本来なら、禁忌魔法《きんきまほう》の分類に含《ふく》めてもおかしくはないんだろうが、まだ比較的《ひかくてき》コントロール可能なリスクだということで、この扱いで落ち着いているらしい。ただ、術者や周囲の仲間を危険に晒すのは確かで、頭の回らない奴が下手に使うとやばい結果になる……それこそ、自爆《じばく》もいいところだ」

レティの使うような爆発タイプの魔法も同様なのだろうが。

「でも、これからフィアが訓練するんだよね？　自爆って、それは不味いよぉ」

アリスの指摘に、びくりと肩《かた》を震《ふる》わせたテスフィアは、どうにも複雑な表情を浮かべていた。特別な魔法ということで、彼女が勝手に抱いていた期待感を裏切る巨大《きょだい》なリスク。それが、アルスの説明で浮き彫《ぼ》りになってしまったからだ。

まさに諸刃《もろは》の剣《つるぎ》というにふさわしいが、扱うのがテスフィアでは彼女自身、いざとなれば何かやらかさないという自信は持てないのだろう。

「そこは慎重にやってくしかないが、そもそもフィアには適性がある。氷系統はもちろんだが、【アイシクル・ソード】や【ゼペル】を習得済みで、下地ができてるのが大きい。さっきもんで、魔力操作の技量も関係してくるから、全く扱えないわけじゃないはずだ。

言ったが、お前ん家《ち》の継承魔法の次段階としては、確実に適した魔法だと言える。俺がいちいち新魔法を考案する手間も省けるしな」

「う、うん……分かった、やってみる」

テスフィアは真剣《しんけん》な面持《おもも》ちで、意を決したように頷《うなず》いた。

「とはいえ、そっくりそのままお前に魔法式を教えるわけにもいかん。これは極致級魔法な上、本来なら、世間に広く周知されてはまずいものだからな。だから一応、基礎《きそ》部分のみを簡略化して渡《わた》す。少なくともさっきの俺みたいに、指先程度でも使えるようになれよ？」

「そうね。つまり、コントロールさえ上手《うま》くやれれば危険はないのよね？　うん、了解《りょうかい》！寧《むし》ろ腕《うで》が鳴るってなくらいなもんよ！」

グッと握り拳を作ってみせたテスフィアの頬《ほお》は、その意気込みを示すかのように紅潮していた。

それを見ていたアリスが、おずおずと口を挟む。

「でも、アル。やっぱりさ、そんな危なげなのじゃなくて、さっきアルが言ってた継承魔法……それをそのまま、アルも一緒《いっしょ》に探《さぐ》ってあげて、分かったら改めてフィアに教えるってことじゃだめなの？　私も貴族に伝わる継承魔法がどういうものなのか、ちょっと知りたいし」

「ちょっと待って。さすがにもし分かったとしても、そんなの、私にそのまま教えちゃだめよ。【アイシクル・ソード】だって、世間的には魔法式が公開されていないんだから」

「分かってる。それに最終形の到達点《とうたつてん》については、まだ分からないというのが正直なところだ。必要な構成要件を示す鍵《かぎ》は【アイシクル・ソード】にしかないからな。せいぜい次を予想する程度が関の山だ。それにこれはフィアの個人的な課題だ。お前が必要な条件さえ満たせば、フローゼさんとしては最後の継承魔法はぜひ習得させたいようだし」

そしてもう一つ、今回テスフィアにアルスが【コキュートス】を教えようと思った理由がある。それは、その作用の中に、「空間に強く干渉する」部分があったことだ。

魔法の発現による副次的効果というのではなく、魔法式そのものの構成にコツのような部分が組み込まれているのである。この理論を理解し把握《はあく》できれば、テスフィアが継承魔法の次の段階に至る上で、きっと役に立つはずだ。

「それに、フローゼさんに睨《にら》まれるのも嫌《いや》だしな。俺がその辺を配慮しないわけがないだろ。これでも、いくつか魔法を生み出してるんだぞ。つまらん恨《うら》み嫉《そね》みには事欠かないしな」

「う、うん。なら、仕方ないのかなぁ……」

どうやらアリスも納得《なっとく》したようだった。

「ま、アルは魔法の構成式が読めるし、確かに心強いけどね。やっぱりある程度は私の力でやらなくちゃ意味がないもの」

「それじゃ、本題に戻るぞ。まず【アイシクル・ソード】は、氷系統において、現れる氷剣の造形の緻密《ちみつ》さが特徴《とくちょう》と言える魔法だ」

ただ、アルスにしてみればあの造形は、芸術的ではあるものの実戦的ではない。だからこそ、アルスが使うならば、【アイシクル・ソード】で生まれる氷剣はシンプルな形状になるだろう。とはいえ、テスフィアが造形の部分で、高い技量を持っているのは間違いないし、それはアルスも評価しないわけではない。

「次の【ゼペル】は、空間座標の把握と逐次《ちくじ》変数の書き換《か》えといったところが要《かなめ》だな。お前の場合はここを自分の身体《からだ》……腕や足の動きと連動させるっていう荒業《あらわざ》で、強引に解決しているようだが」

「はははっ……」

アルスに冷ややかな視線を向けられ、愛想笑いで返すテスフィア。だが、そもそも空間座標の正確な把握には、かなり高度な技量を必要とする。複雑なことを考えるのが苦手なテスフィアでは、そういった荒削《あらけず》りなやり方のほうが、性に合っているのだろう。

今度はアリスが挙手して意見を述べる。

「で、でも、ちゃんとフィアは使えてるんだし、大丈夫だよね？」

「確かに、使えさえすれば問題はない」

　アルスが首肯し、そのまま続ける。

「ただ、フェーヴェル家の継承魔法については、魔法を覚えて終わりじゃない。いわば、習得の過程自体が、訓練を兼《か》ねている形だからな。寧ろ、正確に過程を経て、理論を学ぶほうが大事とも言える。ご先祖様の考案だか何か知らんが、氷系統で知られた名家だけに、面白《おもしろ》い習得プロセスを敷《し》いているもんだ」

　そんなアカデミックさがフェーヴェルの家風なのだとしたら、鬼《おに》教官で鳴らしたフローゼの訓練好きな気質も、いっそ分かりやすいというものだ。

「とにかく、フェーヴェルの継承魔法には、段階を経て押《お》さえておくべき技術と理論が存在する。今挙げた例で言うと最初の二つは〝造形〟と〝座標把握・書き換え〟だな。次に覚えるべきは……俺の読みでは、恐《おそ》らく〝空間干渉〟だ。それも氷系統における〝氷結〟現象を使っての」

「なるほどね。それが今見せてくれた【コキュートス】ってわけね」

「たださすがに極致級《きょくちきゅう》にいきなり挑《いど》んでも、卒業までには習得できんだろ。俺の方で必要な構成要件のみを満たした魔法式を作っておく。発現箇所は指に限定し、俺と同じように

いらしい。

　挙手してそう発言したテスフィアは、どうやら真っ向から正攻法《せいこうほう》で挑むことを主張した
　そんな、あくまで殊勝《しゅしょう》な生徒を装うテスフィアの物言いに倣《なら》って、アルスもあえて教師風の一言で切り捨てる。

「却下《きゃっか》だ！　お前の母君は今後のことも考えて、お前に正式に当主としての教育を施《ほどこ》したいらしいからな。そういう意味で継承魔法の習得は、ただの「当主」じゃなく、魔法の英知を備えた堂々たる正統後継者《こうけいしゃ》ってことなんだろう。「秘継者《エルトラーデ》」を名乗るための資格になるわけだ。大体、俺はそもそもお前らを外界で戦える魔法師にすることが約束だからな。これもその一環《いっかん》に過ぎない。フェーヴェルの正統後継者だろうと秘継者《エルトラーデ》だろうとどうでもいいことだ。ただウームリュイナに限らず、正統後継者となればお前を取り巻く状況《じょうきょう》も一転するかもしれん」

　フローゼとしては、誰《だれ》かに家督《かとく》を譲《ゆず》るにしても、今のテスフィアでは不安も拭い切れないだろう。アルスもそこまで首を突っ込むつもりはないが、継承魔法を習得させる過程で「次期当主」としての資格も彼女が得られるのなら一石二鳥程度の話だ。

短時間の制約をつける」

「えぇぇ、意義ありっ！　ちゃんと使える魔法が良いですっ！」

「お母様、その辺のことも考えてくれてるんだ。そっかそっか」

あの母の、一見クールな態度の裏に潜《ひそ》む何かを感じ取り、一人前に照れでもしたのか、テスフィアは身体をもぞもぞと恥《は》ずかしそうにうごめかす。

「分かった。やるわ！　一ヶ月くらいあれば、習得には十分かしら？」

「馬鹿《ばか》を拗《こじ》らせたか。そんな簡単に習得できたら、俺以上の才能だ」

呆《あき》れたようにアルスは言ったが、テスフィアの秘《ひ》めた能力は、これまでもアルスの予想を超《こ》えることがしばしばあった。

頭ではなく身体で覚えるタイプだからこそ、ときに化け物じみた吸収力を見せるのだ。

「ま、多少は魔法式を弄《いじ》るとはいえ、一ヶ月でものになったら凄《すご》いがな。口先と勢いだけのお前のことだ、俺もあまり期待はしないことにしておく」

そんな言葉を物ともせず、テスフィアはたちまち鼻息を荒《あら》くした。

ただ繰り返すが、上辺のものならともかく、本命である【凍魔の蝕手《コキュートス》】は、いくら氷系統の資質があるからといって、簡単に習得できる魔法ではない。アルスでも十分にその効力を引き出せているとは言えないのだから。アルスの場合は、魔法式への深い理解と空間掌握魔法によって、欠けている資質を補うことで、その一部の力を再現しているに過ぎない。本来なら、この魔法は一部とはいえ、世界そのものを凍結させるに等しい。まさに時間を含めた全ての〝静死〟であり、氷系統における魔法作用の極致の一つ。文字通り世界の一部を、永遠の無音に封じ込めてしまうものなのだから。

（いずれにせよ、かなり高いハードルを用意したわけだが、さて、どうなるかな）

これはアルスなりの挑戦状でもある。確かにこれまでテスフィアとアリスは、こちらの用意した試練を、苦心しつつも結局は大した壁にぶつかることなく、巧《たく》みにクリアしてきた。その資質にはアルスも目を瞠《みは》ることがあったが、さすがにこの壁をも突破《とっぱ》できるのならば、二人の才能は本物と認めていいだろう。場合によっては傑物《けつぶつ》と表現してもいいのかもしれない。

（果たして、ロキに並ぶとも劣《おと》らないほどの才覚を示せるか）

いつの間にかフローゼの教官気質が伝染《でんせん》でもしたのか、内側から湧《わ》き起こる高揚《こうよう》感に、ぞくりと身体が震える。その感覚に、アルスはにやりと口角を上げて独り笑った。

その後、アルスはテスフィアとアリスを連れて訓練場へと足を運び、そこで二時間ほど新魔法習得の手ほどきをした。魔法の習得においては、初めの取っ掛《か》かりだけは最低限の指導をしておかないと、とかく無駄《むだ》に時間を取られがちなためだ。

特にテスフィアは初めが肝心要《かんじんかなめ》。地は優秀《ゆうしゅう》なはずなのだが、彼女はとにかくそそっかしく、最初から魔法の〝マ〟の字の理解を間違うほどだった。

何しろテスフィアが真っ先に試みたのは【凍結《フリーズ》】を指先に発現することだったくらいだ。アルスの見様見真似《みようみまね》にすらなっていない、形ばかりの初位級魔法である。なまじ魔力操作ができるようになっただけあり、こうした小細工にだけは頭が回るらしい。いずれにせよ、道のりは随分と長いだろう。初《しょ》っ端《ぱな》からそんな感想を抱かずにはいられなかった。

なお、ロキの方は元から【雷霆の八角位】を扱《あつか》える力があっただけのことはあり、アルスが渡した魔法式のメモとの睨めっこには、早々に一区切りつけることができたようだ。

とはいうものの、ここから先となると魔法式の完全理解が欠かせない。ある意味で魔法分類上、最も複雑な類の魔法に挑戦《ちょうせん》しているのだから、仕方がないことだ。そんな努力と理論の下地があってこそ、挑戦的《ちょうせんてき》な創造が確かな力として現実へと顕現《けんげん》するというもの。

（どうやら、ロキからも目を離せないな。一体何が出てくるのか、何を作るのか）

こうしてみると、自分は軍から離れて初めて、ちょっとした充足感《じゅうそく》を抱いているのかもしれないとアルスは思う。戦うこと以外にも、ようやく少しは胸が躍《おど》る楽しみが見つかったような気分だ。

（で、最後はアリスか……）

アリスに課したのは、ＡＷＲに付属する円環《えんかん》デバイスの遠隔《えんかく》操作術に関する習熟だ。これはどちらかというと、理論畑の人種が得意とする分野である。座標への変更《へんこう》を逐次変数で書き換えるのか、それともプログラムとして構成要件に組み込むのか。思い通りに複数のデバイスを操作するため、最適なアプローチ方法を模索《もさく》しなければならないのだ。

金槍こと【天帝《てんてい》フィデス】はとにかく優秀なＡＷＲだけに　アリスにはテスフィア、ロキに求められるのとは別の素養が必要になってくるだろう。

当初は、結果的に余計な時間を取られるのを避《さ》けるべく簡単な手ほどきをすることにしたアルスだったが、こうなってしまっては、やはり見届けたくなるのが人情というもの。

訓練中の三人を監督《かんとく》しながら、アルスは自嘲《じちょう》ともぼやきともつかない独り言を漏《も》らす。

「なんだかんだで、時間を削《けず》られるというわけだ。当分魔法研究三昧《ざんまい》の生活は望めそうにないな」

ポツリと呟いたそんな声は、三人の少女達の気合の掛け声やら喧噪《けんそう》の中に、誰に聞かれることもなく静かに消えていった。

◇　◇　◇

「やばっ」

訓練から帰路に就《つ》いたテスフィアの第一声は、そんな頓狂《とんきょう》なものだった。

「か、身体が……？」

腕が鉛《なまり》のように重たく、腰《こし》にも疲労《ひろう》が溜《た》まっていたのか、ちょっと動かすと微妙な痺《しび》れが走る。そのため、彼女《かのじょ》は腰を曲げて、老婆《ろうば》のように身体を労《いたわ》りつつ歩かなければならなかった。

「こ、こんなに疲《つか》れるなんて予想外……ア、アリスはどう？」

「私は、初日にしてはコツが掴めたかな。アルもずっと付きっきりってわけにはいかないだろうからね。早めに要領を飲み込めたのは大きかったと思うよ」

テスフィアのヨタヨタした歩みに合わせつつ、アリスはそんな風に今日の成果を振り返った。

具体的にはまず、円環を操作するための精神集中の勘どころを教わったのだ。そのおかげで、多分かなり早いうちに、最初の難所は突破できるような気がしている。

「いいなぁ、こっちは今一つ。ただ凍らせるだけじゃないってのが、よく分からないのよね。何よ、空間を凍結って」

疲れた中年女性のように肩を揉《も》みほぐしつつ、テスフィアがそんな愚痴《ぐち》を溢《こぼ》した。

訓練場から女子寮《じょしりょう》まではそれほど距離《きょり》があるわけではないが、今の彼女には、随分《ずいぶん》と遠いように感じられている。

「でも、アルが言うには、フィアはもう基礎の土台部分ならクリアしてるって」

「そうは言われても自覚ないのよね～。少しでもやれると感じられれば、何となく後は早いと思うんだけど」

「ふふ、どこから湧いてきた自信かな？　また、無駄に指先を凍らせないようにねー」

「うっ……何よぉ～、もう！」

皮肉めいた一言に、テスフィアは、一足先に成果を出した親友のにこにこ顔を、恨めしそうに睨んだ。それからすぐ、溜め息《いき》を一つ吐《は》き出す。

「まあ、いくら簡略化されているとは言っても、元は極致級魔法だしね。まだ最上位級魔法もろくに使えないのに、すぐにできるとは思ってないわよ」

半ば強がりで言ってみただけの自信家めいた台詞《せりふ》も、この手厳しい親友は、少しも見逃《みのが》してくれないようだ。

そもそも極致級魔法は、シングル魔法師でも一つ習得しているかどうか、という高難易度の魔法《まほう》だと、アルスからも慰《なぐさ》め半分の説明を受けている。もちろん軍事上の機密事項《じこう》であるため、他国のシングル魔法師の習得魔法を確認《かくにん》することは難しいのだが、実質シングル枠に手が伸《の》びるレベルの二桁《けた》魔法師を当たっても、極致級魔法を扱える者は、片手で収まる数に過ぎないらしい。

今、自分はその一端《いったん》にチャレンジしているのだ。たとえアルスの助けがあろうとも、そうそう簡単に進むわけがない。

「一体、いつまで掛かるのかしら」

「どうだろうねぇ。でもアルのことだから、今の私達に絶対に不可能な魔法は、教えないんじゃないかなぁ？」

「そうかしら。案外、途中《とちゅう》であいつに見切りを付けられて、卒業まで自習で終わるかもよ」

「んん～……でも、確かに先は長そうだよね」

それから二人はどちらからともなく、同時にそっと肩を落とした。

「そういえば、ロキの方はどうだったか訊《き》けた？」

テスフィアが重い空気を振り払うように、どうにか絞《しぼ》り出したといった感じで、話題を投げかける。

「ん？　無理だよぉ。正直、話しかけられもしなかったかなあ」

ロキは自分達とは違い、学院に来るまで最前線にいた現役《げんえき》の魔法師だ。だからこそ、彼女が新たな力を身に付けるべく行っている訓練は、二人の知るそれとまるで違った。

それは毎回毎回、魔力《まりょく》が底を尽《つ》きるギリギリまで課題に挑戦し、文字通り死力を尽くして立ち向かうという壮絶《そうぜつ》なもの。彼女の真剣な面持《おもも》ちと漲《みなぎ》る緊張《きんちょう》感は、とても気楽に声をかけられる雰囲気《ふんいき》のものではなかった。

初日から自分をあれほど追い込むのだと、見ていた二人は戦慄《せんりつ》にも似た気持ちを味わった。いや、あの姿こそ魔法を身に付ける姿勢として正しいのかもしれない。自分達は所詮、まだ学生気分が抜《ぬ》けていないのだと、思い知らされた。

激しい運動をしたわけでもないのに、魔力と気力を振《ふ》り絞り続けたせいだろう、帰り際《かえりぎわ》のロキは、大量の汗《あせ》で服を濡《ぬ》らしていた。

「確かロキちゃんも、高ランクの魔法に挑戦中なんだよね?」

「うん、【雷霆】とかいう派手な分類が付いてる魔法群の一つよね。他系統のことだし、私もあまり詳《くわ》しくないんだけど、極致級、少なくとも最上位級以上の魔法っぽいわね」

ちなみにこの会話で普通に飛び交《か》っている【極致級】という単語だが、通常ならそれは、学生レベルが日常会話で持ち出すような言葉ではない。そもそも、学院の授業で教えられる魔法の分類は、最高で【最上位級】までである。

無論、軍部でもそれなりに上位まで上り詰《つ》める魔法師なら、自然と周囲との会話で耳に入ってくる程度ではあるが、今の二人の会話を教師が聞いたら、驚《おどろ》きで目を瞠るかもしれない。まあ、アルスという常に規格外の存在と一緒にいるせいで、本人達は自覚がないまま麻痺に、感覚が麻痺《まひ》している部分があるのだが。


「アリスだって、複数のデバイスを同時に操作するんだから目が回りそうよ」

「ふふっ、目というか、それこそ脳味噌《のうみそ》をフル回転させても精神力が足りるかどうかかな。そうだ、後でいいからさぁ？」

わざとらしく言葉を切ったアリスは、何かねだるような甘《あま》えた目をテスフィアに向ける。

「な、何よ……？」

「フィアの【氷界氷凍刃《ゼペル》】の座標指定、どうやってるのか教えてくれない？」

「あ～、良いけど、多分参考にならないと思うわよ」

「うん、自己流だからっていうんでしょ。分かってる」

「…………」

百も承知だとばかり、アリスはにっこりと微笑《ほほえ》んだままだ。しかし、テスフィアからすれば、何もかもお見通しと言われたも同然で、なんだか面白くない。

小さく唸《うな》って黙《だま》り込んだテスフィアの顔を、アリスは「ん？」と、どこか挑発的《ちょうはつてき》な笑《え》みで覗き込む。

途端《とたん》、テスフィアがバッと両腕《りょううで》を振り上げると、「うがあぁぁ」と奇声《きせい》を上げながらアリスに襲《おそ》いかかる仕草を見せる。その逆襲《ぎゃくしゅう》に、アリスは「きゃっ」と笑い交じりの悲鳴を上げて、素早く逃《に》げ出した。

「『分かってる』って何よ！　もう！　待ちなさい、アリス！」

女子寮までの残り僅《わず》かな距離を、訓練の疲れも忘れて、ひとしきりはしゃいで駆《か》けていく少女二人。そんな彼女らを、道行く生徒らが足を止めて、何事かと呆れ顔《がお》で見ている。

そんなことなどお構いなしに、小走りに逃げるアリスを、テスフィアは追いつつ。

（ありがと、アリス）

心中で小さく感謝を言葉にする。アリスが『分かってる』と言ったのと同じく、テスフィアだって『分かっている』のだから。

アリスが自分をからかったのは、最近少し落ち込むことの多い自分に、元気を出させるため。特にウームリュイナ家との一件を、一時的にでも忘れさせようとしてくれているのだと、ちゃんと感じ取っているのだから。

ずっと一緒にいたから、アリスがこういう時に悪ノリすることの意味は、よく把握しているつもりだ。そして、テスフィアはふと気づく。

もしかするとアルスも【貴族の裁定《テンプラム》】の日程や詳細《しょうさい》が決まるまでの時間、少しでもそのことについて考えなくて済むように、あのハードな課題を出したのかもしれない。

身体を、心をひたすらに一つの目的に向けて動かすことで、今はいくら考えても仕方のない憂《うれ》い事から精神を解放させ、心身をリフレッシュさせる。そんな配慮《はいりょ》があったのかもしれない。

ただ、そんな風に考えることもまた、今は野暮《やぼ》なのだろう。

テスフィアは改めてそう思い直し、さっと前に視線を向ける。

そうして彼女は、はしゃいだ声を上げて先を行くアリスを追って軽《かろ》やかに地を蹴《け》った。

そして間もなく、後ろから両腕ごとアリスの背中を包み込むようにして、この親友思いな不埒《ふらち》者を捕《つか》まえたのであった。

それから自室へと戻った二人は、束《つか》の間《ま》の日常に浸《ひた》った。

特にテスフィアは、あれほど精神的に辛《つら》い目に遭《あ》っても、アリスとともに部屋に戻れば一息つくことができ、落ち着いた気分になれた。一人だったら、悶々《もんもん》とネガティブなことを考えてしまう気がする。いつもと違《ちが》い、こういう時には図太くなれないのだから困ったものだ。

それぞれシャワーで今日の汗を流して、部屋着に着替《きが》える。お互《たが》いに髪《かみ》の毛《け》を乾《かわ》かしてから、アリスがテスフィアの赤毛を丁寧《ていねい》に梳《す》いてくれた。

これも、いつものことではある。年頃《としごろ》の女性として、身だしなみには気をつけているつもりではあるが、やはり細かいところではアリスに助けられてしまう。

今日は普段《ふだん》よりもさらに、アリスとの距離が近い気がした。

食堂へ向かう時も、他愛無《たあいな》い会話が飛び交う。やはり、心が軽かった。

アルスやロキの前ではさすがに【テンブラム】の話題を避けることはできないが、二人の時には、アリスがやはり気を遣《つか》ってくれているようで、彼女が自らその話題に触《ふ》れてくることはなかった。そして何より、大丈夫《だいじょうぶ》だとか絶対に安心だとか、安直なその場しのぎの言葉を聞かずに済むのがありがたい。

それからアリスと連れ立って寮の食堂へ向かっている時、一人の女生徒が、二人に気づいて声を掛けてきた。

「これから食事?」と無造作に訊《たず》ねられる。

頷いた二人に、彼女は微笑《びしょう》して言う。

「そうなんだ、二人は相変わらず仲がいいわね。そういえば……」

女生徒は、急に表情を少し曇《くも》らせ。

「リリシャさんって、まだ食堂に来ていないみたいだけど、何かあったの？　私、隣部屋《となりべや》なんだけど、しばらくいなかったみたいでさ。で、ちょっと前、彼女の部屋で気配だけはしたんだけど、何だか様子がおかしくて……少し気になったから、ドア越《ご》しに声を掛けたんだけどまるで返事がなくてね。さすがに夕食には来てるかな、と思ったんだけど」

テスフィアとアリスはそれを聞いて、お互いに顔を見合わせた。

◇◇◇

しばらく後、二人は女子寮の、リリシャの部屋の前に立っていた。

「なんだかんだで面倒見《めんどうみ》がよいよね、フィアって」

アリスが笑顔《えがお》で耳打ちしてくるのに、テスフィアは。

「しょうがないでしょ、あんな風に気になること言われちゃね。そもそもリリシャは、ウームリュイナとの会談に、アルと一緒に行ってくれたわけだし？　まあ、気が合わないのは相変わらずだけど、少しは感謝してるのよ、これでもさ」

「はいはい」

「まったく、こういう時に頼《たよ》れるお友達くらい作っときなさいよね、いちいち私達《たち》が駆り出される羽目になるんだから」

「フィアって、ホント素直《すなお》じゃないよね」

アリスが再び笑い、少しだけ頬を赤く染めたテスフィアはプイッと顔を背《そむ》けて、そっとリリシャの部屋の呼《よ》び鈴《りん》に手を伸ばした。

が、何度呼び鈴を鳴らそうとも、内からの反応はない。二人はなんとはなしに顔を見合わせる。

「さっき部屋から気配がしたって聞いたんだから、帰ってきてるのよね？」

リリシャの部屋は一人部屋なので、同居人がいるはずもない。こうなると、食堂の近くで女生徒から聞いた「様子がおかしくて」という言葉が妙《みょう》に引っかかる。

「ちょっと！　いるなら返事くらいしなさいよ。食堂で出る夕ご飯のタイミングだって、時間で決まってるんだから」

今度は呼び鈴ではなく、手ずからドアをノックするテスフィア。

それでも返答はない。いや、ドアにテスフィアが僅かに耳を押し当ててみると、微《かす》かに中に人がいるような気配だけは感じ取れる。

痺れを切らしたテスフィアがノブに手をやると、鍵など最初から掛かっていなかったように、スルリとドアが開く。

「⁉」

またもテスフィアとアリスは顔を見合わせた。不用心にもほどがある、というべきか。だが同時に不穏《ふおん》な気配をも感じ取り、どちらからともなく頷き合った後、二人はドアを開き、中を覗き込んだ。

室内に明かりはなく、代わりに薄暗《うすぐら》い闇《やみ》が広がっているばかりである。

「入るわよ？」

「ちょっとフィア⁉　あ、リリシャちゃんいる？　あのね、そろそろ食堂の夕食時間が……」

先に足を踏《ふ》み入れたテスフィアの後に、アリスが言い訳がましい言葉を並べつつ続いた。だが、相変わらず反応はない。玄関《げんかん》を過ぎて部屋へと近づくが、中はまったくの無音だ。

溜め息を吐《つ》きながら、テスフィアは部屋の中を覗く。

無意識にテスフィアの手が、ドアのすぐ傍《そば》にあるはずの照明のスイッチに触れた。

その直後、室内から異様な息遣《いきづか》いが聞こえてきた。更《さら》に奥《おく》から微かに漂《ただよ》ってくる、独特の匂《にお》い。何かの草をすり潰《つぶ》したような、植物特有の青臭《あおくさ》いものだ。

「ちょっとリリシャ、何やってるの？　いるなら返事ぐらいしなさいよね」

そう言いながら、パチリとテスフィアが室内の明かりを点《つ》ける。

同時に、ぎょっとして向けられた視線の先には、床の上に直接横たわっている、人を模《かたど》った毛布の塊《かたまり》。

隙間《すきま》から金髪《きんぱつ》が散らばって見えていたので、それがリリシャであることは容易に察せられた。

「なんかおかしいよ、フィアッ!!」

アリスのただならぬ声は、焦《あせ》りのあまり、怒鳴《どな》ったようにも聞こえた。一瞬《いっしゅん》立ち尽くしたテスフィアの脇《わき》を、アリスがさっと駆け抜けていく。

我に返ったテスフィアも、アリスに続いてリリシャの側に駆け寄った。

彼女が包《くる》まる毛布は、随分と汚《よご》れていた。さらに、その端《はし》から出ている足は、裸足《はだし》で泥《どろ》だらけ。しかも、細かい傷があちこちに見えている。何より妙なことに、部屋の窓は全開だった。

「リリシャちゃん！」

介抱《かいほう》のために膝《ひざ》を突《つ》き、リリシャの頭を覆《おお》っていた布をずらしたアリスが、現れたその顔色を見て絶句した。まるで幽霊《ゆうれい》のように青白かったのだ。慌《あわ》てて身体をさすろうとすると、痙攣《けいれん》めいた激しい震えが、彼女の全身を襲っているのに気づく。

すかさずリリシャの額に触れたアリスが、「熱い！　なんでこんなに！」と動揺《どうよう》した声

を上げた。

続いて身体を覆っている毛布をずらそうとするが、それは動かなかった。よく見ると、顔面蒼白《そうはく》でとうに意識など失っているはずのリリシャが、片手で布の端をガッチリと握《にぎ》り込んでいる。まるで無意識の内にも、何かを隠《かく》すように。

「アリス、すぐに保健医に知らせてくるわ」

アリスはそんなテスフィアの声に頷くだけで応《こた》え、そっと慎重《しんちょう》に手を伸ばし、毛布を握り込むリリシャの指を解きほぐしていく。一本ずつ丁寧にだが、それなりに力を入れて引き剥《は》がすことで、ようやく毛布を動かせるようになった。そして……。

「「……!!」」

絶句した二人を同時に襲ったのは、背筋が凍《こお》るような戦慄だった。

唇《くちびる》が震える。心臓を鷲掴《わしづか》みにされたように呼吸が苦しくなり、動悸《どうき》が強まる。

アリスは瞠目《どうもく》して、身体を戦慄《わなな》かせた。

テスフィアは息を呑《の》むように手で口を覆った。

布の下には、リリシャの焼け爛《ただ》れた肌《はだ》があった。それは事故などのせいではなく……明確に、人為的《じんいてき》に付けられたと分かる火傷《やけど》の痕《あと》だ。

それは不気味な焼印だった。何かの模様を模るように、リリシャの白い背中を醜《みにく》く焼いて、悪魔《あくま》の爪痕《つめあと》のように広がっている。

目を逸《そ》らすこともできず見つめる二人の歯が、同時に襲ってきた恐怖《きょうふ》に浮《う》く。拷問《ごうもん》にでもあったのだろうか。蜘蛛《くも》の巣のようなその形……そこには、この陰惨《いんさん》な暴力の実行者の、隠す気もない露骨《ろこつ》な悪意を感じずにはいられなかった。

二人はこれまで、世界にこれほど残酷《ざんこく》なことがあることを知らなかった。ただ人の天敵たる魔物《まもの》だけに目を向けていれば良い、と。魔法《まほう》師の雛《ひな》であればこそ、そんな無邪《むじゃ》気な在り方、ある意味で狭隘《きょうあい》な理想と正義だけを追っていた。

そんな甘い羊膜《ようまく》に覆われた世界観を、その光景は暴力的なまでの衝撃《しょうげき》とともに吹《ふ》き飛ばす。残酷な現実と世界が秘めた悪意が牙《きば》を剥《む》き、二人に襲いかかったのだ。

一拍遅《いっぱくおく》れて、正気を取り戻《もど》したのはアリスだった。

「フィア！　急いで！」

「あ、う、うん！」

リリシャの火傷に触れないように注意しつつ、アリスはリリシャを背負う。

一人助けを呼ぶために走ったテスフィアだったが、一瞬《いっしゅん》だけとある懸念《けねん》が脳裏《のうり》を掠《かす》める。

果たして、リリシャの背中の痕を、このまま衆目に晒《さら》して良いのだろうか。

だが、すぐにテスフィアは肝心《かんじん》なことに気づき、迷いを絶つように頭《かぶり》を振った。今は何よりも、リリシャの生命を優先しなければならない。世間体《せけんてい》など構ってはいられない、事態は一刻を争うのだから。

結局、大騒ぎになってしまったこの事態を収拾《しゅうしゅう》するべく、寮長《りょうちょう》であるフェリネラが動き出した。

この女子寮にも当然、保健医はいる。が、あいにく今は別件で不在だったので、保健室へと運び込まれたリリシャの応急処置は、その手の心得があるフェリネラが行うことになった。神妙《しんみょう》な顔で手を動かしつつ、フェリネラは心配顔で見守っているテスフィア達《たち》に言う。

「薬が足りないわね。本校舎の保健室と違って、ここには比較的軽微《ひかくてきけいび》な怪我《けが》や病気に処方する薬しか置いていないの。イルミナが先生を呼びに行っているから、その間に、あなた達はアルスさんに知らせてきなさい」

「え、アルに？」

テスフィアの訝《いぶか》しげな声に、フェリネラは硬《かた》い表情で頷く。その態度はテスフィアとアリスに有無《うむ》を言わさないものだったので、テスフィアもさすがに、頭に浮かんだ続く疑問の言葉を、喉《のど》の奥で押し止《とど》めざるを得なかった。

二人が急ぎ足で出ていった後、一人残ったフェリネラは眉《まゆ》を顰《ひそ》めつつ呟《つぶや》く。

「……どうにも、不味《まず》いわね」

消毒その他、応急処置は終えたのだが、フェリネラの額には大粒《おおつぶ》の汗がにじんでいた。

学業の傍《かたわ》ら、諜報《ちょうほう》部隊を率いている父・ヴィザイストの仕事をも手伝っている彼女には、日常的なものだけでなく、軍で必要とされる類の医学知識もある。だからこそ、リリシャの火傷が何を意味するのかを、正確に察することができたのだ。

この事態は後で父にも報告しなければならないが、何よりもこの場でリリシャを死なせるわけにはいかない。万が一にもそんなことがあれば、大きな波乱が起こることは必至だ。

（ちょうど、独自に動いていた〝例の案件〟と被《かぶ》りかねない。まさに、お父様が憂慮《ゆうりょ》していた事態だわ）

国内外に広範《こうはん》なネットワークを持つ諜報部では、父の意向もあって、アルスへと裏の仕事を回すための情報収集も兼ねている。そのため、フェリネラも必然的にいろいろと気を配らざるを得ないのだ。その関係で、ここ最近、軍部からのアルスへの干渉《かんしょう》は、少々行き過ぎているのでは、という域に入っていることも知っている。

それを裏付けるかのように、王宮筋が出元らしい妙な情報があり、フェーヴェル家までがその真偽《しんぎ》を探ろうと躍起《やっき》になっているという事実がある。

そんな中で、ヴィザイストが人一倍注目していたのが、このリリシャという少女であった。先日、アルスがわざわざ学院からフェーヴェル家に舞《ま》い戻り、そこで起きていた戦闘《せんとう》に介入《かいにゅう》することで、リリシャを助けたことも報告が来ている。

しかし、アルスが彼女を救ったその矢先に、これとは……単独でフェーヴェル家に侵入《しんにゅう》したリリシャの〝後ろ暗い目的〟を考えれば、その失敗を咎《とが》めての懲罰《ちょうばつ》の類か、とも思われる。

（………）

無言で考え込むフェリネラがふと気づくと、ドアの外には、級友の身や、寮内《りょうない》で発生した不可解な事件のことを案じて集まったらしい生徒達の気配が満ち満ちている。ただ、イルミナが治癒魔法師《ちゆまほうし》を連れてくれれば、一緒《いっしょ》に追い散らしてくれるだろう。

（まずはアルスさんがどう反応するか。それ次第《しだい》で、諜報部の動きも決まるかしら。場合によっては、お父様に連絡《れんらく》する間もなさそうね）

ふと、微かな気配を感じたフェリネラは、そっと意識を集中し、空気の流れに乗せて、魔力を放った。

恐らく、テスフィアとアリスは、もうアルスの研究室に到着《とうちゃく》したのだろう。だいぶ距離が離《はな》れていても、風系統の優秀な才能を持つフェリネラは、それをはっきりと感じ取ることができた。感じる者に圧倒的《あっとうてき》な印象を与《あた》える大きな魔力が、こちらに向かってくる。そして……。

（あら？　これは予想外）

フェリネラがそう心中で呟いたのは、続いてアルスに合わせるかのように、彼《かれ》の前に理事長のものと思われる、これまた圧のある魔力が並んだからだ。

（……？　何だか、穏《おだ》やかな様子ではなさそうね）

フェリネラがはっとしたのは、吹き荒《あ》れる二つの魔力が、互いを威圧《いあつ》するかのように絡《から》み合い、渦巻《うずま》くさまが感じられたからだ。

何が起こっているのか。どうやらそこで、互いの意志がぶつかり合っているようだ。ただしそれも一時のことではあり、やがて二つの魔力は、比較的《ひかくてき》落ち着いたものに変化していった。理事長と対峙《たいじ》していたアルスの激しい感情は薄《うす》れ、理性と言葉を伴《ともな》った、何かの話し合いへと移行したらしい。

フェリネラがほっと胸をなでおろした。どうやら二人の話は、上手《うま》く纏《まと》まったらしい。アルスの魔力が、システィ理事長のものと分かれ、再び女子寮に向けて動き始めたことで、フェリネラはそう察したのだった。

◇　◇　◇

先程《さきほど》訓練を終えて寮《りょう》に帰ったはずのテスフィアとアリスが、今度は一転して血相を変えて飛び込んできた時、アルスとロキは、さすがに怪訝《けげん》な顔をした。二人もちょうど、食事でも取ろうかというタイミングだったからだ。だが、そんな食事時の穏やかな雰囲気は、続く二人の台詞で一変してしまった。

「リリシャが大怪我《おおけが》して」

「部屋で倒《たお》れてたの」

テスフィアとアリスが、切れ切れな言葉を繋《つな》ぎ合わせるようにして、一大事を伝える。そうと聞くや、すぐに嫌《いや》な予感がアルスの脳裏を掠めた。同時にチクリと、後頭部に痛みめいたものが走る——まるで、感情を揺《ゆ》らすツボでも刺《さ》されたかのような感覚だった。

「どんな状態だ」

硬い口調でのアルスの言葉を受け、テスフィアとアリスは交互《こうご》に、息つく暇《ひま》もないかのように語り出した。

リリシャの背中に広がっていた、酷《ひど》い火傷の痕。そしてそれが、決して事故などで付いたものではないはずだ、という事実。

後ろに控《ひか》えていたロキは、リリシャの身に起きた事件の詳細を聞くたび、胸を締《し》め付けられるような気がしてならなかった。

同時に優《すぐ》れた探知魔法師である彼女には、その陰惨な出来事の報告を聞くたび、アルスの発する圧が強まっていくのが、背中越しにも鋭敏《えいびん》に感じ取れた。まるで彼が、感情とともに膨《ふく》らもうとする内在魔力を、極力抑《おさ》え込もうとしているかのような具合である。

それこそ、シングル魔法師であるアルスの魔力が一斉《いっせい》に解き放たれれば、テスフィアとアリスは立っていることもできないだろう。アルスの意図や脅威《きょうい》を感じ取る彼女らの感受性などに関係なく、ただ、圧倒的な暴風の前に吹き折られる若木のように、その場で膝を屈《くっ》してしまうはずだ。下手をすると魔法師としての資質そのものがスポイルされかねない。

「今はすぐに、治癒魔法が使える先生を呼んでもらって……そ、その間にアルに知らせてって」

「誰が」

「フェリ先輩《せんぱい》」

「…………」

アルスが沈黙《ちんもく》している間、テスフィアとアリスは、彼と目を合わそうとしなかった。

ただ、彼女らはアルスの硬い表情に委縮しているという以上に、彼の内心を図《はか》りかねてもいる。二人の目には、そんなアルスの姿は、リリシャのことを特段心配しているようでも、分かりやすく怒《いか》りに燃えているわけでもないように映っていた。

ただ、それは二人が深い奥底《おくそこ》にあるものに気づいていないだけのこと。分かりやすいサインこそ示されていないが、アルスが今、どうしようもなく不快になっているのは事実であり、その苛立《いらだ》ちの矛先《ほこさき》が、今は存在さえ不確かな〝事の元凶《げんきょう》〟に向いていることまでは、知る由《よし》もなかったのだ。

とはいえ、部屋の空気は、文字通りどんどん重くなってきている。先程ロキが感じ取ったのと同じ、アルスの発する圧は、今やはっきりと重圧となって部屋を覆っていた。それを、テスフィアとアリスはもろに受けているのだ。無意識のうちにも次第に立っていられなくなり、二人の額に汗が滲《にじ》み、足が震《ふる》え始めたところで、ロキが鋭《するど》く叫ぶ。

「アルス様、お二人は関係ありません！」

「……分かってる」

真正面からこの状態のアルスと向き合っていることを考えれば、二人はよく堪《た》えていると言える。いったいどれほどの圧を感じているのか。

少し強引《ごういん》だが、仕方ない。ロキは溜め息を吐くと、足がすくんでいる二人はいったん置いて、アルスを研究室から連れ出し、一緒に女子寮に向かうことにした。

◇◇◇

「アルス様、状況《じょうきょう》を把握《はあく》する上で、一先《ひとま》ず聞いておきたいのですが……リリシャさんがああなる前、アルス様と何かあったんですか？」

ロキの疑問に、アルスは少し逡巡《しゅんじゅん》する様子を見せたが、結局は重い口を開いた。

リリシャが【アフェルカ】の暗殺者としてフェーヴェル家を襲ったこと。そこでセルバと対峙して追い込まれていたのを、アルスが介入して助けたこと。そして、恐《おそ》らくそれ自体が、より大きな企《たくら》みの一部であり、自分のそんな動きすら、計画の歯車の一つとして組み込まれていたのではないか、と考えていることも。

「もう少し早く教えてくだされば……何ができたとは思えませんが」

「多分、総督《そうとく》も絡んでいる。ただ、それが本当にベリックの意向かどうかは知らんが、リリシャは恐らく捨て駒《ごま》だ。【アフェルカ】にとっても、この計画の後ろにいる奴《やつ》にとってもな」

アルスの選択次第《せんたくしだい》で、リリシャの生死は文字通り、天秤《てんびん》に掛けられていたのだ。ただ、それがどちらに傾《かたむ》いたところで大勢に影響《えいきょう》はない、という冷徹《れいてつ》な判断もまた存在したのは間違《まちが》いない。

アルスとしてはそれがどうにも気に食わない。リリシャの生死の扱いというよりも、己の意志とは関係ないところで、下らないゲームの分岐《ぶんき》スイッチ役を担《にな》わされたという事実自体が、である。

「…………」

ロキは無言だった。

が、次の瞬間《しゅんかん》、アルスの荒々《あらあら》しい魔力が、堰《せき》を切ったように吹き荒れた。

人影《ひとかげ》が……アルスの目の前に、忽然《こつぜん》とある人物が現れたからだ。

「あんたの口車に乗ってやって、結局はこれか」

不敵な口調で、アルスは〝彼女〟に語気鋭く言い放つ。

「言いたいことは、分かるわ……」

風に乗ってでも現れたように、アルスの眼前に降り立った女性――システィは、申し訳なさそうな口調でそう言う。

ただし言葉とは裏腹に、その目付きは大胆不敵《だいたんふてき》なもの。さらに、システィもまた、かつて〝魔女《まじょ》〟の異名を取った元シングルとしての、強大な魔力を纏っていた。それは、アルスがぶつけた荒々しい魔力の暴風に対抗《たいこう》するもの。アルスの心情を理解はするが、己もまた押《お》されっぱなしでいるつもりはない、という明確な意思表明の証《あかし》だ。そもそも、真の敵意まではなくとも、ある魔法師が別の魔法師の前で巨大《きょだい》な魔力を放出することは、つまるところ魔法の行使をほのめかす行為《こうい》であり、まさに敵前で剣《けん》を抜くに等しいのだから。

そんな二人の対峙を、ロキは物悲しげに眺《なが》める。

これではまるで、アルスが秩序《ちつじょ》の破壊者《はかいしゃ》であり、学院を守るためにシスティが立ちはだかっているようではないか。

かつては軍の一部の人間にその力を畏怖《いふ》され、同時に便利な刃《やいば》として使われてきたアルスだ。どれだけ軍に貢献《こうけん》しようとも、結局は、危険な怪物《かいぶつ》にも等しい扱《あつか》いは変わらないのかもしれない。

でも、自分だけは常にアルスと共にあることを誓《ちか》った身だ。いざとなれば、システィを敵に回してでも……。

だからロキは言いたいことを伝えるために、全魔力を迸《ほとばし》らせた。魔力が稲妻《いなずま》を纏って、雷竜《かみなりりゅう》の尾《お》のように周囲の空間に走り、パチパチと爆《は》ぜる。

(システィ理事長……あなたは何故《なぜ》、そちら側に立っている！)

何故、アルスに対抗しようとしているのか。

何故、アルスと対立するように、魔力をみなぎらせているのか。

ロキはアルスの脇を固めるように並び立ち、油断ない視線でシスティを睨《にら》みつけた。

次いでナイフ型のAWRを取り出し、切先を容赦《ようしゃな》無くシスティに向けて構えなおす。

その様子に、システィは瞠目する。学院の理事長たる自分に、紛《まぎ》れもない殺気を向けてくるロキの態度には、断固とした覚悟《かくご》と意志が感じられた。だが。

「アルス様?」

臨戦態勢のロキの前に、すっとアルスの腕《うで》が突き出され、彼女《かのじょ》の動きを制止する。

ロキの殺気にあてられ、かえって主の方が幾分《いくぶん》冷静になったのか、アルスの魔力が一気に制御《せいぎょ》され、落ち着いていく。同時にそれを察したシスティもまた、魔力の放出を止めた。

結果として、ロキは立場的には最高の仕事をしたことになる。実際、システィを敵に回すことも厭《いと》わない彼女だが、ここであえて感情の代弁者となることで、アルスを一旦《いったん》落ち着かせることができたのだ。

「分かりましたよ、今はリリシャの容態を確認するのが先だ。が、その間に俺《おれ》とあなたの間にあるらしい、ちょっとした誤解を解いてください。解く気があれば、ですが。早とちりであればいいが、とにかく今は、気分が良くない」

「ええ、分かっているわ。私ももちろん、今からリリシャさんの容態を見に行くけれど、その前に一つ弁明させてくれると助かるわ。言っておくけど、こうなることを予想してあなたにあの情報を示唆《しさ》したわけじゃないのよ」

示唆……唆《そそのか》した、という言葉を選んだことで、システィは婉曲的《えんきょくてき》に、自分も責任の一端を担っていることを告げた。

そう、アルスはあの時リリシャの命を救ったが、皮肉にもそのことが、結果的にリリシャを悲劇に追い込んだ。システィには朧《おぼろ》げながら、事態の経緯《けいい》が想像できつつあったのだ。

「何を、知ってるんです？」

「そうね。それじゃあ、移動しながらにしましょう」

システィは神妙な面持《おもも》ちで歩を進めると、警戒《けいかい》するロキに小さく微笑みかけてから、そっとアルスの隣《となり》に並んだ。

無言ながらも、アルスはそれを受け入れる。

それから、三人はリリシャが収容されている女子寮《じょしりょう》の保健室へと歩き出す。その道すがら、まず口火を切ったのはシスティだった。

「まず、はっきりと謝《あやま》らせてもらいます。これは私の落ち度でもあるわ。詰めが甘かった。まさか〝彼〟が、自分の妹を粛清《しゅくせい》しようとするとは、思わなかったのよ」

ピクリとアルスの眉が反応する。

「粛清、その物言いだとリリシャは単に【アフェルカ】の一員ではないんですね」

「ええ、【アフェルカ】を率いているのは、リリシャさんの兄、レイリー・ロン・ド・リムフジェ・フリュスエヴァンよ」

「で、あいつが頭目の妹だったとすると、【アフェルカ】内の権力闘争《とうそう》か何かですか」

「そんな派手な政治劇ではないと思うわ。ただ、とにかく〝彼〟は危険な存在よ。まさか血の繋がった妹を粛清するなんて、私の失態だわ」

システィは自らの爪《つめ》を噛《か》み砕《くだ》かんばかりに、自責の念を吐《は》いた。

実際システィ単独では【アフェルカ】の全《すべ》てを調べ上げることは難しかったのと、彼女が実は、この計画の一端《いったん》を知っていたからこそ、怠《おこた》ってしまった節もある。余計な手出しを避《さ》けた消極的なスタンスが裏目に出た形だ。

「…………」

アルスはしばし黙り込んだ。

【アフェルカ】とは、どうやら相当に苛烈《かれつ》な組織であるらしい。だとすれば、一度でも任務に失敗した者は、すぐにその役目を解かれ、組織には不要の存在として処理されるということだろうか。確かに、彼らは陰《かげ》に生きるからこそ、暗殺者でいられる。光の中に引きだされてしまえば、暗殺者ではなく、ただの血で手を汚した外道《げどう》者でしかない。

しかし、それでも現代における暗殺は、ときとして、正義の執行《しっこう》を大義名分とする。特に、軍や国家が裏でそれを行う場合には、特に顕著《けんちょ》だ。そういったケースでは、非合法とはいえ、そこには少なからず保障が存在すると言っていい。例えば、アルスが裏の仕事を請《う》け負《お》う時がそうだ。だがそんな場合、もちろん暗殺の標的は、表立って法で裁けない非道な犯罪者や極悪人《ごくあくにん》に限られる。それもアルスの経験から言えば、迅速《じんそく》な対応が必要で、抹殺《まっさつ》を秘密裡《ひみつり》に遂行《すいこう》しなければならないケースが大半である。また、以前のグドマ・バーホングの事件の時がそうであったように、同時にヴィザイストの諜報部隊が裏で動くことも多い。

とにかく、彼らからアルスにもたらされる依頼《いらい》は、〝勧善《かんぜん》〟とはいかずとも〝懲悪《ちょうあく》〟ではあったのだ。しかし、今回のリリシャの一件は……。

アルスは不機嫌《ふきげん》そうに眉根を寄せた。システィの眉間《みけん》によった皺《しわ》も、彼女の後悔《こうかい》を物語っていた。リリシャの命を救った、という意味では、アルスを間接的に動かしたことが、システィの取りうる最善の選択《せんたく》であったことは間違いないのだが。

考えてみれば、アルスにも落ち度はあったのかもしれない。あのままリリシャを帰してしまったこと……今はそれが、いかにも失策だったと思える。

あの時点では、まさか捨て駒とまでは思っていなかったが、こうして見れば、リリシャがセルバに殺されることを【アフェルカ】は最初から想定していたとさえ思えるのだから。だとすれば、おめおめと帰還《きかん》した彼女が、責を負わされることまで考えるべきだったのだ。

（チッ……！）

アルスは内心、この状況と、それに苛立ちを感じざるにはいられない自分に、思わず二重の意味で舌打ちをした。

「理事長、あなたは今回の一件には、総督も絡んでいると言ってましたね。ベリック総督もまた、舞台《ぶたい》の登場人物に過ぎない可能性も……。だとすれば、その裏にいるのは、やはりシセルニアですか」

ついに元首への敬称《けいしょう》すらも取り払《はら》ったアルスの冷たい声は、システィに返事を濁《にご》すことさえ許さなかった。

「……私はそう見てるわ。まあ、ヴィザイストも何かと動いているようだけどね。彼もきっと、何も知らないはずはないと思うわ」

「………………」

そういえば、テスフィア達に、リリシャの一大事をアルスにも知らせるよう指示したのは、フェリネラだったらしい。治癒魔法師でないアルスにそれを伝えることには、彼女なりの意図があったのかもしれない。いずれにせよ、フェリネラはヴィザイストの娘《むすめ》なのだから、何か知っていてもおかしくはなかった。

ただ、ヴィザイスト・ソカレントの関与《かんよ》をほのめかすシスティの言葉は、同時にどうにも食えない意図を感じさせる。どうせ、ついでにヴィザイストも巻き込めれば、などと考えているのだろう。

アルスはそんなシスティが浮かべた意地の悪い笑みを、冷ややかに眺めつつ言う。

「今の状況に、ヴィザイスト卿も協力していると？」

「ん～……いえ、それはないわね。彼が独自に状況について調べていたのかもしれないし、別件を探《さぐ》るうち、偶然被《ぐうぜんかぶ》ったのかもしれない」

システィはそう否定しつつ、つい最近、自分もヴィザイストにコンタクトを取ろうとしたのだと告白する。

「で、あなたは〝どちら側〟に付くんですか。俺もわざわざ、敵か味方か面接しているほど暇じゃないんで」

「こうして弁明の機会をもらってるわけだし、こうなった以上、私も静観するわけにはいかなくなったわ。忘れているかもしれないけど、リリシャさんはうちの生徒なのよ。だからこそ、彼女が巻き込まれた重大事を無視することはできません。もちろん、あなた達に協力するわよ」

システィは真顔でそう返しつつ、ふと振《ふ》り返って、なおも油断のない視線を注いでいるロキに言った。

「あのね、ロキさん。私、一応これでも学院の理事長なのよ？　いくらアルス君のことを信頼《しんらい》していたとしても、彼がただならない魔力《まりょく》を発していた以上、あの場では応戦の姿勢ぐらいは見せておかないと。別に彼が大暴れすると思ってたわけじゃないけど、何かあったらここを守るのは、私の務めなんですから。分かってもらえると嬉《うれ》しいんだけどなぁ～？」

あくまでにこやかに、含《ふく》みを持たせた言い方ではあるが、確かに、ロキでは何かあってもアルスを止めることはできなかっただろう。冷静に考えれば、システィはあの場でロキが担うべきアルスの抑止役《よくし》を、肩代《かたが》わりしようとしてくれたとも言えるのだ。

「……分かりました。仰《おっしゃ》るように、アルス様があのまま女子寮に向かっては、暴れることはなくても、魔力の波にあてられた生徒が、次々と倒れかねないですし」

肩《かた》を竦《すく》めてそう言ったロキに、システィは「そういうこと」と朗《ほが》らかな笑《え》みで応えた。

「俺は、手の付けられない乱暴者か何かですか？　別に寮を吹き飛ばしたりしませんよ。そもそも、俺がわざと魔力を放出し、理事長にお目見え頂いたとは考えられないんですか」

「あらまあ、そうだとしたら随分《ずいぶん》乱暴な方法よね？　やっぱり、不良かならず者のやり口で、褒《ほ》められたものじゃないと思うけど」

「はいはい、分かりましたよ」

芝居《しばい》がかったシスティの口調に応じ、アルスも肩を竦めてこの場を流すことにした。もはや怒《おこ》る気にもなれないし、今度こそ理事長は、その立場を離れて「システィ個人」として、手を貸してくれるという言質《げんち》を取れた。今のところは、それだけでも良しとしなければならないのだろう。

ロキも結局のところ、理事長を敵に回さずに済んで、安堵《あんど》しているようなのだから。

「それで、この後は……」

改めて、という感じでロキが今後の対応を問うと、アルスとシスティの返答が重なる。

「まずは、リリシャの容態を確認《かくにん》してからだろうな」

「そうね、そこは完全に同意見だわ」

かくして、学院最強の生徒とかつて〝魔女〟と呼ばれた理事長は、一緒に並んで、女子寮へと足を踏み入れたのだった。

◇◇◇

「道中、特に問題もなかったようで良かったです」

そこで、女性保健医とともにアルス達を待っていたフェリネラは、三人を満面の笑みで出迎《でむか》えた。

アルスとしては理事長との一件を見透《みす》かされたようで釈然《しゃくぜん》としないが、彼女の心底ほっとしたような表情を目の当《ま》たりにすると、皮肉で返すつもりにもなれない。そんな彼に代わって、システィ理事長がにこやかに言う。

「そうね、本当に。でもまぁ、アルス君も男の子ですもの」

「そうですね、理事長。アルスさんも、やっぱり男の子ですものね」

アルスにはどうも分かりかねる、女同士の妙に息の合ったやり取り。

この場にただ一人の男性故にか、何となく旗色というか居心地《いごこち》の悪さを感じ取ったアルスは、さっさと話題を変えるべく、ここへやってきた目的のことを持ち出す。

「それで、リリシャの容態は」

この質問には、厳しい表情のまま、治癒魔法師でもある保健医が答える。

「正直、あまり良いとは言えません。火傷を負った時から時間が経《た》ち過ぎていることと、衛生状態があまり良くなかったことから、感染症《かんせんしょう》にかかっている疑いもあります。幸い、寮だけでなく本部のものもかき集めてきたのでそれなりに薬は揃《そろ》っていますし、治癒魔法も、何度か繰《く》り返し掛《か》けることで、一定の効果は見込めるでしょうが……」

口籠《くちごも》った彼女の代わりに、フェリネラが後を引き継《つ》いだ。

「それほどに、酷い状態なのです。女性の身体《からだ》のことですし本来なら配慮《はいりょ》が必要ですが、今は緊急事態《きんきゅう》です。アルスさんと理事長が良ければ、実際に見ていただいた方がよろしいかと」

二人が頷《うなず》いたので、フェリネラはそっとベッドに近寄り、眠《ねむ》っているリリシャの背中がよく見えるよう、毛布をゆっくりと捲《まく》った。

「これは……」

リリシャの背中に広がった焼印の痕を見て、アルスは目を細めて小さく唸《うな》った。アルスも軍人であればこそ人体の傷の類はかなり見慣れているが、それでも、こんな悪意の塊のようなものを見せられては、決して良い気持ちはしない。

「呪印ね」

「そうです」

システィの指摘《してき》に、フェリネラが頷く。そこに、ロキがおずおずと挙手し。

「あの……呪印とは、何でしょうか。聞いた感じだと、闇系統の魔法の一種なのですか？」

この問いに、眉根《まゆね》を寄せつつアルスが答えた。

「違《ちが》う。いや、確かに元は闇系統の技だったらしいが、こう見えて、裏世界の拷問や捕《ほ》虜《りょ》・囚人《しゅうじん》識別などの上で、かなり〝使い勝手〟が良かったらしくてな。最終的には闇系統の力に頼《たよ》らず人体に刻む方法が、編み出されたと聞く。この焼印の痕も、おおかたそういった外法《げほう》の技の一種だろう」

「な、なるほど」

リリシャの背中には包帯が巻かれているのだが、それでも隠し切れないほど広がっている、奇妙《きみよう》で不気味な悪魔の刻印。

ロキはそれを、どこか薄ら寒《さむ》い思いで見つめた。そこにフェリネラが続けて。

「アルスさんの言う通りだと思うのですが、これは通常の呪印とも少し違うようです。そもそも呪印自体が、国際条約で禁じられている技術のはず。私も多少は知識があるつもりですが、こういったタイプのものについては、聞いたこともありません。理事長は、どうですか？　年の功……いえ、その、いわゆる経験の差と言いますか、私達《たち》より幾分かはご存じかと思うのですが」

「ちょっと、言い方！　何だか失礼なことを言われた気もするけど、この際だからまあいいわ。そうね、確かに呪印は、かつてはともかく、現在では禁じ手になっているものよ。ここ何年かは、どこかで使われたって話すら聞いたことがないわね。そもそもこういった裏世界のことは私の得意分野でもないから、あまり期待しないでほしいのだけれど。一応、知っていることなら幾《いく》つか」

そんな前置きをして、システィはそっと、傍《かたわ》らの椅子《いす》に腰《こし》を下ろす。その顔色は決して良くはなかったが、一先ずリリシャがすぐにも命を落としかねない容態ではなかったことには、幾らか安堵しているらしい。

ほうっと一つ溜《た》め息《いき》をつくと、気持ち声量を抑えつつ、システィは古い記憶《きおく》を辿《たど》るように語り始めた。

「呪印の起源には様々な説があるけれど、一説には魔物《まもの》の出現後、嗜虐嗜好《しぎゃくしこう》の貴族お抱《かか》えの魔法研究者が、完全な趣味《しゅみ》で作り出したとも言われているわ。そもそも昔は、魔法の力が恐れられるあまり、技術的処置による魔力封印《ふういん》という発想に至ることは、さして珍《めずら》しくなかったの。そして、呪印が本格的に発展したのは、さらに後の話ね。昔ではないけれど、今よりもずっと魔法の受け入れと研究が遅《おく》れていて、異能なんかは差別や迫害《はくがい》の対象になっていた頃《ころ》のことよ」

アルスは、システィが指し示している時代について、思い当たる節があった。現代の魔法は、皮肉にも魔物という天敵の出現により、大きな発展を遂《と》げてきたという経緯がある。人類は対魔物用の切り札として、逆説的に魔物の持つ魔法の力を研究し取り入れることで、飛躍的《ひやくてき》にこの分野の知識や技術を伸《の》ばすことができたのだ。

ここでシスティが示したかったのは、比較的近代の魔法研究黎明期《れいめいき》であろう。せいぜい、

7カ国建国以降から人類史に残る最大規模の危機、クロノス襲来《しゅうらい》までといったところか。更《さら》にはその後、非人道的な魔法研究がなされ、現在禁忌《きんき》指定を受けている魔法の多くはこの時代のものと言われている。

この頃は、まだ魔法および魔法師という存在に関する扱いがどの国家でも確立されておらず、黎明期ならではの混乱があったという。魔法師は、英雄《えいゆう》として敬われ畏《おそ》れられることもあれば、同時に危険過ぎる異能者として、監視《かんし》・排除《はいじょ》を主張する者達の声も大きかったらしい。もちろんシスティも、当時のことを完全に見知っているわけではなく、資料その他で知った部分も多いだろうが、それは一先ず置いておいて。

「で、この呪印という技は性質上、それを刻まれた対象者に、魔力的制約を与えることを主な目的としているの。アルス君の言う通り、元は闇《やみ》系統の魔法だったものが、非魔法師でも扱いやすいよう、系統に縛《しば》られない汎用性《はんようせい》を持たされた形でね。言うなれば「魔法」と「魔法技術」が未分化だった、黎明期ならではの独自発想で生み出されたもの。そうね、たとえるなら『実体を持たない概念的《がいねんてき》制約魔具』ってところかしら？　これ自体が、特殊《とくしゅ》な魔法陣《まほうじん》に近いとも言えるわね」

システィはここで一度言葉を切り、アルスに視線を向ける。

「ところで、アルス君。この模様を見て……何かここから分かることある？」

そう促《うなが》されて、アルスは改めて、リリシャの背中の包帯からはみ出た焼印の痕を凝視《ぎょうし》する。

それは便宜上《べんぎ》「焼印」と呼ばれてはいるが、実際は、何らかの魔法的な力の影響で、皮膚《ひふ》の上に独特の紋様《もんよう》が刻まれ、広がっているという感じだ。

システィの言葉を裏付けるかのように、基礎《きそ》技術の古さが窺《うかが》えた。それ故《ゆえ》に、一見して判然としない違和感《いわかん》が残る。

「不自然ですね。確かに、いわゆる現代における魔法の概念からは逸脱《いつだつ》しているし、一般《いっぱん》的《てき》な魔法技術とも異なる」

「そう。鍵《かぎ》の開錠《かいじょう》コードとして用いられている、個人の魔力情報に負荷《ふか》をかけているのよ」

「なるほど、基礎ワードか。適切な解除法でないと基礎情報体を壊《こわ》しかねないわけか」

それは、魔法師が持つ魔力情報の中でも、特に個人の経験や資質を定義している、特定の情報帯群を指すコードだ。そうでなくとも魔力は個人情報の塊《かたまり》であるが、その最深部に、基礎ワードと呼ばれる唯一無二《ゆいいつむに》の情報が息づいているのだ。

アルスは難しい顔で、治癒魔法師の女性保健医へと話を振った。

「この呪印によって、人体にどのような影響があるかは分かりますか？」

だが、彼女は首を横に振って、不明であるとの認識《にんしき》を示した。

「そうですか、なら理事長、この呪印は【アフェルカ】の手によって刻まれたもの、と考えて間違いありませんね」

「それは確実でしょうよ。【アフェルカ】は王の直属、それも表には出てこない影《かげ》の組織だったんだから、内々に伝えられてきた後ろ暗い技術や秘伝を相当数、擁《よう》しているはず。特に、拷問《ごうもん》、束縛《そくばく》、意志の強制や口止めなんかに重宝する呪印の技術は、持っていても全くおかしくはないわ。というか、リリシャさんにそれを施《ほどこ》すメリットがあるのなんて、彼らぐらいだし」

そうなると、後はリリシャが受けた呪印の効力は何か、ということになるが……。

そんなアルスの疑問に応《こた》えたのは、フェリネラであった。

「アルスさん、よろしいですか？　私が思うに、【アフェルカ】は名目的には元首直属の粛清部隊ですが、王の支配下にあったかつては、そもそも戸籍《こせき》すら持たぬならず者達で組織されたと聞きます。ならば、組織の秘密を守るための口止めは、確実に仕込まれているでしょう。あと、特定の魔力波長《まりょく》に反応して無効化する、いわゆる魔法犯罪者を無力化するための魔力ロックといった仕組みもあると聞きます」

フェリネラは、あえて感情を包《つつ》み隠《かく》しているかのように、諜報部隊の一員としての分を越《こ》えないよう、曖昧《あいまい》な言葉を選んでいるようだった。

アルスは、意外そうにそれに返した。

「それだけか？　敵対行為の抑制《よくせい》や禁止といったことは？」

「アルスさんもご存じかと思いますが、それは精神支配に属するもの。相手の意志の誘導《ゆうどう》やコントロールとなると、高位の闇系統の使い手以外は、不可能なのでは？」

「だな、それで最低限、特定の魔力波長に反応して、相手の行動を縛るわけか。どうも迷《めい》惑《わく》な話だ」

そこにロキが、確認するかのように尋《たず》ねてくる。

「となると、意志までは縛られていなくても、魔法行使についてはかなりの制約になりますよね？」

「そうだな。何か制約事項《じこう》に触《ふ》れた途端《とたん》、それがトリガーになって身体にペナルティ的な異変が起こるはずだ。それこそほぼ魔力を放出できなくなるとか、魔法の一切合切《いっさいがっさい》を組み上げられないとかな」

「では、リリシャさんは……」

「あぁ、今の状態が続く限り、根本的に魔法師としては活動できない。それこそ、基礎ワードにまで負荷を掛けられているならば、最悪精神の崩壊《ほうかい》にも繋がりかねん」

これが、いわゆる妨害《ぼうがい》系の魔法だというのならば、アルスにも打つ手があっただろう。

こと魔法に関して、アルスが遅れを取ることなどそうそうないのだから。

しかし、これはアルスにとってすら、どうにも厄介《やっかい》な技術だ。リリシャという個人の基礎ワードに、魔力で直接干渉《かんしょう》しているのだから。下手にいじると、アルス自らの手でリリシャの魔法師生命を終わらせてしまう可能性すらある。

ならば、唯一《ゆいいつ》と言って良いリリシャを救う方法とは。

「そうだ、フェリ。さっき〝ロック〟という言葉を使ったな。施錠《せじょう》しているというからには開錠ということも可能なのか？」

急に水を向けられたフェリネラは、そのまま視線を〝彼女〟へと移した……その問いに対する答えを、一番持っていそうな人物――システィへ。

「はぁ～、またまた〝年の功〟を期待ってわけ？　本当に最近の若い子はおだてるってことを知らないわよね。まあ、そうね。多くの呪印はその性質上、施した者なら解除もできるようになっているはずよ。大抵《たいてい》は、鍵となる何かが必要になると思うけど」

「それは当然、物理的なものに限定されないですよね？　もしかすると、何かの合言葉や魔力を帯びた何かの手順だったり？」

「合言葉って、それはないでしょうけど、ええまあ、そうなるわね。もちろん、昔ながらのオーソドックスな魔具としての対となるようなキーアイテムってこともあり得るけれど。

たださっきも言った通り、リリシャさんはウチの生徒ですから、私も助力は惜しまないわよ」

「年の功は抜《ぬ》きで、感謝しますよ」

「はぁ、一応訊《き》くけど……アルス君は、何処《どこ》までやるつもりなのかしら。あなたにしては、かなり踏《ふ》み込んだところまで来てしまっているわよ。これ以上は、引き返せないかも、本当にそれでいいの？」

「理事長には言われたくないですね。俺も最終的なところで、詰《つ》めが甘《あま》かったのは認めます。別に善人ぶるわけじゃないが、リリシャがこうなった責任の一端は俺にもある。なら、最後まで面倒《めんどう》を見ますよ。どうでも良かったはずだったのですがね」

　じろりとアルスは諦念《ていねん》を込めてシスティへと目を向けた。

　いつになくきっぱりと言い切ったアルスは、最後に一言付け加えるのも忘れない。

「それと理事長、もちろんあなたも一蓮托生《いちれんたくしょう》。さっきの言葉に嘘偽《うそいつわ》りはないですよね、教育者として？」

「も、もちろんよ。そもそもアルス君に選択を迫《せま》ったのは私ですものぉ。ま、バックアップは任せなさい」

「バックアップって、後方支援《しえん》ですか。元とはいえシングル魔法師の名が泣きますよ」

「だってだって、私にもいろいろと事情が……ねぇ？？」

「とにかく、大なり小なり協力はしてもらうということで。さて、フェリ」

アルスは続いて、鋭い目をフェリネラに向けた。

「で、どこまで知っている？　ここまでの経緯を見聞きした感じだと、お前が掴《つか》んでるのは、上辺だけじゃなさそうだが」

フェリネラはにっこりと笑みを濃《こ》くして、アルスのその視線を平然と受け止める。

「そうですね、多少探ってきたことでよろしければ。私も当然、アルスさんに協力させていただきます。父も一連の不穏《ふおん》な騒動《そうどう》には幾分思うところがあるようですし、否《いな》やはありません」

「ほう、ヴィザイスト卿《きょう》もか？　ただ、卿は総督指揮下だろ。諜報《ちょうほう》部隊を率いる強面《こわもて》だけに政敵だって多いはずだ。表立ってこの一件に絡《から》むと、立場が危《あや》うくなるんじゃ」

いろいろと貸し借りはある関係だが、アルスとしては、世話になった恩義を感じていないでもない。フェリネラの父ということを差し引いても、あまり巻き込む気にはなれないところだ。そういう意味ではベリックも同じなのだが、事と次第《しだい》によっては、気が重い事態は避けられないだろう。ただ、ベリックは確かに腹黒い狸親父《たぬきおやじ》だが、アルファ内部に無用な混乱を巻き起こすような男ではない。その点は信頼できるだけに、彼《かれ》もまた、この一件には〝巻き込まれて〟いる立場なのかもしれなかった。

そんなアルスの内心はともかく。

フェリネラはアルスの問いに、静かに微笑《ほほえ》んで、端的《たんてき》に答えた。

「父からは、お前の好きにしろ、と。ですから私も、自分の意志で、ぜひそうしたいと思っています。ただ、全面的な協力、は……」

ここでフェリネラは無念とばかりに顔を曇《くも》らせて言葉を濁す。

「何か、言いづらいことでもありそうだな」

「はい。今のところ、総督からは何の指令や通達もありませんので、アルスさんへの協力は、軍規違反《いはん》にすらなりません。ですから父も、何でしたらソカレント家を挙げて、というつもりだったのです……意気込みとしては。そもそも今回の騒動は、国内の政治バランス的に貴族界も絡んでいますから。ただ、父の方でちょっとした事情がありまして」

「ん？」

「実は現在、極秘扱《ごくひあつか》いで緊急性《きんきゅうせい》の高い事案が発生し、父と諜報部隊は、私以外の全員がその調査に動員されています」

「……総動員か。卿の部隊全てが」

アルスはぴくりと眉《まゆ》を動かす。よほどのことだとは思うが、フェリネラに聞きただそうとは思わない。そもそも、ぐっと唇《くちびる》を引き結んだ彼女の辛《つら》そうな表情を見れば、その口からは直接語れない事情があるだろうことは一目瞭然《いちもくりょうぜん》。

「なら、良いんだ。ヴィザイスト卿にそう言ってもらえただけでも心強い。それに、リリシャと【アフェルカ】絡《がら》みの今回、俺達が今後、貴族界の闇に踏み込む可能性は高い。その時に、大貴族であるソカレント家の後ろ盾《うしろだて》は心強いからな」

「あら、こう見えて私だって、貴族なのよ。叙爵《じょしゃく》してるんだから」

茶々を入れるように、システィが自分を指差して見せるが、アルスはそっけなく。

「当代からの名ばかり貴族じゃ、どうしようもないでしょう。ソカレント家は新進ですがすでに三大貴族の一角ですから、文字通り格が違いますよ」

「ん～、そうかしらぁ？　だってだって、政治的影響力《えいきょうりょく》でいうなら、私も昔はねぇ」

年増女《としま》が唇を尖《とが》らせて、少女のように「だって」を連発するのはいかがなものか。さらに、年寄りめいた昔自慢《じまん》まで追加となれば……アルスは内心で呆《あき》れたが、あえて無粋《ぶすい》な突っ込みはやめておいた。

そもそも、ここにこれ以上長居するのもリリシャの容態に障《さわ》りそうだ。

ひとまず、治癒魔法《ちゆまほう》師の女性保健医のみを残し、アルス達は部屋を後にしたのだった。

何やら政治的密会めいた雰囲気《ふんいき》を漂《ただよ》わせながらも、四人は寮《りょう》の応接室へと向かう。

生徒達が訝《いぶか》しげな視線を向けてくるが、かえって連帯感が強まり、好都合ですらあった。これでこそこそ逃《に》げ隠れする必要もなくなり、開き直って堂々と反撃《はんげき》に打って出られるというもの。

応接室の調度品はどこにでもあるようなものだったが、花瓶《かびん》や水差しなどは年頃《としごろ》の少女達が住んでいる場所なせいか、妙《みょう》に可愛《かわい》らしいデザインが目に付く。

システィは入室するやいなや、真っ先に一人用のチェアにドカッと腰《こし》かける。その様子にちょっとだけ苦笑《くしょう》して、フェリネラはお茶の準備のため応接室に付属するキッチンへと向かった。残されたアルスとロキも、システィの向かいに、思い思いに腰かけた。

これからきっと、小一時間は膝《ひざ》を突《つ》き合わせての話し合いになるだろう。アルスとしては、さっさと用件だけを済ませて帰りたいところだが、確認しておくべき事項もいくつかあり、そうもいかないのが悩《なや》ましい。何より土壇場《どたんば》で彼女に梯子《はしご》を外されてはかなわない。

何しろ次にアルスが取る行動は、この事態への報復なのだから。もちろん理性的な思考は忘れていないが、心の内には如何《いかん》ともしがたい感情が渦巻《うずま》いている。リリシャの身体に理不尽《りふじん》に刻まれた悪意の象徴《しょうちょう》――あの焼印の痕《あと》を見てしまった以上、もはや引き返すことはできない。いや、しないと決めた。

（そもそも、リリシャをめぐっての各種面倒事に費やした時間や精神的労力が、完全な徒労に終わるのは勘弁《かんべん》してほしいしな）

アルスの言葉は、穏《おだ》やかな表情とともに、内心でのみ呟《つぶや》かれた。

今自分は、確かに【アフェルカ】に憤《いきどお》り、リリシャを守りたいと思っているのだ。その事実を改めて確認してから、アルスはお茶の準備をしてくれているフェリネラの背に向けて声を掛ける。

「おいフェリ、あまり俺達《おれたち》に構わなくていい。どうせ俺とロキはすぐ帰るから」

「いいえ、そう仰らずに。どんなきっかけであれ、アルスさんとお話しする機会を、最近あまり持てませんでしたから。お引き留めしてしまうようですが、少しでも一緒《いっしょ》にいたいんです。馬鹿《ばか》な女心だと、笑ってください」

キッチンから顔だけを振り向かせ、小さく微笑むフェリネラに、アルスには返す言葉がなかった。

アルスが黙《だま》ってソファーに掛け直したのを見て、システィがニタリと人の悪い笑みを浮《う》かべる。

「アルス君の弱点、見つけちゃった！」

「……あなたじゃ、同じ結果にはならないと思いますよ」

皮肉たっぷりに返したアルスだったが、それでもシスティの笑みは消えない。

「それはどうかしらね？　シングル1位様の弱点は、女の武器だったのね～」

「いい加減に……」

仏頂面《ぶっちょうづら》で腰を浮かしかけたアルスの袖《そで》を、ロキが引きつつ耳元で囁《ささや》く。

「アルス様、気を引き締《し》めないと、いいように動かされて終わってしまいますよ」

「……確かに」

ロキの指摘は正しい。このまま彼女らのペースに巻き込まれて、実のない結果に終わるなど愚《ぐ》の骨頂。アルスは気を引き締めて、話を再開することにした。

「で、話を戻《もど》しますが、理事長、あなたは知ってますよね？」

その唐突《とうとつ》な問いかけに、システィは白々しく顔に疑問符《ぎもんふ》を浮かべて。

「なんのことかしら？」

「リリシャが受けた呪印の解呪方法ですが、もう一つ、可能性としては考えられますよね？　とある人物に働きかけること……呪印を施した【アフェルカ】以外の人間で、【アフェルカ】に影響力を持ち得るかもしれない者がいるはず」

（ほれ、さっさと吐け）

内心で毒づくアルス。まったく、抜け目《め》のない魔女《まじょ》だ。どんな事情か知らないが、この期《ご》に及《およ》んで、まだ全ての手札を見せていない。アルスが察するに、彼女《かのじょ》の手にはもう一枚、強力なカードがあるはずである。ただし、この慎重《しんちょう》な魔女は、内心でまだこの手札にチップを賭《か》けるべきかどうかためらっているのだ。大方、大事な学院に関する何かが、天秤《てんびん》に掛かっているといった事情なのだろうが……。

だから、アルスが背中を押《お》してやる。ここでチップを張ることで、ようやく食えない理事長も、本当の意味でアルス達と一蓮托生ということになる。

アルスの意図に気付いたロキも、鋭《するど》い視線をシスティに向ける。

先程《さきほど》システィがアルスの前に立ちはだかる素振《そぶ》りをみせたことを、ロキは未《いま》だ納得《なっとく》していない。学院を守る者として仕方なく、という言葉も、果たして真実だったのかどうか。

いや、やはり信頼できない、腹の底がどうだか知れたものではない。

だからこそ、今はそんな彼女がロキの疑いを晴らす絶好の機会、彼女が潔白だというのなら、またとない名誉挽回《めいよばんかい》のチャンスなのだ。そんな思いとともに、ロキはどんな表情の変化も見逃《みのが》さない覚悟《かくご》で、彼女を視線で詰問《きつもん》する。

「……な、なによ二人とも、怖《こわ》い顔しちゃって」

形勢悪しと悟《さと》ったシスティが、乾《かわ》いた笑いを漏《も》らしたその時。

淹《い》れたての紅茶のカップを持って隣に立ったフェリネラが、何食わぬ表情でダメ押しのようにシスティの顔を覗《のぞ》き込み、満面の笑みでのたまわった。

「どうしたのですか、理事長。ずっと人類のために尽《つ》くしてきた理事長の偉大《いだい》なる功績は、私達学院生の誇《ほこ》りです。これでも私《わたくし》、大変尊敬していたのですけど……。はっ、まさか本当に、何か後ろめたい事情でもお持ちなのですか？」

「うぐっ、フェリネラさん、あなたもなの？」

三人がかりで敷《し》かれたシスティ包囲網《ほういもう》が、じりじりと狭《せば》められていく。ついにシスティは意を決したように態度を崩《くず》すと、自棄《やけ》になったように紅茶を一口啜《すす》りつつ、そっと眼を細めて、三人の手強《てごわ》い生徒達をチラリと見回した。

「分かったわよ、私が言えばいいんでしょ！　リリシャさんの呪印の解呪方法を知っているのは……」

次の台詞《せりふ》に全員の意識が集中する中、たっぷり溜めを作った挙句、システィは「えっと誰《だれ》だったかしら？」とでもいうように、小首を傾《かし》げつつ頬《ほお》を一瞬《いっしゅん》引き攣《つ》らせた。それからようやく立てた人差し指を唇に添《そ》えて、天然系美少女のようなあざといポーズを取った。

「……言いたかないですが、馬鹿にしてます？」

「諦《あきら》めが悪いですね」

ロキに続いてフェリネラも追撃《ついげき》を加えていく。

「理事長、口が上手《うま》く開けないようならお手伝いしましょうか？　丁度良いティースプーンが」

「あああぁぁ、やめてやめて!!　分かった、言うわ、言うわよ、言います！　……シセルニア様よ」

「よく言えました」と、フェリネラが澄《す》まし顔《がお》で称賛の台詞を付け足す。

（やれやれ……）

アルスとしては正直、やはりか、という気持ちである。

当然、大凡《おおよそ》の見当はついていたのだ。フェリネラもあの様子では、すでに察していたのだと思われる。

あの夜、フェーヴェル家からアルスが帰ってくるのを見越《みこ》して、システィは偶然《ぐうぜん》を装いつつ、待っていたのだろう。屋敷《やしき》に戻ってリリシャを助ける、その選択へとアルスを誘導しながらも、全《すべ》てがベリック一人の計画であるかのように語って聞かせた。だがその裏には、システィも薄々《うすうす》可能性を感じていた、シセルニアの関与を匂《にお》わせたくない、という判断があったに違いない。

システィとベリックが、旧知の仲であることは当然アルスも知っている。だからこそ、彼女の言い方には、ベリックを良く知るアルスからすれば、どうも腑《ふ》に落ちない点がいくつかあったのだ。

ただ、ベリックも完全にシロなわけではないはずだ。恐《おそ》らくは総督《そうとく》の立場から、計画の一端《いったん》を担《にな》っているといったところか。しかしアルスが妙に感じたのは、そもそも軍の総督が、元首の管轄《かんかつ》であり本来不干渉であるはずの、王宮周辺の事情に首を突っ込んでいる、という不自然さである。

軍内部のゴタゴタもある中で、自らの立場を危うくしかねない強引《ごういん》なやり方である。加えてそれに、アルスをここまで巻き込むとは、ベリックにしては慎重を欠いているというか、踏み込み過ぎている。

そして、ベリックがそんな彼らしからぬやり方で関《かか》わっているというならば、彼もまた、盤上《ばんじょう》の駒《こま》の一つだという見方は、多分間違《まちが》っていないだろう。そしてアルファ広しといえど、国内に総督を駒のように扱《あつか》える者は、一人しかない。

崇高《すうこう》な女神《めがみ》の皮を被《かぶ》った、美しき悪魔《あくま》。

卑《いや》しい表情を隠すかのように扇子《せんす》で口元を覆《おお》う、あの女元首の姿が、目に浮かぶようだった。

ただ、アルスもさすがに、リリシャに押されたあの悪魔の焼印が、彼女の命によるものだとまでは思わない。ただ、彼女はあの時点で、きっとアルス以上に、全体を知り得ていたはず。だとすれば、リリシャを捨て駒《ごま》に、暴走した【アフェルカ】が企《たくら》んでいるフェーヴェル家潰《つぶ》しの一件もとうに知っていて、あえて放置していた可能性が高い。

「さて、理事長。これであなたもようやく、腹を割ったというわけだ。これで文字通り、腹に含むものなく話せるようになりましたね」

「何よ、ちゃんと協力するつもりだったわよ。そもそも、そっちの魂胆《こんたん》なんて分かっていたんだからね」

ちろりと憎々《にくにく》しげに舌を出すシスティに半ば呆れながらも、アルスは続ける。

「そこは、ちゃんと自分の口で言ってもらわないと。まあ、理事長に協力を得るといっても、実際に動くのは、俺《おれ》一人でいいでしょう。どの道、あの女狐《めぎつね》には一度会っておかなきゃならんだろうし……ですよね？」

念を押すようにシスティに言うと、システィは毒食わば皿までといった様子で、もはや逃げ隠れするつもりもないのか、直截《ちょくせつ》に返事をした。

「ええ、そうね。【アフェルカ】はタガが外れた状態とはいえ、元首の管轄下にあった組織。シセルニア様なら、彼らに何らかの影響力が行使できるかも。それに、【アフェルカ】の創設経緯《けいい》を考えれば、もしかすると解呪方法そのものを知っている可能性もあるわね。まあ、アルス君が【アフェルカ】に直接乗り込むなんて強引な手段もありかもしれないけど」

ここで、静かに話を聞いていたフェリネラが、カップから紅茶を飲む手を止めて意見を差し挟《はさ》む。

「あいにくですが、今【アフェルカ】をそんな形で刺激《しげき》するのは、あまり賢明《けんめい》とは言えないかと。相手は腐《くさ》ってもこの国の暗部、機密保持には万全《ばんぜん》の体制が敷かれているでしょう。ならば、力で脅《おど》しても……いいえ、誰か情報を知っていそうな者を拷問に掛けたとしても、口を割るかどうかは怪《あや》しいものです。不確定な情報だけを頼りに乗り込んでも、目的を達成できるとは限らないかと」

「それはそうね。でも、今回の呪印にも、きっと解呪方法が存在することだけは確実よ」

「いずれにせよ、内地で荒事《あらごと》は避《さ》けるべきか。いらないところに煙《けむり》を立てて、火消しのために軍が出張ってくるような事態になれば本末転倒《ほんまつてんとう》だしな。そうなると、やはりまずはシセルニアに当たるのが順当だろう。ちょうど、他にも聞きたいことはあるしな」

そんなアルスの言葉に、フェリネラは少しだけ眉を顰《ひそ》め。

「まあ、そうですね……アルスさんが直接手を下すことに関して何も言うつもりはありません。国内最高峰《さいこうほう》の戦力であるシングル魔法師として、シセルニア様に接触《せっしょく》するのも有効かと。が、とにかく【アフェルカ】に下手に触《さわ》るのは、リスクが高いと判断します。一応、

【アフェルカ】の運営は、実質的にリムフジェ一族が取り仕切っていますから……貴族社会の裏側でも、特に危険な領域に踏み込むことになります」

ハッと我に返ったのはロキだった。

「それはいけません！　これ以上、アルス様が立場を悪くすることがあっては……！」

「その通りです。大義名分なしに直接リムフジェ家に乗り込めば、かえってこちらが非を咎《とが》められることになるでしょう」

「………」

「そもそも問題は、【アフェルカ】をこの一件で追い詰めようとしても、確たる証拠《しょうこ》がないことでしょう。後で目を覚ましたリリシャさんを証人に立てたとしても、相手が知らぬ存ぜぬを決め込んだ場合、根拠《こんきょ》としては弱いですね。あの呪印が【アフェルカ】絡みのものである説が濃厚《のうこう》だとしても、彼らには元首直属部隊ゆえの、治外法権めいた部分がありますから。それこそ裏の暗殺稼業《かぎょう》だって、国家なり一部上層部なりの密《ひそ》かな非公式の庇護《ひご》があるからこそ、成立しているのでしょうし」

この手の話は貴族の権力で如何様《いかよう》にも捻《ね》じ曲げられてしまう。フェリネラは現体制の功績を認めつつ、同時に必要性も説きながら暗部に触れていく。

「【アフェルカ】はそもそも先先代の元首が基礎を作ったもの。非公式に、ではありますが、ならず者の集団だったのを再編し、それをリムフジェ一族の家業とした経緯があります」

「よくそこまで調べられたわね」

何か空恐《そらおそ》ろしいものでも見るようにシスティが虚脱《きょだつ》して声を上げた。

それに対してのフェリネラの答えは無言の微笑《びしょう》だけだった。

「となると反体制派にシセルニア様への攻撃《こうげき》材料を与《あた》えてしまうわけですね」

ロキのそんな言葉は、初めから出ていた答えを再確認《かくにん》しただけのように聞こえた。

幸か不幸か、少なくともこの場にいる面子《メンツ》は、誰も現在の軍部の方針に異論は抱《いだ》いていない。アルスにしても、以前よりは少しマシ、という程度には評価しているつもりだ。

そこについては、確実にベリックを総督に任命したシセルニアの手腕《しゅわん》によるところが大きい。だからこそ、もろもろを表沙汰《おもてざた》にできないというところがある。それはまるで、これらの不穏な要素を内々に収拾《しゅうしゅう》させようとする、目に見えない意志が介在《かいざい》しているかのようだった。

フェリネラの難しい顔を受けて、システィがしれっと割り込んでくる。

「やはり表の舞台《ぶたい》で【アフェルカ】を追及《ついきゅう》するのはリスクが高すぎるってことね。シセルニア様に追及が及べば本格的にこの国は傾《かたむ》くわ。フェリネラさんの懸念《けねん》は分かるけれど、打つ手がないわけじゃないでしょう。何しろ、裏でフェーヴェル家は確実に動くでしょうからね」

「リリシャの件と【アフェルカ】への報復は別、ということですか」

アルスはしばし、沈思黙考《ちんしもっこう》する。

確かにセルバはあの時、あえてリリシャを見逃した節もあった。言外にリリシャ個人の過《あやま》ちは不問にし、事後はアルスに託《たく》す、という雰囲気すらも感じられた気がする。同時にフェーヴェル家が【アフェルカ】については、そこまで寛容《かんよう》でいる保証はない。

そもそもあれほどの家が、暗殺者を差し向けられて黙っている方がおかしいのだ。貴族はそういったケースに備えて、魔法師を含《ふく》めた私兵を雇《やと》う特権を得ているのだから。

さて、そうなると……。

ここでアルスの考えを読み取ったかの如《ごと》く、フェリネラが呟くように言う。

「そうなると最悪、貴族間抗争《こうそう》に発展するわけですか。なら、確かにアルスさんにとっては不幸中の幸いというか、多少は動きやすいかもしれません。暗殺者を差し向けられたフェーヴェル家には、その非を咎める大義名分があります。アルスさんはフェーヴェル家の子女――フィアとは親しいわけですから。来《きた》るべき【テンブラム】においても、フェーヴェル家とは一蓮托生の協力関係にあると言えるでしょうし」

少し羨《うらや》ましげなそのフェリネラの言い方は、できれば自分ももっとアルスと「親しく」

したいものだ、という願望交じりなものだったが、アルスとしては、今はそれよりも考えるべきことが、たくさんある。

というか【テンブラム】のことまで知られている方が驚《おどろ》きである。

「なるほどな。フェーヴェル家との関係か」

アルスが呟く横で、システィはすでにそこまで先読みしていたらしく、溜め息と一緒に苦々しく言う。

「私の〝情報源〟で、とある組織の相談役でもあるお方が、おそらく内部からも誘導したんでしょうね。本人は口を滑《すべ》らせていないつもりのようだったけど。ちなみにアルス君、そういう貴族間の問題がこじれた場合、最終的に決着の裁断を下すのは誰だと思う？」

「かつてなら国家の主たる王、現在なら当然、元首であるシセルニアでしょうね」

さすがにそこまで言われれば、貴族社会に疎《うと》いアルスでも、事の筋書きが透《す》けて見えてくる。

（やはり、俺をきっちり組み込んだ計画か。フェーヴェル家はとんだとばっちりだな）

もしかするとセルバの過去の因縁《いんねん》すらも、巧《うま》く利用されたのではなかろうか。

シセルニアの目的はまだ分からないが、その〝代償《だいしょう》〟についてはどう思っているのか。

現に、彼女のそんな思惑《おもわく》の裏側で、リリシャという一人の少女が、命を落としかけているのだが……。

アルスはわしゃわしゃと頭を掻《か》いて、一旦《いったん》思考を中断した。

「フェリ、【アフェルカ】の動向を、秘密裡《ひみつり》に探《さぐ》れるか？」

「そこまで難しくはないでしょうね。私もこう見えて、それなりに長く諜報《ちょうほう》活動に携《たずさ》わっていますので。それに彼らは、どうやらもはや、影の存在ではなくなり始めているようですから」

「というと？」

相槌《あいづち》を返すロキに、フェリネラはシスティの空いたカップにおかわりを注ぎながら答えた。

「捨て駒扱《ごまあつか》いだったとはいえ、フェーヴェル家へリリシャさんを向かわせたこと、それがそもそも大きな変化だと思います。リリシャさんは特殊な立場とはいえ、現【アフェルカ】最大の実力者の妹なんですよね。この人選は、万が一彼女が捕《と》らわれるなりして素性《すじょう》を相手に悟られた時のリスクを、完全に無視しています。私達《わたしたち》もそこまで深く探りを入れたわけではありませんが、父もこの情報をキャッチした時に、強い不審《ふしん》感を抱いていましたから。大胆《だいたん》というか、かなり好戦的で、挑発《ちょうはつ》とすら取れる姿勢かと」

なるほど、とアルスも頷《うなず》く。

アルスも、国内で裏の仕事を請《う》け負《お》う際は、常にヴィザイスト率いる諜報部隊と連携《れんけい》していた。彼からもたらされる情報は、いつでも非常に信頼《しんらい》が置けるものだった。その彼がそんな情報を確認したと言うのなら、確かに【アフェルカ】は変質しつつあるのだろう。かつての影の組織から、陽《ひ》の当たる場所へと足を踏み出そうとしている。

だが、本来は闇に生きる者が突然《とつぜん》陽の下に出てきたりすれば、さぞ眩《まぶ》しかろう。だからこそ、目が眩《くら》んだままで進む足取りは不確かで、容易に道を誤り、踏み外《はず》すことすらあり得る。

次第に、全体の様相が掴めてきた。果たして、この目には見えない巨大《きょだい》な盤上に載《の》せられている駒は、一体いくつなのか、そしてそれは誰なのか。

間違いないのはアルス、そして総督の意向によって派遣《はけん》されたリリシャだ。そして、リリシャが絡んでいる以上、【アフェルカ】も恐らくそうだと当たりはつく。そしてフェーヴェル家は、良いように使われた可能性が高い。

（ウームリュイナは……どうだ？）

アルスは顎《あご》に指を添えつつしばし考える。

あの、アイル・フォン・ウームリュイナとの因縁が生まれた一件。フェーヴェル家におけるテスフィアの婚約《こんやく》問題は、さすがに偶発的《ぐうはってき》なものな気がする。何しろ、遥《はる》か過去の婚約が原因では、ちょっと時間的に遡《さかのぼ》りすぎるのだ。そこについては、いくら何でも仕込みではないだろう。

ただ、アルスがフェーヴェル家を訪《おとず》れたのは、そんなアイルとの絡みも確かにあったが、それ以上に禁忌魔法《きんきまほう》【桎梏の凍羊《ガーブ・シープ》】の存在が大きい。

バナリスで赤髪《あかがみ》の男が使った、周囲全てを一面の雪原に変えてしまった凄《すさ》まじい高位魔法。その手がかりを探した挙句、アルスはフェーヴェル家に行き着いたのだ。そして、その情報を得たのは、魔法大典の閲覧《えつらん》によって。少なくともその部分には、あの狸爺《たぬきじじい》ことベリック総督が絡んでいるのだから、何かしらの誘導であったのは確かだ。

「やはり、俺がいろいろ動く必要がありそうだ。もしかすると、かなりきな臭《くさ》い状況《じょうきょう》になるかもしれない」

誰にともなく呟いたアルスの台詞を聞きとがめたように、システィが言う。

「言っておくけど、私は殺しやら何やら、物騒《ぶっそう》な動きが絡むことには参加しないわよ。私の本分は、あくまで学院を守ることなんだから」

今の自分は、軍を退いた身であり教育者なのだ、ときっぱりと断言する。

「別に、荒事になると決まっているわけじゃない。状況次第《じょうきょうしだい》ではあり得るというだけです」

「そお？　でも、フェーヴェル家のことに乗っかっての、リリシャさんの一件に関する報復行動なんでしょ？　一体アルス君は、彼らに何をするつもり？」

「…………」

そう訊《たず》ねられて、アルスは無言で目を細めた。アルスとしては、別に血まみれの殺戮《さつりく》劇を巻き起こそうというつもりはないのだ。ただ同時に、大義名分とやらに捉われ過ぎた綺《き》麗《れい》事を言うつもりもないが。

「確かに、柄《がら》にもなく気分が荒《あ》れた、というか揺《ゆ》らいでいたかもしれませんが。多少手荒《てあら》に、相手をそっと撫《な》でてやる……せいぜいその程度のことです」

「撫でてやる、ねえ」

胡乱《うろん》な目を向けてくるシスティに、アルスは一つ大きく息を吐《は》いて。

「さすがに今回の奴《やつ》らの所業は、どう見ても穏当《おんとう》じゃない。リリシャが【アフェルカ】に思うところがあるなら、そこまでは手を貸すつもりです。俺にも責任の一端があるわけですから」

そう告げてから、呟くように。

「あとはそうだな、その後のことをどうするか」

それからアルスは改めて、システィへと顔を向けて。

「ま、とにかく理事長は、必要な情報を提供してくれるだけで良いですよ。協力の言質《げんち》は取れましたし、あとはできる範囲で、万が一の時に責任を取っていただければ」

「……性格、本当に捻《ひね》くれているわね」

「褒《ほ》め言葉《ことば》のつもりで受け取っておきます、と言いたいところだが、あなたには言われたくないな。それに、これでも随分譲歩《ずいぶんじょうほ》したと思いますよ？」

「はいはい、分かったわよ」

システィは降参したとばかりに両手を上げて、小さく肩《かた》を竦《すく》める。諦めただけなのか、承諾《しょうだく》したのかは分かりにくいところだが。

「お陰《かげ》で、シセルニアの計画がなんとなく分かってきました。最終的な目的だけは、まだ分かりかねますが。で、フェリはどうする？」

「アルスさんがよろしければ、同行させてください。好きにしてよいと、父からは許可を得ていますから。それがちょっとばかり、淑女《しゅくじょ》にふさわしくない真似《まね》であっても」

フェリネラは優美な微笑を湛《たた》えて、最後に少々物騒な一言を添えた。それから続けて。

「ただ先程申し上げたように、現在父と、その部隊は別件で総動員されていますから、そこからの人員的な援護《えんご》は望めないと思います。なので、あくまで私単独での協力になりますが……私だけではご不満ですか？」

その声には、ソカレント家として支援が十分かどうかを問うニュアンスよりも、あくまで「個人」としての自分では不足か、と尋《たず》ねる意味合いのほうが大きい。

もちろん、彼女がヴィザイストの指揮下で数々の諜報活動に携わってきているのはアルスも知っている。ただ、その対人戦闘技術に限っては、アルスとしても、せいぜいグドマの事件で見せた片鱗《へんりん》や、学院絡みの試合内容などで推《お》し量《はか》るしかないのだ。いずれにせよ、足手まといには全くならないことだけは確かだろう。

本人もそれなりに自信があり、懸ける想《おも》いもあるのだろう。

豊かな胸に五指を当てつつ、弾《はず》んだ声とともにアピールするかのようなその目は、どこか年相応の少女めいた茶目《ちゃめ》っ気《け》さえ感じさせ、実に愛らしい。

普段《ふだん》は、並外れた美貌《びぼう》の生徒会長であり貴族の淑女として、それに見合った振《ふ》る舞《ま》いをする完璧《かんぺき》美女たるフェリネラだからこそ生まれるギャップであり、正直、男なら誰でも抗《あらが》いがたいほどの強烈《きょうれつ》な破壊力《はかいりょく》である。

そんな雰囲気をまといながら、フェリネラは紫《むらさき》水晶《すいしょう》のような美しい瞳《ひとみ》で、真っすぐアルスの顔を覗き込んでくるのだから堪《たま》らない。

「……助かる」

押し負けたアルスの口からは、ごく自然にその一言が引っ張り出されていた。

「ハァ～……」と、隣《となり》の銀髪《ぎんぱつ》の少女の口から、溜《た》め息《いき》と一緒に呆れたような声が漏《も》れ出たのが聞こえた。

アルスとしては不可抗力《ふかこうりょく》だと主張したいところだが、もはや言い訳にしか聞こえないだろうと断念する。

「アルスさん、何も実力の有無《うむ》だけでなく、現場にソカレント家の人間がいることで助けられることもあるかもしれません。そうした事態も見越して父は許可してくれたのかと」

「そうか、そういうことなら。じゃあ、フェリはロキと一緒に俺についてこい」

「はい!」

彼女《かのじょ》はぱあっと満開の花が咲《さ》いたような笑顔を見せた。同時にフェリネラは、不敵な表情でキッパリと言い放つ。

「アルスさん、これでもいろいろ心得ておりますので。たとえ【アフェルカ】が相手でも、そうそう遅《おく》れは取りませんよ」

「ああ。まあ、何を心得ているかはあえて訊《き》かないことにするが」

本音を言えば、自分一人で済ませたい気もするが、この分だと、彼女達《たち》が許してはくれないだろう。二人とも、アルスが万が一貴族社会の陥穽《かんせい》とやらに嵌《はま》り、不味《まず》い立場に追いやられでもしたら全力でフォローする、という気持ちが全身から漲《みなぎ》っているようなのだから。それに、対人戦闘においては、ロキにはちょっと不安があるのも確かだ。フェリネラの加勢は、そういう意味で理にはかなっている。

それでも、以前ならば足手《あしで》まといに感じたのかもしれない。が、今は彼女らの存在がアルスにとってはどこか心強く感じられた。


明日にでも行動に出ようと考えていたアルスだったが、紆余曲折《うよきょくせつ》の末、いったんフェリネラに動いてもらい、彼女からの詳細《しょうさい》情報を待つということで、その場は解散となった。

アルスはその後、ロキと共に研究室に戻り、律儀《りちぎ》にそこで待っていたテスフィアとアリスに、先程荒々《さきほどあらあら》しい魔力《まりょく》で二人を脅かしてしまったことを謝罪しつつ簡単な経緯説明をした。ついでにロキにも、リリシャがフェーヴェル家に潜入《せんにゅう》したという先の事情を説明しておく。暗殺が目的といえば穏やかではないが、リリシャが負わされた呪印の禍々《まがまが》しさを見れば、その背後関係については事情もあるのだろうとロキも悟っていた。

とはいえ簡単に済ませることでもなく、アルスが全てを話し終えるまでにはそれなりに時間を要した。結果、往復することにはなったが、テスフィアとアリスを無事に女子寮《じょしりょう》へと送り終えた頃《ころ》にはすっかり遅《おそ》くなってしまっていた。

その夜、アルスは自室のベッドで横になりながら考え事をしていた。どうしても気になる、いくつかの疑問があったからだ。

無地の天井《てんじょう》を眺《なが》めつつ、思考を意識の深い底の底へと沈《しず》ませていく。最近、どうも落ち着いた時間が持てなかったので、久しぶりの感覚だ。

(もし、今後荒事になったとすると)

アルスはどこか他人事《ひとごと》のように、あくまで冷徹《れいてつ》にそんなことを思う。そういえば、魔物《まもの》相手ではなく〝人間〟を標的とした活動は、学院に入ってからほとんどなかった。

ちなみに、凶悪《きょうあく》犯罪者を始末するような裏の仕事を請け負う時は、アルスの内側にある人間的思考や感情といった領域に繋《つな》がる扉《とびら》は、蓋《ふた》をしたように閉ざされている。代わって現れるのは、酷《ひど》く機械的なルーチン・プログラムのみ。

それこそスイッチが切り替《か》わるように――殺しに対する抵抗《ていこう》は一切《いっさい》消え失《う》せ、寧《むし》ろいかに効率的な殺傷を可能にするか、それのみを追求するシンプルな思考回路に切り替わる。今回もいざとなれば、これまでのようにそうやって〝処理〟すればいいだけだ、と考えてはいるが……。

「ハァ～、やはり溜め息の一つも出るか」

どうにもすっきりしない居心地《いごこち》の悪さを、アルスは抱いていた。

(最近、どうも調子が狂《くる》うな。柄にもなくあいつ《リリシャ》を助けたりしたのが不味かったか)

だが、別に後悔《こうかい》しているわけではない。あの場で自分が取った選択《せんたく》は、あんな状況下とはいえ、紛《まぎ》れもないアルス自らの意志によるものだ。だというのに、何故《なぜ》こんなもやもやとした気分に襲《おそ》われるのか。

(残酷《ざんこく》なようだが、やはりどこかで他人事に近い、ということか。結局は、心底から助けたいと思ったわけでもないんだろうな。だったら……俺は誰のためだったら、真に自分の感情のままに動ける？　本当の怒《いか》りを、感情を、力の全てを解き放って一切躊躇《いっさいちゅうちょ》しないほどの……)

そんな人間らしいことを思う。とはいえ、それでも胸の内に、確かに感じる疼《うず》きは何だろうか。リリシャの焼印を見た時、内側からこみ上げてきた、小さな嵐《あらし》にも似た感情は。

(どうにも厄介《やっかい》だ。最近は歯車が噛《か》み合わないというか……)

そもそも冷静に見ればこの状況は、以前のアルスが見れば、滑稽《こっけい》とも言えるほどのもの。他人に対して無関心であったはずのアルスが、自ら動こうとしている。どう考えようとも、もはや合理的な理由は見つからない。この複雑怪奇《ふくざつかいき》な感情の方程式は、仮に片方の項《こう》に『【アフェルカ】への報復』を無理やり代入したとしても、それを導くための動機を表す式が、どうにも綺麗にまとまらないのだ。

（もっとありのまま、いっそ激情に任せて、心底から怒り狂うことができれば……いや、それは正しい行為《こうい》なのか？　俺はどこに行こうとしている？）

頭がほんの少し痛む気がする。顔の眼から上側を腕《うで》でそっと覆いながら、アルスはどうにも説明が付かない感情に苦悶《くもん》する。

そこへ、微《かす》かな気配。

カーテン越《ご》しに窓から差し込む月光の下、ちらりと見ると、それはパジャマ姿の銀髪の少女だった。

ドアを少しだけ開けてロキが顔を覗かせていた。銀光の中で、アルスとロキの視線がそっと合う。

ロキは、申し訳なさそうに、小さく会釈《えしやく》をした。しかしそれで引くことはなく、そのまま室内に入ってくる。

「アルス様……」

「なんだ、こんな夜中に珍《めずら》しい」

「そうですか？　いつものアルス様は、就寝《しゆうしん》中にあんな風なご様子を見せたりは」

「違《ちが》うのか⁉」

珍しくはないというなら、主のあずかり知らぬところで、ロキはたびたびアルスの寝室《しんしつ》に忍《しの》び入っていたということになるが……まあ、遠くから寝顔《ねがお》を眺められていたにせよ、アルスが気づかないわけはないので、ロキ流の冗談《じょうだん》の類であればよいと願うばかりだ。

そんな茶番めいた前置きはさておき、月明かりが差し込む薄暗《うすぐら》い部屋の中で、ロキがアルスに向けている表情は、ごく穏《おだ》やかなものだった。

「さっきは、随分《ずいぶん》と深刻な顔をされていましたので」

「ああ、気づいていたか。なあ……リリシャを助けるのは、当然か？」

脈絡《みゃくらく》もなく、アルスはロキに率直《そっちょく》な質問をぶつけた。

以前のアルスならば、まず彼女を助ける選択肢《せんたくし》に合理性は皆無《かいむ》だと考えただろう。システィに言ったように、そこまでする義理はないのだから。

なのに、今は……あれよあれよと言う間にリリシャを救い出したかと思えば、【アフェルカ】から追われた彼女のために、動こうとするまでに至っている。

リリシャも外見だけを見ればそれなりの美少女だけに、まだ何かしらの下心があったというほうが分かりやすいほどだ。

アルスとしては、己ではどうにも解けない難問を突《つ》きつけたつもりだったが、ロキは綻ぶ表情を隠《かく》そうともせず、そっとアルスのベッドに歩み寄ると、小さく微笑して。

「当然と言えば、当然なのかもしれませんね。少なくとも彼女はアルス様にとって、その

〝当然〟の範疇《はんちゅう》に入って良い人ではないでしょうか。そもそも誰かと誰かが出会い、関わり合って生まれる何か。そういったものには、特別な力があるのかもしれませんよ。古い言い方だと縁《えにし》、とでも言うものではないでしょうか」

「縁、か。どうも分からん言葉だが」

「ただ、何故かアルス様の周りに集まってくるのが女性ばかりなのは、ちょっと納得いきませんが」

そう言いながら、ベッドの端《はし》っこにちょこんとロキは腰《こし》を下ろした。何をしているのか、ロキはちょっとだけ腰を浮《う》かせて全体重をゆっくりとかけて座《すわ》っていた。

一拍後《いっぱく》、ロキは外界にいた頃とは違う、学院の生徒としての柔和《にゅうわ》な表情を浮かべる。

少なくともアルスにとっては、その言葉がどことなく部屋に漂《ただよ》う甘《あま》い夜気に毒されたのか、それともロキが彼女なりに成長した末の答えなのかは判断しかねた。

「何も変わりませんよ。なさりたいようになさるのが一番良いんだと思います。少なくとも私は、彼女のあの背中を見て、強い憤《いきどお》りを覚えました。あれが戦いで負ったものならば、魔《ま》法《ほう》師である以上、傷も勲章《くんしょう》と言えたでしょう。九死に一生を得る戦場の中、己の技と意志だけを頼《たよ》りに、僅《わず》かな生の可能性に縋《すが》るようにして生き延びてきたという証《あかし》なのですから。ですが、あれは魔《ま》法《ほう》を探求する者にとっては、永遠に消えぬ侮辱《ぶじょく》の印に等しい。あれが【アフェルカ】の逃《のが》れえぬ掟《おきて》なのか、リリシャさんが組織内で裁かれるべきどんな過ちを犯《おか》したのか、私には分かりません。でも、まだ十代の少女に、あんなモノを背負わせていい理由はないはずです。少なくとも学院でのあの人を、見ている限りでは……」

言葉を少し濁《にご》したのは、学院の外ではリリシャもまた、裏の稼業に手を染めていたのだろう、ということはロキにも推測はできたからだ。

暗殺や闇《やみ》の仕事については、ロキの理解はまだ浅いところがある。

だが、少なくともアルスはリリシャが自分と同じだとは思えなかった。

セルバとの戦いや、普段の気配を見ていても分かる。彼女が、自分ほどには徹し切れていない、いないと。技術はあれど、心を抑制《よくせい》し切れていない。

迷いが生じる。遅れを取る。彼女は決して、生まれついての暗殺者などではない。だからこそなのだろう、彼女の魔力操作には、かえって血の滲むような努力の気配――執念《しゅうねん》のようなものが纏《まと》わりついていた。アルスのように圧倒的《あっとうてき》な才覚に依《よ》るのではなく、凡人《ぼんじん》が真に努力だけで、なんとか高みに至るまで磨《みが》き上げてきた、とでもいうかのような。

「僭越《せんえつ》ながら、アルス様……」

アルスの無言をどう取ったのか、ロキが唐突《とうとつ》に、努めて明るさを装うようにして言い出す。

「もし今回のことが全て、落ち着くべきところに落ち着いたら、リリシャさんも、お仲間に加えてあげませんか？　いつもの研究室の、あの愉快《ゆかい》な仲間達みたいに」

「随分、あいつに肩入《かたい》れするんだな」

　側から見ていたロキには分かる。アルスに欠けた物を補う意味でリリシャは側に置きたい人物なのだ。テスフィア然《しか》りアリス然り、彼女達の存在はアルスの変化に大きく寄与《きよ》している。ロキにとってもこれは喜ばしいことだ。

　と同時に懸案《けんあん》もある。国内におけるアルスの味方を作ることは不要だと思っていたが、昨今の貴族絡《がら》みの問題では無力を痛感せざるを得なかった。武力ならいざ知らず、権謀術《けんぼうじゅつ》数《すう》が錯綜《さくそう》する貴族界と渡り合えるのは今のアルスとロキにはない力だ。それにリリシャが学内で言っていた目的にも個人的に賛成できた。

　ロキが感情を抜《ぬ》きにして、合理的にリリシャを受け入れることができるとすればこの一点のみ。すでにアルスの中で決まってしまったことではあるので後付けの理由にはなってしまうが。

「あ、その、そういうわけではありませんが。そもそも肩入れ、というのであればアルス様こそでは？　好き嫌《きら》いではありませんよ、彼女《かのじょ》は必要なんです」

　そう言われては、アルスも苦笑《くしょう》せざるを得ない。

「私はその意思に賛同しているだけです。それと、私も私なりに考えていたことがあるんです。ベリック総督が、何故こんな暴挙に加担しているのか。確かに総督レベルの高度に政治的な事情なら、私では測《はか》りかねることなのでしょう。でも、総督が監視者《かんし》としてリリシャさんを派遣したことには、現在動いている計画とは別の思惑があるのではないですか？」

「憶測《おくそく》だな、それを真に受けろというのか」

「でも最初から、リリシャさんは言っていましたよ。自分の目的は、アルス様の学内の立場を守ることだと」

更《さら》にロキは、リリシャが「そうしながら、ゆくゆくはシングル魔法師としてのアルスの名を、世界に浸透《しんとう》させていく」と述べたと言った。

それは、今はまだ少年と呼べる年齢故《ねんれいゆえ》にずっと隠されてきたアルス・レーギンの存在と名を、堂々と世間に公表する下準備をしていく、という意味でもある。世界最強のシングル魔法師、あらゆる魔法の道の頂きに君臨する、位階1位の魔法師として。

ロキとしても、その方針自体には賛成であった。これまで不遇《ふぐう》だったからこそ、アルスの功績と実力は、もっともっと広く世間に知られるべきなのだ。

いずれにせよ、そんなリリシャの言葉は、即《すなわ》ちベリック総督の意向だと考えるのが自然だろう。

ただ、ベリックの意向はともかく、リリシャ個人の意志はどうだったのか。心底からベリックに従っていたのか、【アフェルカ】の意をも含んだ二重スパイに近い状況だったのか。

それも含めて問われると、リリシャに意識が戻《もど》らない今は、全《すべ》てが闇の中である。

そもそもリリシャの人柄《ひとがら》についても、不明な部分は多い。実は彼女が学院にやってきてからは、いろいろあったように見えてまだ日が浅いのだから。

そんな短期間で彼女の何が分かったと言うのか、そう問われれば、ロキも黙《だま》って首を横に振《ふ》るしかないのだった。

そんなロキの表情を見つめながら……アルスは、このもろもろの事柄《ことがら》について、ロキとはほんの少し異なった見方をしていた。

彼女を部屋に招き入れ、アイルとの会談には共に臨《のぞ》んだ。さらに彼女は顔を隠していたとはいえ、あのセルバとの戦闘中に、その本質的な戦いぶりや魔力の在り方について、いくつかの事柄を鋭《するど》く感じ取っている。

リリシャの中に潜《ひそ》む〝本当の彼女〟について、その断片《だんぺん》を捉《とら》えたと感じた瞬間《しゅんかん》なら、思い当たる節が少しはあるのだから。

リリシャについて、アルスの脳裏《のうり》に真っ先に思《おも》い浮かぶのは、人を食ったような不遜《ふそん》な態度と、その間隙《かんげき》に潜む意外に臆病《おくびょう》な一面。

その一面にこそ、彼女の押《お》し込められた本心、本質が見え隠れしているような気がする。

特に印象的なのは、いつか、不意に彼女の頭に手を近づけた時に、唐突にリリシャが見せた脅《おび》えた仕草。高慢《こうまん》そうにテスフィアをからかう時ではない、貴族令嬢《れいじょう》を装って笑っている時でもない。それはきっと、不幸な生い立ちの匂《にお》い。

いくら仕事といっても、恐《おそ》らくリリシャは、暗殺稼業に一片《いっぺん》の誇《ほこ》りも感じていない。願いも心もない木偶《でく》にはなり切れず、ただ一つを望んで、ずっと誰《だれ》かの評価を気にしている。

何かに、誰かに依存《いぞん》せずにはいられない精神的な弱さ。暗殺者としては人間的すぎるともいえる彼女の脆《もろ》さだが、リリシャという個人の本質に通じる鍵《かぎ》は、きっとそこにある。

ロキは、再び考え込む表情に戻ったアルスを見るや、ふと、意を決したようにベッドに上ると、そのまま隣に、パタンと横になる。それから顔にかかる綺麗な銀髪を払《はら》いもせず。

「冷たい、寝床《ねどこ》ですね」

返答に迷うが、短いながらもロキの眼もとにかかる髪は、アルスにその言葉の真意を悟《さと》らせない。彼《かれ》は仕方なく、ぶっきらぼうに。

「こんなものだろ」

「いいえ、ヒンヤリします。ですから今日は、ここで寝《ね》ます」

髪で隠れた表情は見えずとも、その頬《ほお》は、確かに紅潮していた。

「いや、二人は、さすがに寝づらいだろ」

アルスが憮然《ぶぜん》とそう言う間に、すでにロキは、布団《ふとん》の中へと滑り込むようにして入ってきてしまった。

彼女の中では、それはすでに既定《きてい》路線の行動であるらしい。断固とした態度と素早《すばや》い動作に、さすがのアルスも制止する暇《ひま》を与えられなかった。

しかし、誰かと一緒《いっしょ》に寝床を共にする。そんな経験など、過去にどれくらいあっただろうか。だがそんな不毛な思考は、横から伝わってくる小柄《こがら》な体温に掻き消されてしまった。

アルスはもはや、全てを諦《あきら》めて横になる。ロキが小柄なせいもあってか、ベッドの広さ的にはなんとか足りているが、枕《まくら》は一つしかない。

無意識にアルスは枕の端に頭をずらし、ロキも反対側の端に頭を乗せた。

部屋に戻ってきた静寂《せいじゃく》の中、ふとアルスは思う。

やはりロキには、見透《みす》かされてしまうのだ。

ここから先、不安も懸念もないと言えば嘘《うそ》になる。これまでアルスが請け負ってきた裏の仕事は、一切《いっさい》その是非《ぜひ》を考える必要などなかった。腐《くさ》り切った非道な犯罪者や外法《げほう》者など、アルスにとっては通り過ぎていく風景や道端《みちばた》の小石にも似た存在であり、要はそれらをいかに効率よく処理していくか、それだけが問題だったに過ぎない。

思えば誰かに正しさを押し付けて、自分では何も決断していなかっただけのことだったのだろう。

今にして気づかされた思いだ。今、もしかすると生まれて初めて……自分が正しいと信じる、その行いの先行きが見えない。いや、正確には不安や懸念というのとも少し違う。己なら為せるという、その根本的な確信めいた部分は揺らがないからだ。

ただ、その行為の天秤《てんびん》に掛かっている様々なもの、その一つ一つの価値が、是非が今、アルスにはにわかには判じがたいと思えてきている。

これまでは、どんなことであろうと結局背負っているのは己の身一つ。全てがシンプルで、いっそ小気味よいほどに分かりやすかった。ある事項《じこう》が白か黒か、メリットかデメリットか。あらゆる判断は瞬時《しゅんじ》に、かつ神速で行えた。

だが今回は誰のために、何のために、そんなことを一から百まで考えて考えて考え抜いて、それでも何一つ答えが出ない。

一度でも己という尺度を度外視してしまうと、行動の意思決定というものがここまで困難になるとは、正直想像すらしていなかったのだ。

だからこそ、敵対する者とそれ以外に分け、敵ならば排除《はいじょ》すれば、それでいい。そんな短絡的《たんらくてき》とも取れる思考が、魅力的《みりょくてき》かつ手っ取り早く思えてしまう。

（しかし、報復か……俺《おれ》が一体リリシャの何を知ってるんだろうな。学生みたいに吠《ほ》えてはみたが、今思えば恥《は》ずかしいじゃないか）

だが、確かに羞恥心《しゅうちしん》めいたものもあるが、どこかで晴れやかな気分もある。若さと一本気な愚直《ぐちょく》さのみが示せる、否定しがたい真善美。一言で言えば、そう悪い気はしない。

「何にせよ、血を見ずに解決できれば良いですね、アルス様」

「……!?　あ、あぁ、そうだな」

ロキの何気なさそうな一言に、心を読まれたかと思い心臓が跳《は》ねる思いを味わったアルスは、反射的に無難な相槌を返していた。

（何事もなく、か……）

それは可能性でいうならば限りなくゼロに近い、まさしく希望的観測というものに他ならない。

だが、それがもしも成《な》し遂《と》げられたなら。

その経験は、これまでいざという時、力と血で切り開く道以外を知らなかったアルスの、新たな人としての道筋となり得るかもしれない。

最後にアルスは、大きく一つだけ息をつくと、傍《かたわ》らの小さな温《ぬく》もりをあえてしばし忘れ、意識をそっと、ようやく襲ってきた眠気《ねむけ》の海に沈めるべく努力した。

結局、深夜の部屋でこれ以上の言葉が交《か》わされることはなく、アルスとロキの二人は、ほんのりと温かい一つのベッドで、どちらからともなく眠《ねむ》りに就《つ》いたのだった。

◇◇◇

人類の生存圏《けん》は限られた世界ではあるが、そこに生きる人々の階級は様々だ。平民、富裕層《ふゆうそう》、貴族など上流階級や元王族……７カ国全体ではなくアルファだけを見ても、それなりに貴族・名門の家柄《いえがら》は多い。そんな中で、彼女の属する家――フリュスエヴァンなど、全体を俯瞰《ふかん》すればごく小さい要素でしかない。

だが人間として、個として見た場合、リリシャにとっては、そこだけが世界の全てだった。そう、少なくとも呪《のろ》われた家柄という精神的な檻《おり》の中で、常に追い詰《つ》められるようにして育った一人の痛ましい少女にとってはそうだったのだ。

一方、保健室の無機的な冷たいベッドの上でリリシャが目覚めたのは、それから数日後のことであった。必要な医療《いりょう》器具は流石《さすが》の魔法学院だけあってその大半が、対応可能なレベルで取り揃《そろ》えられていた。そのこともあって容態が安定してからは女子寮保健室で安静に努めることになった。

女子寮の医務室で目を覚ました彼女は、自分が何故ここにいるのか、とにかく不思議だった。

見慣れない天井だ。もっとも彼女にとっては女子寮の自分の部屋もそうで、未《いま》だに目を覚ました時、同じ違和感《いわかん》を毎朝抱《いだ》いている。

病室に微かに漂う薬品の匂いと、早朝独特の澄《す》んだ空気が、彼女にさらなる意識の覚醒《かくせい》を促《うなが》した。のろのろと力の入り難《にく》い身体《からだ》でリリシャは身を起こす。

室内には誰もいなかった。

視線を下ろすと、見慣れない白のガウンを着ていた。襟《えり》の隙間《すきま》から肌《はだ》の上にしっかりと巻かれた包帯が見える。ベッド脇《わき》にあるサイドテーブルの上には綺麗に畳《たた》まれた着替《きが》えが載っていた。誰かが自分の部屋から持ってきてくれたのだろうか。

覚束《おぼつか》ない動きでどうにか着替え終えるも、そこからまたリリシャはベッドの上に戻ってしまった。

戻ってきた記憶《きおく》とともに、少し目を伏《ふ》せたリリシャは、自分が何故ここにいるのか、その理由を完全に思い出した。

背中を焼くあの痛みと恐怖《きょうふ》の記憶は、脳裏に鮮明《せんめい》に残っている。そして、あの時嗅《か》いだ独特の異臭《いしゅう》。記憶とともに蘇《よみがえ》ってきたそれは、今も病室に漂い、彼女の鼻腔《びこう》の奥《おく》を刺激《しげき》してくるかのようだった。

身体が芯《しん》から震《ふる》えるのを感じ、リリシャは襲ってきた寒気に、自分の身体を抱きかかえるように両腕《りょううで》で包み込んだ。

（いらない子。無用の屑《くず》。ジル兄様も、きっとこんな絶望を抱いた）

いや、彼の場合、家の長兄《ちょうけい》であった立場上、もっと酷《ひど》かったのではと考えるべきなのだろう。フリュスエヴァン家は代々【アフェルカ】の筆頭を務める役目を担《にな》っている。それと同時に、リムフジェ一族の代表でもあるのだ。

だからこそ、求められるのは暗殺者としての資質。強さ、殺しの技量、徹底的《てっていてき》に標的の隙《すき》を窺《うかが》う如才《じょさい》なさ。そこにのみ価値が見出《みいだ》される。

当主の実子であろうと関係ない。血の繋がりが生む絆《きずな》は、リリシャ達の場合、当主直系の責任が伴《ともな》う過酷《かこく》な訓練へと縛《しば》り付けられる拘束《こうそく》具にしかならなかった。

そこに愛情はなく、使命があるだけの理屈《りくつ》では理解不能な、極《きわ》めて歪《いびつ》な理想に過ぎない。

呪われた家系。

まさにそんな言葉が、当てはまると、今でこそ思う。

とにかく生まれ落ちてから、フリュスエヴァンの子女として、リリシャも例外なくその歪《ゆが》んだ家風の中に身を置いて育たざるを得なかった。

粛清《しゆくせい》部隊として【アフェルカ】が持っていた役割は、突きつめれば対象の監視と暗殺実行に二分される。

昔は貴族間の抗争《こうそう》を裏で終結させたり、はたまた陰謀《いんぼう》を事前に挫《くじ》くことが求められていた、と聞いたことがある。

現在では、彼らは先代元首より賜《たまわ》った指令を拡大解釈《かいしやく》する形で、国内の不穏《ふおん》分子を積極的に狩《か》り出し、始末することを第一義としている。

だが、それが組織としての変質であり、本来の存在意義からの逸脱《いつだつ》に当たる可能性を、リリシャは認識《にんしき》していなかった。考えてみるとこれまで手を染めてきた暗殺任務の中に、現在の元首であるシセルニアから直接命じられたものは、もしかすると一度たりともなかったのではないか。そもそも、リリシャがこれまで手に掛《か》けてきた、人間の屑《くず》めいた市中のごろつきや場末の犯罪者などを、わざわざ元首が命じて処理するのも妙《みよう》な話なのだ。

父や兄の下す命令や指令に、唯々《いい》諾々《だくだく》と従ってきただけのリリシャに、そうと悟《さと》るだけの視野の広さはなかった。

全ては、今になって初めて、ぼんやりと理解できてきたことだ。

そして気付いてしまえば、もはや乾《かわ》いた唇《くちびる》から出てくる言葉はなかった。

これまでの任務は何だったのか。抹殺《まっさつ》対象としてあてがわれた相手も、魔法師どころか、所詮《しょせん》三流の人間の屑ばかりだった気もする。そして、そんな自分には明らかに荷が重いはずの、先日下されたセルバ暗殺の命令。

なんとか戻った家中で言い放たれた、「何故死んでこなかった」という兄の台詞《せりふ》。つまるところ、あれはそういう〝任務〟だった。指令ではなく死令。

リリシャは言い知れぬ深い虚無《きょむ》感に、今や胸まで浸《ひた》っていた。

自分が何者でもなくなってしまったかのような、空っぽな気分。いや、落伍《らくご》者《しゃ》の印が背中に刻まれた今、自分は本当に何者でもない。リリシャ・ロン・ド・リムフジェ・フリュスエヴァン……その大層な名からは、所属と家柄を示す冠《かんむり》があらゆる存在意義とともに取れ落ちてしまった。今の自分は貴族の子女でも暗殺者でもない、ただのリリシャ。

フリュスエヴァンの名を失った途《と》端《たん》に、リリシャは誰でもなくなった。生まれたての赤子のように、目的も目標も過去も未来も、全てが真っ白に消却《しょうきゃく》されてしまったのだ。

（あぁ、確かに、お兄様の言う通りだ。あの時、いっそ死んでいれば良かった）

唯一《ゆいいつ》の居場所だと信じた【アフェルカ】から無能の烙印《らくいん》を押され、家を追い出されて目を覚ましても、もはや生きていく気力など欠片《かけら》も湧《わ》いてこなかった。

ポタリと、リリシャの目から涙《なみだ》が我知らず流れ落ちた。己の不甲斐《ふがい》なさからか、全てを失った底知れぬ絶望感からか。ただただ、生温かい雫《しずく》が頬を伝い、ゆっくりとベッドのシーツの上に薄黒《うすぐろ》い染《し》みを落としていく。

あの時、アルスに無様に救われてさえいなければ、とさえ思う。だが、彼を恨《うら》むのは筋《すじ》違《ちが》いだということは、リリシャにも分かっている。寧ろ、彼には感謝するべきなのだろう。ただ、礼を言う気持ちにはなれそうになかった。

確かに彼のおかげで窮地《きゅうち》を脱《だつ》することはできたが、結局それが何になったというのか。兄は本当は、リリシャに任務中に死んで帰らぬことを期待していたのだから。

ただ一つだけ分からないことがある。その疑問さえ解消できれば、自分は本当の空っぽになれるはずだ。誰かから期待されることも、期待されたいと願うこともない存在に。いっそどこかで人知れず、命を終わらせるのも良いかもしれない。もう己がどうなろうと、さして気にもならないのだから。

だから、本当に一つだけ……早く、この疑問を解消してしまおう。

『なんで、学院に戻ってるんだろ』

あれほど家に、【アフェルカ】に、兄に縋り付いていた自分。なのに、最後に行き着いた場所が、何故学院だったのか。

逃《に》げなければ、と思った気はする。

だが、何故その先が此処《ここ》でなければならなかったのか。かすむ視界と朧《おぼろ》げな意識の中で何故自分は学院を目指し、そして辿《たど》り着いたのだろうか。

（頭が回らない。考えが纏まらない）

額を押さえ付けて必死に己の心中を探《さぐ》るが、やはりどうしてもその理由は見つけられなかった。

そんな折、いっさいの思考を途切《とぎ》れさせるほど荒々《あらあら》しくドアが開き、リリシャをはっと現実に引き戻した。それにしても随分無遠慮《ずいぶんぶえんりょ》だ。ここは医務室だ。訪問するにしても、もう少し丁寧《ていねい》なドアの開き方というものがあるだろう。それはまるで、訪問者の機嫌《きげん》の悪さがそのまま伝わってくるような、至極《しごく》乱暴なやり方だった。

「あ、アルス様。病室ですので、一応ノックくらいは……」という聞き覚えのある少女の声が聞こえ、それを堂々と無視したらしいその人物が、少し大股《おおまた》で入ってくる。

「具合はどうだ」

短く声を発したのは、黒髪《くろかみ》の少年――愛想《あいそ》の欠片もない顔つきと不機嫌《ふきげん》そうに細められた鋭い目。具合を聞いてはいるものの、心配など微塵《みじん》もしていないような態度だ。

「アルス・レーギン」

リリシャはその名を呟《つぶや》くと、無感情に淀《よど》んだ目をアルスに向けた。そこには憎悪《ぞうお》や敵意はおろか、どんな色も見いだせない。

「酷い面《つら》だな、まあ、無事に目は覚めたようだが」

実につっけんどんな声ではあるが、彼らしいとも言える。一応、顔だけでなくのろのろと身体をアルスに向け、自虐的《じぎゃくてき》な笑《え》みを作ったリリシャは、それに応じて。

「そうだね。でも、お礼を言うつもりはないよ。まあ、助けるつもりで結局私の任務の邪《じゃ》魔《ま》をしてくれたとかは、もうどうでも良いんだけど。ホラ、このザマだし」

リリシャは続いて、掠《かす》れた声を発した。

「誰のせいでもない。それくらいは、分かってるつもり」

「そうだな、別にお前のせいでもないがな」

「……！」

違う、とでもいうように反射的に頭《あたま》を横に振《ふ》り、何か言い返そうとしたリリシャであるが、結局はそのままグッと唇を引き結び沈黙《ちんもく》する。アルスの言葉を否定したい衝動《しょうどう》には駆られたものの、結局言葉は見つからず、感情の欠片すらも吐《は》き出せなかった。

そんな彼女を、そっと労《いたわ》るような視線をロキが向けてくる。彼女の手には、妙なベルトのようなものが握《にぎ》られているのが、ふとリリシャの目に付いた。重い荷か何かを固定するものかとも思うが、使用目的がまるで分からない。不思議に思っているところに、アルスがぽつりと発した。

「で、傷の方はどうなんだ」

相変わらずぶっきらぼうな物言いだったが、リリシャは特に反発することもなく答えた。

「かなり楽。これ、アルス君が?」

別に、治癒魔法師《ちゆまほう》でもないアルスが自分の傷を治療《ちりょう》してくれた、と思っているわけではない。いつの間にか、自分をここに運び込んでくれたこと。それをアルスのしてくれたことか、とも思ったのだ。

(だったら、やっぱりお礼の一つくらいは言わなきゃ、なのかな……)

そう考えると強張《こわば》った身体のどこかが、ほんの少しだけほっと緩《ゆる》んだようだった。それでも、背中の傷痕《きずあと》の形に沿って走る、脈動するような痛みの感覚は残っていたが。

だが、アルスの返事はにべもなく。

「いや、見つけたのはテスフィア達《たち》だ」

「そう……」

うつむいたリリシャに、アルスは容赦《ようしゃ》なく。

「俺に礼を言うべきだとしたら、これから一仕事終えた後だな。悪いが付き合ってもらうぞ。こういうのは早い方がいいからな」

「えっ⁉　それって、どういう……？」

リリシャは弱々しく言った。乱れに乱れた金髪《きんぱつ》に目の下にできた隈《くま》。いつもの勝気でふてぶてしい印象はすっかり消え去り、どう見てもボロボロの怪我人《けがにん》だ。魔力どころか、活力というものが欠片も感じられない。

アルスは有無を言わさず、腕をベッドに差し入れる。

「‼」

あろうことか、彼はそのまま、軽々とリリシャを抱《かか》き抱えてしまった。強引《ごういん》な手段にリリシャは驚《おどろ》きこそすれ、抵抗はしなかった。拒絶《きょぜつ》する元気もない。

「私をどうするつもり、なの？」

「どうするも何も、お前にはまだやることがあるだろう。お前は【テンブラム】の審判《しんぱん》を引き受けた張本人なんだ。こちらも都合があるんでな、途中棄権《とちゅうきけん》は認めん」

「それなら、心配いらないから。約束を反故《ほご》にはしない、きっとリムフジェ家のどこかが代役に立ってくれる」

「それをふざけるなって言ってるんだ。〝家〟じゃない、お前個人が約束したんだ、ならば責任を持て」

「……！　そ、そんなの……む、無理に決まってるじゃないっ！」

何かの糸が切れたように、急激に声を荒《あら》らげるリリシャ。だが、アルスは冷徹に反撃《はんげき》する。

「俺達《おれたち》はリムフジェと約束したんじゃない、お前と約束したんだ。今更《いまさら》一人だけ降りられると思うな」

どこか言い聞かせるようなニュアンスがある低い声に、リリシャは言葉に詰まる。だが、例の審判については、最低限その役割さえ果たせればいいはず。公平な立場で関与《かんよ》することさえ守れれば、それこそリリシャ本人である必要はないはずだ。なのに彼は、あくまでリリシャ本人でなければダメだ、と主張するつもりらしい。一体、どういうことなのか。

「しかし、この姿勢で連れていくのは、さすがに性急だったか」

肩《かた》を竦《すく》めるようにして、アルスは一度リリシャを足からベッドの上に下ろすと、彼女の上半身だけを起こした状態で、ロキを呼ぶ。

「ロキ、やはりそいつで手伝ってくれ」

ロキは頷《うなず》くと、ベルト状のものを手に、寄り添《そ》うようにベッドに近寄る。

「あとは……そもそも、その姿勢を続けるのもきついか」

まるで独り言のように言うと、アルスはリリシャに背を向けるようにして、ベッドの端に腰かけた。ちょうど己《おのれ》の身体を添木《そえぎ》のように使って、リリシャのおぼつかない姿勢を支えるかのように。

続いてロキは、手にしていたベルト状のものを使い、リリシャの身体をアルスに固定し始める。

リリシャはもはや文句も言わず、その背中に寄りかかる。

もはや何も言うまい。アルスが何を言い出すつもりか分からないが、結果、自分などどうなっても誰にも迷惑《めいわく》はかからない。自分には裏路地の塵芥《ちりあくた》ほどの価値もないのだから。

体重を預ける時に、アルスの腰の辺りから重々しい装備の音が鳴った。

「そもそもお前に礼を言われたいなんて、微塵も思っちゃいない。全ては俺の詰めが甘かっただけのことだ」

「言ったでしょ、もういいって！　どの道、お兄様は私が生きて帰ってきたこと自体に失望してた。初めから期待されてなかっただけじゃない、それどころか……」

顔を力なく傾《かたむ》けて頬をアルスの肩に付け、リリシャは機械的に感情の欠落した言葉を並べる。

最初から死ぬのが目的で、仕事の捨て駒《ごま》として扱《あつか》われた。その事実を、彼女はアルスにぽつりと告げた。

アルスとて、それはある時点から把握《はあく》していたことだ。だが、力を失った彼女の精神《こころ》を奮い立たせ、再び立ち上がらせるにはどうするべきか。こういう時に不器用な自分が恨めしい。

ちらりと助けを求めるように傍らで作業中のロキに視線を振るが、リリシャの身体をアルスの背中に固定すべく黙々《もくもく》とベルトを巻いているロキは終始無言で、感情を悟らせなかった。彼女もそうそう、気の利《き》いた台詞を言えるタイプではないので、アルスと同じ状《じょう》況《きょう》に陥《おちい》っているのかもしれない。

（仕方ない、か）

アルスは内心で呟き、結局リリシャを負《お》ぶう準備ができるまで、保健室内にはどこか居《い》心地《ごこち》の悪い沈黙が満ちることになった。

やがて三人が部屋を出た時には、女子寮《じょしりょう》内に起き出した生徒の姿がまばらに見え始めていた。

時間は、七時前後といったところだろう。

リリシャを背負ったアルスは、そのまま寮を出ると、続いて学院をも後にする。

「あの、一体何処《どこ》へ……？」

リリシャのか細い声での疑問に、アルスは簡潔に一言のみを返す。

「王宮だ。この国の元首のいるな」

全ては一瞬《いっしゅん》でも早くシセルニアに会うため……アルスは正規の手続きを無視して、先を急いだ。

目立つ転移門《サークルポート》での移動は避《さ》けて、人目に付かない裏街道《うらかいどう》をひた走る。耳元で鳴る風の擦過音《さっか》を聞き流し、アルスはずっと背中で小さな鼓動《こどう》を鳴らす少女のことを考えていた。

確かに、理事長にもリリシャ本人にも、自分が詰めが甘かったことは認めた。だがここまでしてしまったというのは、自分自身でも少し意外だ。無意識のうちにこの一件に対して、思った以上の責任を感じているということだろう。

そして、やはりリリシャという少女の在り方が、自分にそう感じさせている。彼女はアルスに対して、ある意味で距離《きょり》を置かずに接してくるところがある。恐れるでもなく、畏《かしこ》まるでもなく……テスフィアも似たところがあるが、それが図々《ずうずう》しく思えつつも、一面ではそれなりに心地好《ここちよ》くあるのだろう。だからこそ彼女に関《かか》わる気になったのかもしれない。

ロキは「アルスが助けて当然の範疇」に入って良い存在だ、と言った。

(「手の届く範囲《はんい》」、か……先の理事長の言葉が、やけに重いな)

そんなことを考えつつ、アルスは少し速度を落として、やけに静まり返っている背中に声を掛ける。

「おい、もしかして寝てるか？」

「冗談。ずっと寝てたのに？」

その返答はまだ幾分《いくぶん》弱々しいが、以前の勝気な彼女が戻ってきたことの片鱗《へんりん》を感じさせるものだ。その感触《かんしょく》があっただけでも、アルスがそっと口角を持ち上げるには十分だった。

「考えていたんだが……お前はこの後、何か予定とかはあるのか」

「嫌味《いやみ》のつもり？　家から捨てられて、裏の稼業《かぎょう》しか知らない女独り、どんな予定があるって思うの？　もしかして責任でも取ってくれる？　……ゴメン」

やや感情的でシニカルな言葉が返ってきたものの、すぐに反省したらしく、リリシャは背中越《ご》しに謝罪してきた。

「あぁ、そうだな。一度はお前の事情に首を突っ込んだんだ。だったらその責任は取る。お前には借りもあるしな」

「えっ！」

どこを解釈したのか、リリシャは言葉以上に驚きの声を上げた。

「ウームリュイナとの会談のことだ。それに言っただろ、【テンブラム】の審判役《しんぱんやく》を引き受けてくれただろ」

「……そっちの話ね」

トーンダウンした淡白《たんぱく》な声が背中越しに返ってくる。が、アルスは気に留めることもなく会話を続ける。

「まずはその呪印を解く。話はそれからだ」

揺《ゆ》るがぬ意志を感じさせる力強い声音《こわね》で、アルスははっきりと口にした。

たとえ【アフェルカ】を敵に回そうとも、たとえリムフジェ支族五家全てを敵に回そうとも。

これまで黙っていたロキも、アルスに続いて言う。それは、これまでずっと溜《た》め込んでいたものを吐き出すかのようだった。

「リリシャさん、あなたが独りになったと言うのなら、今こそ家や誰かに依ることなく、自分一人の意志で、次に踏《ふ》み出す道を決めなければいけないと思います。あなたが何を望むのか、どう行動するのか。アルス様は最後まで付き合うつもりですよ」

ここまでロキが断言するのは珍《めずら》しい。テスフィアやアリスほどの付き合いもないリリシャ、それも彼女は今のところ、アルスの絶対的な味方という立場ではない。

アルスは昨夜肩入れしている、と軽口めいて指摘《してき》したが、確かにロキとしては異例の対応であろう。その証拠《しょうこ》に……。

「無論、【アフェルカ】を潰《つぶ》してでも」

と、ロキは最後に付け加えて、決意の固さを示す。

だが、リリシャはくしゃりと顔を歪め。

「……分からない。私は無価値で、お兄様にとって必要なくなっただけ！　家にも【アフェルカ】にも恨みなんて一つもない、この呪印だって刻まれて当然だから、で。私が役立たずだっただけの話よ！」

なおも自責の念に苛《さいな》まれるかのように、リリシャは苦しそうに目を伏せた。厳然とした事実から目を逸《そ》らすように、恐ろしいものから逃《のが》れるように……。

だが、アルスはあえて斟酌《しんしゃく》しない。

「逃げるな、誤魔化《ごまか》すな。きちんと現実を見つめて、お前が自分で決めろ。なら、あれほどの重傷を負って、何故《なぜ》学院《あそこ》に戻ってきた」

「……ッ」

それが分かれば苦労はしない。それこそリリシャが知りたい、最後の疑問なのだから。それが解消されれば、今度こそ完全に空っぽな自分になれる気がする。やるべきこともやりたいこともない、今、ここに在ること自体に価値を見出す苦行からも解放される。

無価値な自分が、そもそも生きている意味とは？

自暴自棄《じぼうじき》も過ぎると、生きることの煩《わずら》わしさに苛まれるのだと感じた。

感情の混乱の果て。自虐《じぎゃく》が自虐を呼ぶネガティブな感情のスパイラルに陥ったリリシャは、もはや全てがどうでもよくなり始めていた。YESでもNOでも良くて、今は選ぶことが億劫《おっくう》だった。いっそ、アルスの肩に回した手を離《はな》し、彼の腰《こし》の武装を奪《うば》って、身体を縛るこのベルトを切り裂《さ》いてしまおうか。

そうすれば全てから自由になり、自分はこの背から、世界の縁《ふち》からそのまま墜落し、文字通り無に還《かえ》って、全てを忘れてしまえる。

「いい加減にしてください!!」

ふと、リリシャの耳に誰かの怒声《どせい》が響《ひび》き渡《わた》った。

はっとした彼女は、傍らのロキに恐る恐る視線を向ける。

ロキは険しい目つきで、まるでいじけた子供に向かうように再び語気強く言い放つ。

「リリシャさん、あなたは、どこの誰よりも子供なんですね。自分で何も決められず、誰かに縋《すが》ってなきゃ生きていけない。まだ、分からないんですか！」

心に突《つ》き刺《さ》さるその言葉に、核心《かくしん》を突かれたと分かっているからこそ感じるズキリとした重い痛みに、まるで咄嗟《とっさ》に反発するかのようにリリシャは叫《さけ》ぶ。

「何を！　何を分かった風な。誰よりもアンタが！　アンタの方こそ、縋ってるじゃない!!　何かにつけちゃアルス様、アルス様って！　気持ち悪いんだよ！」

あまりに鋭い言葉の棘《とげ》に、思わずアルスは足を止めた。

だが、さっきまで憤怒《ふんぬ》に染まっていたはずのリリシャの様子は、一拍《いっぱく》置いてたちまちトーンダウンしていく。今の彼女は、言った側と言われた側の立場が逆転したかのように、苦しそうに顔を歪めていた。その表情は何故か、まるで泣き出しそうにも見えた。

「その、私は、私……まるで、なんだか鏡を、見てるような気がして」

消え入りそうに続く、とぎれとぎれの言葉がリリシャの口から零《こぼ》れ落ちた。

だが、そんな弱々しい声は、周囲に満ち溢《あふ》れた怒気《どき》をはらんだ魔力《まりょく》によって、たちまち打ち消されてしまう。

ロキは、爪《つめ》が食い込むほどに、きつく拳《こぶし》を握り締《し》めていた。リリシャがアルスに背負われた身でなければ、いっそ殴《なぐ》りつけていたのではないかと思えるほどに。

「あなたと！　己の意思を他人に委《ゆだ》ね、何も決められないあなたと一緒にするな！　私は私自身で決めた！　アルス様に全てを捧《ささ》げると！　この決意は他の誰にも委ねたりしない！　隣《となり》を歩むと、この人と共に征《い》くのだと！　ロキ・レーベヘルが独り、この世界全てに向けて立てた誓《ちか》いだ！」

「ッ⁉」

それが崇高《すうこう》な宣誓《せんせい》であるかのように、胸の前に拳を添えるロキ。彼女《かのじょ》は、真《ま》っ直《す》ぐな瞳《ひとみ》をしていた。誰に恥じることもなく、堂々と胸を張って。小柄な彼女のそんな姿は、心なしかいつもよりずっと大きく、巨《おお》きく見える。

だが、これ以上はさすがにまずいだろう。

アルスは割って入るように、ちらりと視線のみでロキを制止する動きに入る。

それはそうと、さっきの言葉の強さは、アルスですらたじろがせるほどだった。

重すぎる忠誠を捧げられる側としてはいろいろと言いたいことはあるが、とにかくそれが、ロキという人間の魂《たましい》の核《かく》なのだろう。

ぽかんと口を開けたリリシャは、まさに二の句が継《つ》げずに茫然《ぼうぜん》自失の状態だ。

ロキは、アルスの鋭《するど》い視線を受けたことと、言いたいことを言って少しは気分が晴れたのか、いつものように冷静さを取り戻《もど》していた。

「お分かりですか？　アルス様がここまでしたのは、あなたが最後に助けを求めたのが、学院だったからです。あなた個人の理由なんか、どうでもいいんです。あなたが酷い火傷《やけど》を負って、逃げるみたいに辿り着いた先が学院だったこと。

ここに至るまでにどんな事情があったのかは知りませんが、少なくとも私は、リリシャ

さんが学院という場所を〝楽しんで〟いたと思っています。だからこそ、そこが一番戻りたい場所、ほんの少しだけであれ、自分が自分らしくあれた場所、そんな気持ちがあったんでしょう？」

黙《だま》り込んでしまったリリシャに対して、ロキは淡々《たんたん》と言葉を紡《つむ》ぐ。

「つまりあそこが、学院があなたの最後にいたかったところだったんじゃないんですか？家という軛《くびき》から逃れて、あなた個人が、ありのままに存在していいと思えた初めての〝居場所〟だったんじゃないんですか？」

アルスを傍《そば》で見てきたからこそ、ロキには察することができたのだ。

アルスもまた、ある意味で居場所を失い、求めていた者だったからだ。そんな常識から逸脱した存在が、放《ほう》り込まれて戸惑《とまど》ってしまうほど、平和で穏《おだ》やかな場所。

そこに溶《と》け込もうとして、紆余曲折《うよきょくせつ》ありつつも、何とか折り合いをつけてきた場所。

そこが、第2魔法《まほう》学院なのだから。

アルスもリリシャも、そしてロキも、常識《まとも》とはかけ離れた環境《かんきょう》で育ってきた。リリシャは貴族でありながら、ただの上流階級の子女ではない。今にして思えば、貴族とはいえ歩んできた道は、テスフィアともフェリネラとも全く異なるのだ。

ただ殺戮《さつりく》のために鍛《きた》えられ、裏の仕事に手を染めてきた。そんな意味で、彼女は寧《むし》ろ、あの二人より、さらにアルスと共通する部分がある。

多分リリシャは、自分一人で新天地の学院で、探していたはずだ……自分に欠けていて、他の生徒がそうとは知らず、身に付け手に入れている、輝《かがや》かしいものを。

アルスが時折、テスフィアとアリスを眩《まぶ》しそうに見ることに、ロキは気付いていた。だからそう、リリシャもきっと、己がずっと望んで手に入れられなかった〝それ〟を、その他大勢の生徒が何気なく過ごしている、ごく普通《ふつう》の姿……ありふれた日常の光景の中に、見出していたに違《ちが》いない。

初めて一人で触《ふ》れた、〝普通〟と〝当たり前〟に戸惑い、少し馴染《なじ》めぬ思いを抱きつつも、どこかでそれを嬉《うれ》しく感じていたのだろう。

だから、最後に彼女は戻ってきたのだ。他に何処にも行けなかったとしても、学院が最後の逃げ場《ば》になっていたことに、彼女自身気付けていない。

ロキがそう、言い終えた途端。

まるでリリシャの曇《くも》った眼《まなこ》が洗い流されていくように、彼女の眼から涙が溢れだした。声を立てて泣くのではなく、溢れようとする嗚咽《おえつ》を噛《か》み殺すのでもない。ただただ涙だけがごく自然に滴《したた》り、頬《ほお》を経て顎《あご》を伝わり、優《やさ》しく流れ落ちていく。

……何故《なぜ》自分が学院に戻ってきたのか、その疑問が文字通り氷解した。

そしてその瞬間《しゅんかん》が訪《おとず》れたなら、以前のリリシャは、きっと全《すべ》てどうでも良くなるだろうと思っていた。もはや生きる意志とそのための力など、完全に失われてしまうだろう、と。

でも、実際は違った。フリュスエヴァンの家にしか居場所がないと思っていた彼女が、すでに見つけていた、彼女だけの居場所。

空っぽな心に、学院で過ごした短い日々の、ほんの欠片《かけら》程度の幸福の記憶が湧き上がってくる。半ば演技として、生徒達と語らい談笑《だんしょう》に興じていたが、確かにロキの言う通り、リリシャ自身がどこかで、何よりもそれを楽しんでいたのだろう。

思えば、寮の自室のこともそうだ。

初めて自ら部屋のインテリアについて考えてみた。

そして年頃《としごろ》の女の子として、そういった〝当たり前〟を、自分は何一つ経験してこなかったことを、まざまざと思い知らされた。

結果出来上がったのは、そこらの安宿といっても差し支《つか》えないほど、統一感もなくセンスも感じられない部屋。

迷いに迷った末、結局色調はシンプルなモノトーンになったし、決して人を呼んでもてなせるような雰囲気《ふんいき》には仕上がらなかった。

あの部屋は自分を映す鏡。

（朝、目を覚ます度《たび》に、ここが自分の部屋じゃないみたいな気がしてたけど、あそこが、あの部屋が〝私〟だったんだ……）

なおも溢れる涙を拭《ぬぐ》おうともせず、リリシャは小さく微笑《ほほえ》む。

最初、あの部屋は、まるで生まれたばかりのように空白だった。そこに自分なりに何かを足してみたけれど、やはり部屋が持つ色彩《しきさい》は、真っ白のままだった。自分というものがなく、こだわりもない。それはリリシャの内面そのままだった。だから誰《だれ》の部屋なのか、自分でも釈然《しゃくぜん》としないまま……インテリアは全て自分で選んで配置も考えたのに、そこにリリシャの内面を表すものは、一つたりとも存在し得なかった。

まるで顔の無い部屋だ。

これまで生きてきた年月は、リリシャに、どんな色をも与《あた》えてはくれていなかったのだ。

そうと悟った時、零れ出した涙《なみだ》とともに全てが洗い流されでもしたかのように、リリシャの顔色は明るさを取り戻していく。

それは、誰よりも近くでアルスの変化を見つめてきた、ロキだったからこそ成し得たのだろう。孤独《こどく》を、秘《ひ》めた羨望《せんぼう》を、深く深く感じ取っていたからこそ、どこか似ているリリシャの内面にそれを投影《とうえい》し、言葉で差し示すことができた。

己を見つめ直すことなど不得手なアルス本人では、到底《とうてい》不可能だったに違いない。

小さな少女のそんな偉業《いぎょう》に、やや感嘆《かんたん》めいた思いをも抱きつつ、アルスは言った。

「もう余計なことは考えるな。これからはお前が望むことをすればいい。何を始めるか、どう歩んでいくのかは、これから考えればいいさ。それぐらいの時間はあるだろ」

アルスの淡々とした言葉を受け、リリシャはグッと力強く目を瞑《つぶ》ると、まだ溜まっていた涙全てを、思い切り絞《しぼ》り出してから。

「そうだね。アルス君の監視《かんし》もしなきゃだし、まだ、学院にはいなきゃね」

濡《ぬ》れた睫毛《まつげ》を瞬《しばたた》かせつつ、リリシャはぱっと表情を変え、相好を崩《くず》した。

アルスはいつもの癖《くせ》で、腕を回して肩越しにリリシャの頭へ、それを静かに添える。

「……ん」

今度は以前のように怯《おび》えるでもなく、何かを味わうように、じっくりと一拍間を置き、リリシャは、少しこそばゆそうな笑みをアルスへと向けてきた。

アルスはほっと小さく息を漏《も》らすと。

「さて、行くか。シセルニアのところに殴り込みだ」

「え、ちょっと！　王宮に行くのって、元首へ直談判《じかだんぱん》ってことなの!?　聞いてないんだけど！」

リリシャは慌《あわ》てつつ、そう切り返した。その声は、どうやらきっちり、いつもの調子に戻っている。

「そういや、王宮へ行くとしか言ってなかったか。だが、そうするさ。俺《おれ》がそう〝決めた〟んだからな」

「はい、アルス様が決めたことなら、お供します！」

不敵に言い放ち、ロキの全力での同意もそのままに、アルスは再び風を切って走り出した。

「あ……。やっぱり私、縋ってる？」と改めて気付いたように自問する、ロキの小さな声は無視して……。

第73章 「陰なるもの」

時は遡《さかのぼ》り、アルスがフェーヴェル邸《てい》での一件に介入《かいにゅう》し、リリシャを逃がした直後。

フェーヴェル家では筆頭執事《しつじ》のセルバと侍従長《じじゅうちょう》のシトヘイマが、当主フローゼの書斎《しょさい》に集められていた。

フローゼは実のところ、セルバを召《め》し抱えるにあたって、いつかこんな事態が起こりうることは予想していた。ただ、それが約三十年ほども後になるとはさすがに想定外だったが。

そして、いざその時が来てみると、今更というべきか、驚きは存外と言っていいほど少なかった。

もちろんセルバは、幾度《いくど》となく深々と頭を下げ謝罪した。ヴェクターというこの家に害なす存在を呼び寄せたこと、その後現れた暗殺者・リリシャの処断を独断でアルスに任せ、逃亡《とうぼう》を許したこと。

しかし、フローゼはさして気にする様子もなく、セルバの憂慮《ゆうりょ》を一蹴《いっしゅう》した。

「アルスさんにも、何か思惑《おもわく》があってのことでしょう。その少女が【アフェルカ】の者なら、多分アルスさん自身が別の面倒《めんどう》事に巻き込まれてるとか、そんなところでしょ。いずれにせよ、頭を上げなさいな。過度な謝罪は不要よ、セルバ。そもそも、これはいずれ来ると分かっていた厄介《やっかい》事。その備えもあって、これまで私はこの家の戦力を整えてきたのよ」

「仰《おお》せの通りです。ご寛容《かんよう》な対応に、心から感謝いたします」

またも慇懃《いんぎん》に腰を折るセルバに対して、侍従長のシトヘイマは、どこか仮面めいたうすら笑いを浮《う》かべて。

「いずれにせよ、さしたる相手ではなく、狙《ねら》いも動きもまるで透《す》けておりましたよ、奥方《おくがた》様。あれでは当家に忍《しの》び入っての暗殺というより、せいぜい子供の隠《かく》れんぼうが良いところでしょう。セルバ様も、全部をヘストとエイトに任せてしまわれて良かったのでは？」

失笑《しっしょう》なのか嘲笑《ちょうしょう》なのか、彼女の唇がさらに大きな笑みを作る。

対するセルバは。

「いいえ、あの二人では手っ取り早く殺してしまったでしょう。それに相手は、私と同じ魔力鋼糸の使い手でもありましたので……」

セルバの目尻《めじり》が心なしか下げられ、柔和《にゅうわ》な表情になる。テスフィアと同じくらいの年齢《ねんれい》の〝刺客《しかく》〟。まだまだ拙《つたな》さが感じられる技、隠し切れない詰《つ》めの甘《あま》さや若さが、いっそ微笑ましかったのかもしれない。実際、傍から見ると、彼《かれ》の顔はいかにも好々爺《こうこうや》じみて、小さく微笑んでいるかのようだった。ただ、もちろんセルバは、単なる年寄りの道楽でリリシャに付き合ったわけではない。その証拠に、フローゼが合点《がてん》したように頷く。

「なるほどね、良い判断よ。分かり易《やす》い疑念を無視するわけにはいかない、あえて一戦交えて〝後ろ〟を見たのね」

「左様でございます。私が直接対峙《たいじ》することで、いろいろ見届けられたことも多く、あの暗殺者の少女に魔力鋼糸の技術を手ほどきしたのは、おそらくはミルトリア・トリステンでございましょう」

「あなたの【アフェルカ】現役《げんえき》時代の、もう一人のトップね」

「はい。まだ、命長らえていたとは思いませんでしたが。いずれにせよ、僭越《せんえつ》ではございますが、アルス殿《どの》のご様子からしても、やはり私が相手をして良かったかと」

少々含《ふく》みを持たせた言い方ではある。ただ、フローゼは娘《むすめ》の婿《むこ》候補以上に、殊《こと》の外《ほか》アルスという少年を気に入っている。それを目ざとく見て取ったセルバが、アルスの意向を汲《く》み、あえて譲《ゆず》ることで、当家と彼の関係が妙《みょう》にこじれないように配慮《はいりょ》したとも取れる。

またはは、ミルトリア・トリステンが絡《から》んでいる以上、不用意に未熟な刺客を手に掛《か》けるのは早計と判断したのだろうか。

「まあ、そうね。ちょっと話がややこしくはなったけど、泳がせたほうがいい、とあなたが判断したなら、それでいいわ。で、セルバ、他にも何かあるのね？」

長い付き合いだ。セルバが言外に秘めた意図は、言葉にされずとも分かろうというもの。案の定、セルバは軽く目を伏《ふ》せつつだが、最重要と思われる情報を付け足す。

「未《いま》だ情報的に確証は得られておりませんが、どうにもこの一件、とある方の影《かげ》がチラつきます」

「……その言い方、あの跳《は》ねっ返りの元首様ね？　それなら、確かに頷けるわ。いろいろとタイミングが重なり過ぎるもの。ウームリュイナとの【テンブラム】の一件といい、そういえばセルバ、【アフェルカ】とウームリュイナの繋《つな》がりは？」

フローゼはいかにも彼女らしく、直截《ちょくせつ》にずばり、という一点をセルバに問いただす。

「そちらも今、調べさせているところです。ただ、さすがにまだ詳細《しょうさい》は不明でございます。それと昨晩のもう一名の襲撃者《しゅうげきしゃ》……恥《は》ずかしながら、かつての知己《ちき》であるヴェクターの一件も調査しております。どうも彼は、収監先《しゅうかんさき》から脱獄《だつごく》してきたのではないかと思われましたので。ただ、こちらについては調査の糸が、中層【ヘッズヒラム】近辺で絶ち消えてしまいまして……」

人類生存圏《けん》の中でも、市民街のある中層に位置する町【ヘッズヒラム】。人口も少なく、それこそ見どころもない寂《さび》れた小田舎の町である。未だに木造家屋が多く、古めかしい情緒《じょうちょ》だけは、幾分か残されている場所でもある。

「ヘッズヒラム……きな臭《くさ》いどころか、これまで煙《けむり》も立ったことがないようなところよね。そもそも人が少ないから、治安だって落ち着いているとは聞くけど。それで？」

「第一報では不審者《ふしんしゃ》が数名、それもかなりの手練《てだ》れとのこと……そうですね、シトヘイマ侍従長」

そう水を向けられたシトヘイマは、セルバに代わって、ごく事務的な口調で後を受ける。

「はい、セルバ様にご報告した通りでございます。宿から出てきた五人組の男女を映像とともに確認致《かくにんいた》しました。こちらになります」

シトヘイマは用意していた荒い画質の写真を、机の上に載《の》せる。

「まだ、生存圏内にこんな物騒《ぶっそう》なごろつきがいるのね。……!!」

フローゼは目を細めて、眉間《みけん》に皺《しわ》を作る。

「お気付きのように、その女は撮影者《さつえいしゃ》の存在を悟《さと》っております。アングルその他からすると、撮影距離《さつえいきょり》はおよそ二〇〇程度かと」

「この距離で気付ける相手となると、そう多くはないわね」

「こちらの女はミール・オスタイカ。これまで数十人を手に掛けたとされる特筆すべき重魔法犯罪者で、治安軍のデータベースでは逮捕《たいほ》時に抵抗《ていこう》したため、やむなく死亡させたことになっております」

シトヘイマは、淡々と事実を報告するように述べた。

「さすがに臭《にお》うわね。ここで調査の糸が切れた、というのも、つまり、そういうことよね？」

「はい、人を介《かい》して中層で動いてもらっていた情報屋とも、この写真が送られてきたのを最後に、連絡《れんらく》が付かなくなりました。奥方様、軍本部の方のデータベースを洗いますか？」

もちろん違法行為《いほうこうい》だが、平然とそれを提案してくるシトヘイマに、フローゼは頭《かぶり》を振《ふ》る。

結果は分かっている。そこまでの重犯罪者なら、軍本部の管理しているデータベースでも、治安軍と同じ情報が記載《きさい》されているか、情報自体が存在しないかのどちらかだろう。

そもそも昨今、重魔法犯罪者については、妙な噂《うわさ》が出回っているところなのだ。いわく、十数年前から、犯罪者の中でも特に魔法に関する重大な罪を犯《おか》した者については、軍が逮捕後の扱いを極秘《ごくひ》にする傾向《けいこう》が強まっている、と……。しかも中には表向きは死亡した扱いにされながらも、実は何らかの事情で、生存している者がいるという。

そして彼らのデータは、軍というよりも国、それも7カ国全てが共有して、独自の管理方式を敷《し》いているとも。何故そんな妙なやり方を取っているのか。噂には続きがあり、彼らは密《ひそ》かに集められて、生存圏の外に送られているという話だった。

当然囚人《しゅうじん》に武器は与えられないだろうから、彼らが外界に放り出されれば、待つのは死のみ。遠回しな死刑執行《しけいしっこう》とも考えられるのだが、わざわざそんな物騒なやり方をする必然性という意味では、かなり信憑性《しんぴょうせい》が疑わしくなる情報だ。

もちろん、たった今までフローゼも同様に考えていたのだが。

「ミール・オスタイカ……死んだはずの魔法犯罪者が生きていて、出所祝いがてら、中層でお仲間とパーティ？　死人が現世を出歩くにしても、もっとマシな人選があったでしょうに。よりによって犯罪者だなんて、神様も奇跡《きせき》の使い方を間違《まちが》ってるわ」

皮肉げに吐《は》き捨てるフローゼに、ふとセルバが、囁《ささや》くように。

「ときにフローゼ様、聞いたことはございませんか？　昔、外界に密かに建設されたという秘密監獄《かんごく》のことを」

「あった、わね……確かトロイア監獄。噂に過ぎないと思っていたけど」

眉《まゆ》を顰《ひそ》め、呟《つぶや》くようにフローゼはその名を口にする。

「はい。火の無いところに煙は立たぬもの。もしや実在するのやも……ヴェクターも収監《しゅうかん》されていたと考えると一連の不可解な出来事、死人が出歩いているという妙な案件は、一本の線で繋がるのやもしれません。とはいえ、それが外界ならば、脱獄はほぼ不可能であるはずですが」

「ただ、トロイア監獄なるものが本当にあるのなら、それは人が造ったもので、人が管理する場所。何事も不可能ってことはないでしょう。まあ、杞憂《きゆう》であってほしいけれど」

しばしフローゼは黙考《もっこう》したが……まもなく、主が何かしらの方策に思い当たったことを、セルバはその表情から悟る。

そうなれば、行動に一切《いっさい》迷いがないのが、このフローゼ・フェーヴェルという女傑《じょけつ》だ。

「こちらも動きましょう。タイミングが悪いかと思ったけど、案外こちらには追い風になるかもしれないわね。シトヘイマ、元首様へ情報のリークをよろしく。できるだけもったいを付けて、ね？」

「委細承知いたしました」

シトヘイマは目を伏せて、折目正しくお辞儀《じぎ》をする。

ちなみに、こういった対外の情報工作は、主にシトヘイマの分担だ。セルバは屋敷《やしき》の誰よりも長く仕えているが、その役割は接客及《およ》び屋敷内の業務取り仕切りに加え、当主の護衛兼補佐《けんほさ》なのである。

一方、シトヘイマは侍従長《じじゅう》であると同時に、ある種家令にも似た役どころを兼任している。なので、屋敷で働く者らの管理については、セルバではなく彼女が行うことも多い。

筆頭執事であるセルバも、もちろん使用人の雇用《こよう》面接などには関わるが、特にその後の管理教育に関する領域は、シトへイマの職務となっているのだ。

シトへイマはセルバ同様に、フローゼに忠実な侍従だ。何より与えられた仕事に対して私情を一切含《いっさいふく》まず、完璧《かんぺき》に仕事をこなすという意味で信頼《しんらい》は厚い。

「では奥方様、私はこれにて」と、彼女はセルバ同様の優美な所作で、部屋を後にしようとする。

「シトへイマ侍従長、後で何人かお借りします」

セルバがふと、退出しようとする彼女に、一言声を掛けた。

「元々は、セルバ様がお連れになった者達《たち》でございます。ご遠慮《えんりょ》なさらず」

「しかし、戦闘《せんとう》訓練を受けているとはいえ、彼女達もここで立派に働く侍従のうち。無断では、あなたの職分の領域が、人手不足にならないとも限らぬと思いまして」

セルバの配慮に対し、シトへイマはやや垂れ目気味な顔立ちをさらに微笑ませて、簡潔に返す。

「セルバ様、失礼ながら当て込んでいる〝援軍《えんぐん》〟は、ヘストやエイトなど、戦闘訓練を受けている者達でございましょう？　なら、そもそも彼女らにはとても繊細《せんさい》なお屋敷の仕事は割《わ》り振れませんよ。壺《つぼ》に絵画、カーペットに高価な家具、お皿類に至っては、かれこれ百枚以上はダメにしてくれましたしね」

「……あなたの指導を受けていたのでは？」

「そうです。ただ、セルバ様は生来の不器用者ばかりを探《さぐ》り当てることについては、なかなかの慧眼《けいがん》をお持ちなようですよ」

「いやはや、面目《めんぼく》ない。育ちの悪さといいますか、私も前職が前職でしたから、まだまだ至らぬことが多いようで」

白髪髭《しらがひげ》を撫《な》でつつ憮然《ぶぜん》とするセルバに、シトヘイマは平然と応じて。

「いえいえ、奥方様は当家の〝戦力拡充《かくじゅう》〟をも同時に目指しておいでしたので。けれども、さすがにフェーヴェル家の家計を火の車にするわけにもいきませんので。彼女達には、今のところ、それぞれに向いている仕事に専念させておりますよ」

確か先日の襲撃《しゅうげき》時、ヘストとエイトらは屋敷内の清掃《せいそう》めいたことを担当していたはずだ。だが、普段《ふだん》の彼女達は、不意の来客やテスフィアとは直接顔を合わせないよう、よくよく留意している。そこから察するに、与えられたのは「清掃兼警備《せいそうけん》」任務ではなく、後者のみだったということ。清掃は、本当にフリだけだったようだ。

「あと、セルバ様のご面目のために申《もう》し添《そ》えておきますが、一応警備の他にも、彼女達にもできる仕事はございますよ。お皿や日常用具のカートを引いたり、荷運びその他の力仕事などには、大助かりですので」

「そうですか、お気遣《きづか》い、どうもありがとうございます」

己《おのれ》の後任育成も兼《か》ねて屋敷の人員強化、しいてはフェーヴェル家の戦力として拾い上げた者達だが、戦闘面以外ではあまり役に立てていないらしい。

渋面《じゅうめん》を作るセルバであったが、そんな様子を気にした風もなく、シトヘイマは今度こそ仕事に取り掛かるべく、さっさと書斎を後にした。

「さて……もういいかしら、セルバ」

「はい、フローゼ様」

「ふふ、あなたにも苦手なことがあるのね？　それにしても、さっきの憮然とした顔……！　くくっ、歴戦のあなたらしくない一面をあそこまで引き出せるのは、うちだとシトヘイマだけね」

「いやはや、返す言葉もございません」

「別に気にしやしないわ。ヘストもエイトも、あなたが連れてきた者は、おおむね良くやってくれてるわ。そもそも昨今、屋敷内の清潔さや調和も大事だけれど、特に警備面がしっかりしてなきゃ、私も安心して眠《ねむ》ることができないもの。

しかしヘストとエイトについては、もう少し愛嬌《あいきょう》というか、ニコリとした顔が見られるものなら、フィアに付けさせるのだけどね。今のところは、安心して付けられるのはミナシャぐらい。まあ、もう少しあの子が大人になってから、かしら」

「そうですな、あの二人には、もう少し自然な笑顔《えがお》を作るところから、始めさせるのがよろしいかと」

「急がなくてもいいわよ。今月は、壁《かべ》や窓、ドアの補修工事とかなんだかんだとあるわけだしね」

「そちらについても、面目ございません」

ハァ～、とセルバにしては珍しい溜《た》め息《いき》が漏れた。そう、襲撃者を炙《あぶ》り出すためとはいえ、ドアと窓の破損にはヘストが絡んでいた。

一応指示したのはセルバなので責任は彼に帰属することになるが、彼女らの実力なら、もう少しスマートなやり方もあったのではないかと思えてしまう。

「重ねて言うけど、気にしないことよ。かつて教官をしていた経験から言わせてもらうと、多少の物損被害《ひがい》なんて、新人が成長することの大切さに比べれば些事《さじ》でしかないわ。長いこと新人をやってくれているわけだけど。そうね、あの思い切りこそ、二人の魅力《みりょく》じゃないかしら」

「寛大《かんだい》なご判断、痛み入ります。ですが、あの二人には伝えないことにしておきます。勘《かん》違《ちが》いされても困りますから」

「ふふ、そこまで頭は悪くないでしょう。まあいいわ、それであなたも出るのね、セルバ？」

切り出された話題は、先ほど彼が、シトヘイマに戦闘要員を借りると言ったことに関してだ。

「はい。あの場ではアルス殿の顔を立てましたが、それとこれは別物です。ましてやフェーヴェル家への襲撃を看過できますまい。まだ幾分《いくぶん》かは身体《からだ》の動く〝今〟であったことを幸いと思うべきでしょうか」

「その通りよ。なら【アフェルカ】を潰せるだけの者を、遠慮せず連れて行きなさい。あなたの過去との因果を断《た》ち切ると考えるなら、寧ろちょうどいい機会かもしれないわ。あと、元首様が何を企《くわだ》てているのか分からないけれど、こちらが知らされていないことを、逆に利用する手もあるんだから。こちらは降りかかる火の粉を払《はら》っただけですって顔で上《う》手《ま》くやれれば、ごたごたの嵐《あらし》の中でも無駄《むだ》にあおられず、進んでいけるでしょう」

元首サイドには、脱獄者《だつごくしゃ》の情報と居場所のリークで恩を売っておく。そちらに気を取られてくれれば僥倖《ぎょうこう》といったところだ。

フローゼのそんな思惑に対して、セルバが幾分か心配そうに言う。

「ただ、【アフェルカ】は先の元首様の片腕《かたうで》だったこともある組織。扱《あつか》いもときには別格であり、上にどう判断されるか分からない部分がございます。下手に手を出せば、三大貴族といえどただでは済まない可能性もございますが」

セルバはいざとなれば、血塗《ちぬ》られた過去を明かし、職を辞して事に臨《のぞ》むつもりだ。元【アフェルカ】たる己の出自が明るみに出れば、これはフェーヴェル家とは関係ない、個人の〝私戦〟である、という体裁《ていさい》を保つことができるのだから。

「セルバ、あなたがこの家のことを想《おも》ってくれているのは知っているわ。でも、初めから決めていたことよ。誰であれ、フェーヴェル家を害す者を許すわけにはいかない。そしてあなたは、とっくにこのフェーヴェル家の一員よ。『仕える者、皆等《みな》しく』が当家の家訓ですからね。何より血塗られた【アフェルカ】は、その生臭《なまぐさ》さを嫌《きら》うシセルニア様とは、すでに袂《たもと》を分かっているような状態とも聞くわ。なら、もはや頭部のない死体とも言える。それを潰《つぶ》したところで、生ける者の命を奪った咎《とが》には当たらない」

「そこまで、お覚悟《かくご》の上でしたならば」

セルバは、短く一言のみ発して、頭を下げた。

「それに、無法者との戦争に全く備えなしで臨むんじゃ、貴族として三流よ」

不敵な顔でフローゼは笑う。

が、セルバには、まだ一抹《いちまつ》の不安があった。

確かにフローゼには、何かしらの目算があるのだろう。ただ、フローゼはあの元首シセルニアを少し侮《あなど》りすぎてはいないか。彼女はあの年齢に似合わず実に切れ者との評価が高い。寧ろ、下手に年だけを経てきた古狸《ふるだぬき》の貴族達より、よほど狡猾《こうかつ》な政治手腕《しゅわん》を持つといってよいくらいだ。万が一にも、フェーヴェル家に災禍《さいか》が及ぶことがあってはいけない。

そのためには……。

「……では、必ずや、確実に」

セルバはごく短く、己の任務を完遂《かんすい》することを誓った。

これから確実に、危ない橋を渡ることになるのだ。なのに成果なしでは、リスクとリターンがまるで釣《つ》り合わないのだから。

「面倒を掛けるわね。セルバ、分かってるとは思うけど、後には【テンブラム】も控《ひか》えていることを忘れないでね。【アフェルカ】とも無関係ではないようだし、あわよくば良い具合に拗《こじ》れそうよ。どの道、フィアを、あなたを欠いた状態でウームリュイナに挑《いど》ませるつもりじゃないでしょ？」

「承知いたしました」

言外に無事帰還《きかん》せよとの念押《ねんお》しを含ませるあたり、この当主はやはり軍人上がりなのだと感じずにはいられない。

「して、屋敷の守りの方は如何《いかが》いたしましょう？　ヘストとエイト、どちらかを残そうかとも考えておりますが」

「言ったでしょ？　遠慮なく、あの二人も揃って連れていきなさい。これは命令よ。そもそも今回、【アフェルカ】のターゲットは私じゃなくあなただったわけだけど、万が一、こちらの読み違いで再襲撃があった時のことは、心配しなくていいわ。シトヘイマに対処してもらいます。私も現役を退いてるとはいえ、まだまだイケてるつもりよ？　それにそもそもあなた自らがご機嫌伺《きげんうかが》いに向かうんですもの。彼らも随分《ずいぶん》と忙《いそが》しくなるでしょうから、別動隊なんて立ててる暇《ひま》はなくなると思うけれどね～？」

「畏《かしこ》まりました」

フェーヴェル家当主の見せた余裕《よゆう》の笑《え》みに、セルバは軽い安堵《あんど》の溜《た》め息《いき》とともに、改めて深々と腰《こし》を折る。そうして、執事としては最大限の礼を尽《つ》くし、退出の挨拶《あいさつ》を済ませたのだった。

その準備には約二日を要し、ようやく陽《ひ》も傾《かたむ》きかけた三日目の黄昏時《たそがれどき》……。

フェーヴェル家は、物々しい空気に包まれていた。ただしそれは、こういう場合にありがちな緊迫《きんぱく》感や緊張《きんちょう》感とは全く異なる、不気味なまでの静けさである。そんな中、いつもの執事服を着たセルバはあくまで穏やかな表情で、屋敷の玄関前《げんかんまえ》に整列した面々を振り返る。

そこには六名の戦闘《せんとう》メイドが折り目正しく隊列を作っていた。それぞれに、メイド服を彷彿《ほうふつ》とさせる装いではあるが、その色は暗色で統一されている。

服の下に暗器を忍ばせていることもあり、皆、心持ちタイトな戦闘服を選んで着こなしている。動きやすく戦いに適した服装を推奨《すいしょう》してはいるわけだが、それでも彼女《かのじょ》らの姿にはまだ多少の華《はな》がある分だけ、セルバが過去属していた執行《しっこう》部隊――旧【アフェルカ】――とは趣《おもむき》が異なっていた。

人選は、フェーヴェル家の戦闘メイドらの中でも、特にセルバが目を掛けている者達で揃えてある。純粋《じゅんすい》な対人戦闘技術だけではなく、裏の殺しの術をも兼ね備《そな》えたエキスパート達である。

大規模な実戦に出ることはほとんどない前提だが、そういった資質を持つ者を選び、諜報活動以外にも万が一のための戦力として、セルバが直々に鍛え上げた者達。

性根《しょうね》が腐《くさ》った者はいないにしても、育ちで言えば、国内におけるスラム街や最貧困層あがり……悪徳の病巣《びょうそう》で暮らしてきたような少女達ばかり。生きるために殺して、生きるために盗《ぬす》み、逃《に》げ延《の》びる。それこそ、一日一日を凌《しの》ぐために、命を懸《か》けるような暮らしをしてきた者が揃っている。

彼女らは今ではテスフィア同様に、セルバの孫のような存在でもあった。ただ、かれこれ数年は一緒《いっしょ》に過ごしているが、笑顔を見たのは数えるほど、という者も多い。それも仕方ないことと割り切ってはいるが。

(服装はともかく、やはり若い娘にしては若干《じゃっかん》、愛嬌不足というところでしょうか。一段落しましたら、今度こそ、笑顔の徹底《てってい》訓練でも施《ほどこ》しておかなくては)

冗談《じょうだん》めかしてはいるが半ば本気でもある軽口を内心で叩《たた》いてから、セルバは改めて、居並ぶメイド達の面構《つらがま》えを眺《なが》め渡《わた》す。

「さて、重い腰を上げましょうか。当主は、フェーヴェル家へ弓引く不届き者を許しはしません。とはいえ、発端《ほったん》はこのセルバの私事ともいえ、皆さんには付き合わせてしまうような形になりますが」

「全ては、セルバ様とフローゼ様のため。笑顔で殺戮いたしましょ？」

率先《そっせん》してそう答えたのは、ヘストである。彼女に続いて、エイトも虚《うつ》ろな目で。

「敵は全部殺す。セルバ様、一つイイカ？」

「なんです、エイトが質問とは珍《めずら》しいですね」

「前に来た糸使いの半端者《はんぱもの》、また見つけたらドウスル？　二度目はない、侍従長も怒《おこ》った」

「どうも、あなたの片言《かたこと》風の言葉遣《ことばづか》いは直りませんね。矯正《きょうせい》するよう言い続けて、もう何年経《た》つことやら」

セルバは苦笑《くしょう》して、二人を見つめた。ヘストとエイトはこの中でも特に戦闘力《せんとうりょく》の高い二人だが、内面の感情や人間味に特に欠けているという面でも、他《ほか》の者とは隔絶《かくぜつ》した部分がある。

「そうですね、あの時はたまたま、現れたアルス殿の手に委《ゆだ》ねる形で対応したのですが、あくまでそれは、事情あってのこと。今度も敵対するようだったら容赦《ようしゃ》はいりません。殺しなさい」

貴族の寛容に、二度目はない。次があれば、たとえ元同僚《どうりょう》のミルトリアの教えを受けていようとも関係ない。そんな冷徹《れいてつ》な判断を、セルバは一度目の逃亡を許した時から、はっきりと決めていた。

そもそも戦場では、死神はそう何度も、首元まで突《つ》きつけた刃《やいば》を引っ込めてはくれないのだから。

「もちろんあなたにも、異存はありませんよね？　まあ、そうならないことを願いましょう」

セルバはそう言いつつ、象徴的《しょうちょうてき》な白手袋《しろてぶくろ》をしっかりと嵌《は》め直し、メイド達にくるりと背を向け、呟くように言う。

「先日のことなど、所詮肩慣《しょせんかたな》らし……久方ぶりの本格的な現役復帰です、腕《うで》が鳴りますね。では狩《ハント》りに出掛《でか》けましょう」

やがて、夕闇《ゆうやみ》が地面を黒く染めていき、地平線の奥《おく》に沈《しず》んだ陽光は、暗赤色の残照を残すのみとなった。

空が眠り、人々は身体を休め、暗殺者は活動を開始する時刻。

闇こそ我《わ》が主戦場なり。

憂愁《ゆうしゅう》を秘めた夜闇に向かって、七つの影は同化するように姿を消した。

この数日の間に、いくつかの偶然《ぐうぜん》も重なり、フェーヴェル家は【アフェルカ】の動向を把握《はあく》することに成功していた。

本来なら、【アフェルカ】という組織そのものが、いわば政治上の幻影《げんえい》であり不可視の存在であるためだ。さらに一度は、過去に背負ってきた悪名ごと、多くの反乱分子と共に歴史の闇に葬《ほうむ》られたという部分もある。

そのため、今では元首や貴族・軍部の上層部など、アルファの中でもごく一部しか組織のことを知らず、その名自体も国内政治の表舞台《おもてぶたい》から消え去って久しい。

こうしてまたその名前を聞き、一戦を交えることにまでなるとは……しかも、かつて【アフェルカ】の血刃《けつじん》と呼ばれた自分が、である。セルバからすると、それは全く皮肉な運命の邂逅《かいこう》と言えるのかもしれなかった。

（それにしても、些《いささ》か血迷ったというべきでしょうか。闇の道を忌《い》み嫌うあまり、己らもまた陽の下を歩けると勘違いしましたか）

今、配下と共にセルバが監視しているその場所は、雑木林の中、五十メートル四方ほどのエリアだ。四方はいずれも高い木々に囲まれており、外からの視界はかなり制限されている。それはフリュスエヴァンが筆頭となるリムフジェ五家の、とある邸宅《ていたく》であった。

中層から富裕《ふゆう》者の住む上流階層を分断するように広がる、緑地帯の中にあった。人工の緑ではなく外界と似た植物が自生している、内地では数少ない自然の残された場所でもある。

自然と言っても外界と比べれば僅《わず》かなものだが、セルバ達のような隠密《おんみつ》行動の訓練を受けた者なら、身を隠すには十分。外からの視線を遮《さえぎ》るための木立が、皮肉にも彼らのような存在には、絶好の隠れ場所《ばしょ》を与《あた》えてしまうのだ。

余談だが、セルバが念入りにフェーヴェル家の庭園を管理しているのは、屋敷に近づこうとする不埒者《ふらち》に、下手に身を隠す場を与えないように、という配慮がある。特に邸宅に近いところには死角になる木立や大きな茂《しげ》みを作らないよう、常に気を配っている身からすると【アフェルカ】の拠点《きょてん》でもあるはずのこの場所は、警戒《けいかい》という点ではどうにも手ぬるいように思える。

（やれやれ【アフェルカ】も、堕《お》ちたものですね。見張りの質まで下がったようです）

嘆息《たんそく》しつつも、平然と気配を絶ち続けるセルバと配下達の頭上、梢《こずえ》の上で、もぞもぞと何かが動く気配がしている。

太い木の枝からは男が一人、吊《つ》り下げられていた。セルバの糸を首に巻かれたその哀《あわ》れな見張り役は、鬱血《うっけつ》した顔を柘榴《ざくろ》のように腫《は》れあがらせ、指で首を掻《か》きむしるようにして、苦悶《くもん》の表情を浮かべている

必死で口をぱくぱくと動かすが、呼気からの酸素供給を完全に遮断《しゃだん》された喉《のど》は、ひゅうひゅうと無様な音を奏《かな》でるだけ。

空中で足をばたつかせてもがきまわる男に対し、セルバは少しだけ彼の喉を締《し》め付ける糸を緩《ゆる》める。

「さて、あなたにはいくつか訊《たず》ねたいことがあるのでした。お答え頂けますかな？」

「がっ、うぐっ……か、ひゅ……」

呼吸すらままならない男は、指にすら引っかからない魔力《まりょく》鋼糸をなんとか解きほぐし、脱出《だっしゅつ》を図《はか》ろうとあがく。

そんな中で男は血走った瞳《ひとみ》を何とか動かし、まるで許しを請《こ》うかのように、哀れな負け犬じみた視線をセルバに向けてきた。

「………」

そんな彼に対し、セルバはわずかに眉を顰め、一際冷たい目を向けて。

「その目は何です、もしや命乞《いのちご》いですかな？　気が変わりました、やはりお答え頂かなくて結構。寧《むし》ろ下手な答えで、失望させられないとも限らないですからね。あなたも【アフエルカ】の一員なのでしょ？　せいぜい気張れ若造」

臓腑《ぞうふ》にまで響《ひび》くような迫力《はくりょく》ある声を最後に、男はこと切れてしまった。がくりと首が垂れ落ち、開いた口腔《こうこう》からは、紫色《むらさきいろ》に変色した舌が覗《のぞ》く。

「セルバ様、こちらでも一人仕留めました？」

まるで獲物《えもの》を主人の下に持ち帰る猟犬《りょうけん》のように、大の男の首根っこを掴《つか》んで引きずってきたのは、ヘストであった。彼女は息すら乱さず、表情一つ変えずに、それをやってのけている。

相変わらず、その顔からは感情が読み取れない。セルバに対する敬称《けいしょう》すらもあくまで形式的にそうしているだけ、という雰囲気《ふんいき》。だとすれば、不愛想《あいそ》な彼女から、これ以上の言葉を期待するのも無駄というものだろう。

「ご苦労様です、ヘスト。どうもあなた一人で足りそうな勢いですね」

「問題なく」

ほんの手慣らし程度の序戦であったが、【アフェルカ】の現戦力を推《お》し量《はか》るには、もはや十分。もっとも、ここまで順調に行くとはセルバも思っていなかったが。

そもそもリムフジェ五家は、全《すべ》てが同じ場所に屋敷を構えているわけではなく、裏稼業《かぎょう》上の用心のこともあり、全ての屋敷があちこちに散らばっている。そんな中でここに当たりを付けられたのは、前述の情報収集が、予想外に上手くいったせいでもあった。

まず、セルバは配下の何人かに目星をつけた屋敷を見張らせた。それは先にフローゼが巡《めぐ》らせた策に反応し、一番動きがある家こそ【アフェルカ】の実質的な柱であるフリュスエヴァンの本拠地《ほんきょち》、と睨《にら》んでのこと。その読みは当たり、もっとも活発な動きが見られた屋敷があった。セルバ達は知らせを受けるやいなやそこに集結し、まずは屋敷の見張りを襲《おそ》い無力化した。

セルバからするとごく初歩的な陽動作戦に乗った彼らは、驚《おどろ》くほど簡単に狩りだされ、待ち受けていた猛獣《もうじゅう》のようなセルバ達に、容易に食い散らかされてしまったのである。

（でも……やはり変ですね。さすがに他愛《たあい》なさすぎる）

この辺には、セルバの長年の勘《かん》が働いたとも言える。最初は【アフェルカ】がここまで弱体化しているのかとも思ったが、こうも無防備なのはさすがに妙だ。先程《さきほど》仕留めた【アフェルカ】の構成員も、服装や移動の様子、体捌《さば》きなどからして、隠密技術がまるでなっていない。殺気を悟らせすぎるというのか、逆説的に【アフェルカ】の一員であると喧伝《けんでん》しているようなものだったのだ。

「エイトはまだですか？」

と、わずかに眉根を寄せたセルバが発するやいなや。

「ただいま戻《もど》リマシタ」

と、本人が闇の中からそっと現れる。

暗色でまとめた装束の上からでも分かる、はっきりとした血痕《けっこん》の数々。どれほど苛烈《かれつ》な戦闘だったのか、というよりも、それは彼女の殺しの趣向《しゅこう》によるところが大きいのだろう。

「エイト、殺した後に遊ぶのはよしなさい」

セルバとしては、そう咎めずにはいられなかった。暗殺を生業《なりわい》とするならば仕事は迅速《じんそく》かつ速《すみ》やかに。

戦闘メイドの中でも特に感情の乏《とぼ》しいエイトは、セルバにそう叱責《しっせき》され、珍しく少し後ろめたそうに視線を逸《そ》らしてから、分かりづらいが一瞬《いっしゅん》だけ明るい顔を向けた。

「ちゃんと埋《う》メタ」

「そういう問題ではないのですが。そもそも、相手が【アフェルカ】の構成員だったことは、間違いないのでしょうね？」

「……ハッ」

コンマ一秒ほど遅《おく》れて、エイトはうっかりした、とでも言うように、惚《とぼ》けた表情を返す。

セルバはもはや呆《あき》れるしかない、という表情で。

「ちゃんと確認《かくにん》しなかったのですか。どうも若い子のことは分かりませんね」

だが、彼女は気に留めた風でもなく「多分大丈夫《だいじょうぶ》、人を殺せるだけの腕があるヤツだった。だから間違いナイ」と返した。

「そうですか。さて、これで数名は屠《ほふ》ったわけですが。挑発《ちょうはつ》に乗ってきてくれるかどうか」

辺りを覆《おお》う闇の中でも、セルバの視界は鋭《するど》く研《と》ぎ澄《す》まされている。そんな視線で、なおも向こうの邸宅の様子を窺《うかが》ううち。

「おや、思ったより早かったようですね」

セルバが呟き終わると同時、配下のメイドが一人、足払《あしばら》いを受け、気づけぬままに頭を押《お》さえつけられながらそのまま地面に叩きつけられた。岩で岩を砕《くだ》くような重い音が響く。

「！」

それに気を取られたヘストとエイトは、いつの間にか神速で肉薄《にくはく》していた襲撃者への反応が僅かに遅れる。

咄嗟《とっさ》の両腕《りょううで》によるクロスガードを試みるが、その防御《ぼうぎょ》の上から、凄《すさ》まじい衝撃《しょうげき》が二人を同時に打った。

なんとか踏《ふ》ん張ったヘストだが、なおも勢いを殺し切れず、地面と擦《こす》れた彼女の足が、その表面に二本の溝《みぞ》を穿《うが》っていく。数メートルそんな風に後退する最中、顔を上げた彼女は、ダンッと力強く地を蹴《け》って衝撃を強引《ごういん》に消し去る。ヘストは宙を舞《ま》いながら着地。

同じく空中に吹《ふ》き飛ばされたエイトもまた、近場の樹木の幹を掴み、なんとか体勢を立て直す。

「ほう」

ただセルバだけは慌《あわ》てるでもなく、奇襲《きしゅう》を掛《か》けてきたその相手を、腕を後ろ手に組んで、冷静に観察する。

そこに立っているのは、不遜《ふそん》な目つきの金髪《きんぱつ》の男であった。

セルバは彼《かれ》に見覚えがあった——先日フェーヴェル家を襲撃したかつての同僚・ヴェク

ターを始末した後に、どこからともなく現れた人物。

彼は先と同じく、妙《みょう》に人を苛《いら》つかせる口調で、シニカルに言う。

「わざわざ再襲撃を予告して、猶予《ゆうよ》を与えてやったたっていうのにな。そっちから首を差し出しに来たってわけか」

セルバをギロリと睨んだ男は、ちょうど義手か何かの具合でも試《ため》すように片腕を上げると、指を蠢《うごめ》かせてぽきぽきと関節を鳴らした。

この腕で、ヘストとエイトをまとめて吹き飛ばしたのだ。まさに常人離《ばな》れした膂力《りょりょく》というべきだろう。

その手には、うっすらと魔力が纏《まと》われていた。しかし、特別目を凝《こ》らさなくてもはっきりとそれが認識《にんしき》できるあたり、尋常《じんじょう》のものではない。

（魔力による身体強化の一種でしょうか。しかし、武器もなしでこの威力《いりょく》とは）

少なくともこれほどのものとなると、いくら記憶《きおく》を手繰《たぐ》っても、思い当たるものはなかった。

（いやはや、確かにこれなら〝道具〟すらいりませんね。暗殺技術の発展というものは、一見遅々《ちち》とはしていても、日々確実に進んでいるということなのでしょうか）

ふむ、と一人納得《なっとく》する様子のセルバの後ろに、ヘストとエイトが何事もなかったかのように並び立った。セルバはそれを確認するでもなく、男へと微笑《ほほえ》みかける。

「なかなかのお手前。確かあなたは、【アフェルカ】副官のエルヴィ・アリシュテットさん、でしたかな……我々の調べに間違いがなければですが。しかし、騎士道《きしどう》の槍《やり》試合か何かと勘違いされては困りますな。ただの殺し合いに猶予などと、フッ……失敬」

セルバからすると、男の言い様はまるで子供の戯言《たわごと》のようなものだった。寧ろ、失笑《しっしょう》を禁じえない。

「てめぇ……！」

こめかみに青筋を立てた男は、暗殺者には似つかわしくない魔力を、再び手に集約させた。

「おや、もう始めるおつもりですか、話が早くて何より。エルヴィ・アリシュテット、さっそく、死んでもらいます」

目を吊り上げたエルヴィは、コキコキと指を鳴らしながら感情を露《あら》わにする。

「老いぼれがほざくな！　てめぇの戦闘スタイルは割れてんだよ！」

エルヴィが暗殺者にあるまじき大音声《だいおんじょう》での咆哮《ほうこう》を放った直後、ヘストとエイトの姿が、掻き消えるように見えなくなった。

一瞬のち、勢いよく跳躍《ちょうやく》して宙を舞ったヘストが襲い掛かり、相手の死角からエイトが背後へと回り込む。

その完璧な連携《れんけい》は、エルヴィすらそうと悟《さと》れぬほどの速度と静けさをもって完遂された。

「ちっ!!」

セルバだけでなく配下の二人も相当な手練《てだ》れだ、とエルヴィが察して舌打ちした直後。

「返す」

背後を取ったエイトの手に、静かに力が籠《こも》る。筋肉の筋をいくつも浮《う》かび上がらせての一瞬の溜めと予備動作の後、全力の一撃《いちげき》が横薙《な》ぎに払われた。切れ味など度外視した手刀の、まさに力任せの一閃《いっせん》。

エルヴィは身体をひねり、咄嗟に魔力を纏った腕で――直《じか》に受けて防ぐのではなく、搦《から》め捕《と》るようにしていなす。

それは一瞬で、これが手刀と呼べるような代物《しろもの》を優に超《こ》えた威力だと悟ったゆえ。

予想通り、受け流してなお、肩《かた》が骨ごともげるほどの衝撃が襲ってきた。

無理に踏ん張るのでなく、身体を勢いに任せて滑《すべ》らせることで、巧《たく》みにその衝撃を逃《のが》すエルヴィ。だがさすがに体勢が崩《くず》れかけたところに、続け様にヘストが迫《せま》る。

片腕を隠《かく》すようにした独特の姿勢から、ヘストが目にも留まらぬ一撃を放つ。貫手《ぬきて》の要領で突き出した五指には、鋭利《えいり》な爪型《つめがた》のＡＷＲが装着されていた。

その突きをエルヴィは掌《てのひら》で遮り、指の間で爪を挟《はさ》むように受けた瞬間《しゅんかん》、ぐるりと回すように手首を捻《ひね》る。

手応《てごた》えあり、と思いきや、強引な回転の動きにより、ヘストの腕自体が捻り上げられる。

彼女は無理に回転の力に逆らわず、空中で身体を捻ると、さっと飛び退《の》いた。

エイトの攻撃《こうげき》で優勢に立ったかに思われたが、ヘストの止《とど》めが躱《かわ》されたことで、また勝負は五分と五分。ヘストとエイトはエルヴィから再び距離《きょり》を取るが、その表情に落胆《らくたん》の色どころか、いかなる変化もない。

少し離《はな》れて一部始終を眺めていたセルバは、小さく呟くように。

「ほぉ、武術ですか、これまた奇特《きとく》というか、面白《おもしろ》い魔力《まりょく》の使い方をなされるものですね」

「見世物じゃねえぞ、クソじじぃが！」

エルヴィは唇《くちびる》をゆがめると、拳法《けんぽう》家のような独特の構えを取る。

どうやら、彼が腕に纏った魔力は、ありとあらゆる攻撃手段を強化するばかりではない。作った手の形に沿って魔力が形状を変え、魔法さえも真っ向から弾《はじ》く鉄壁《てっぺき》の守りを生み出すのだ。確かにこれならば、いかにセルバの魔力鋼糸といえど一筋縄《ひとすじなわ》ではいかないだろう。

だが、それもあくまで一対一《タイマン》勝負の場合の想定である。セルバだけでなく、同時にヘストとエイトが全力で向かってきたとするならば、さすがに形勢は不利。特に多人数戦向きではないエルヴィの能力では、どうにも相性《あいしょう》の悪さを感じずにはいられない。

「三対一かよ、クソどもがっ！」

憎々《にくにく》しげな一言に、セルバはただ微笑《びしょう》して。

「これは異なことをおっしゃいますな。言ったでしょう、これは殺し合いだと。それにしても以前お会いした時もそうでしたが、あなたはどうも陰《かげ》の道を行く者としては、少々おしゃべりが過ぎるようですね。しかも、やたらとよく吠《ほ》える。番犬か何かでいらっしゃいますかな？」

「調子に乗るなッ！」

激昂《げきこう》したエルヴィは、攻撃のため身を乗り出そうとして何かに気づき、咄嗟に身体を傾けて回避《かいひ》する。

「……ぐ」

糸に触れたエルヴィの頬《ほお》にすっと一本の赤い筋が走ったかと思うと、そこからじわじわと血がにじみ出す。

「おや、耳を削《そ》ぎ落とすつもりだったのですが、勘は良さそうですね」

拍手《はくしゅ》でも送りかねない調子で、セルバは挑発する。

どうやら激情型らしいエルヴィは、彼が見たところ暗殺者として資質に欠けている。揺《ゆ》さぶるのは容易であり、その弱点を突くのは、セルバにとってごく当たり前のことだった。

「さて、そろそろお開きにしたいですな。あなた一人に、あまり時間も掛けていられませんので」

セルバが軽く目配せするとヘストとエイトが一斉《いっせい》に地を蹴った。

「こいつらっ⁉」

その連撃を受けたエルヴィが、攻防《こうぼう》の中で驚きの声を上げる。二人がともに、暗殺の技だけでなく、武術をも極《きわ》めているらしかったからだ。それどころか、エルヴィにはあの強化された腕と魔力があるにもかかわらず、対人戦闘《せんとう》においては、ヘストとエイトのほうに分があるような雰囲気さえ漂《ただよ》っていた。こと対人戦闘能力に関しては、二人を見込んだセルバの眼は確かであったと言える。

いずれにせよ、三人が入り乱れての戦闘は、その一打一打が、相手に致命傷《ちめいしょう》を負わせるに十分な威力と速度をもって繰《く》り出されていた。

特にエイトの打撃《だげき》は繰り出されるごとにその威力を上げており、今や魔物《まもの》の外殻《がいかく》さえも砕けるであろうというほどだ。もっとも制約があるため、万人《ばんにん》に同じ威力を発揮できない弱点はあるのだが。

目にも留まらぬ超速打撃《ちょうそくだげき》の応酬《おうしゅう》により、肉が鳴り空気が弾ける。そんな小気味良い裂帛《れっぱく》音を、セルバは安心した面《おも》持ちで聞いていた。

ちなみにヘストのほうは、純粋な格闘《かくとう》技術ではエイトに劣《おと》るが、それを補うべく彼女には五指に装着する暗器たる爪型ＡＷＲを持たせている。

（おや……押されてばかりというわけでもなさそうですね）

セルバがそう感じたのは、エルヴィの動きに妙な気配を感じたからだ。どうやら彼は猛《もう》攻《こう》を凌ぐ防戦中にも、何かしら逆転の一手を仕込みつつあるらしかった。

恐らく、やはり彼の最大の武器らしい魔力を纏った腕に、その種があるのだろう。

ただ、彼が何を仕《し》掛《か》けてくるのかはさすがにセルバも予想ができなかった。

さらに、こうしてヘストとエイトの二人を相手に持ち堪《こた》えている時点で、エルヴィの実力は、当初のセルバの予想を上回っているとも言える。

（少なくとも、口だけの御仁《ごじん》というわけではなかったですかね。が……その程度では吠えるに足らんぞ小僧《こぞう》）

今も、一瞬の隙《すき》をついて、エルヴィの拳《こぶし》がエイトの顔面へと飛んだ。

エイトはそれを顔を逸らして躱し、続く彼女の反撃《はんげき》は、先のエルヴィの拳を、優に倍する威力で放たれた。

それをエルヴィが咄嗟に掌で受けたかと思うと……彼の隊服の袖《そで》が、衝撃で激しく弾《はじ》け飛んだ。

同時に、何かを察した表情のエルヴィが、さっと重心を引く腰の動きを使う。

まるで砲弾《ほうだん》でも直撃《ちょくげき》したかのように、エルヴィの腕が後方に大きく弾かれたが、彼の身体はその余波をもろに受けることなく、体勢を崩しながらも数歩退いて、直ちに戦闘態勢を取り直した。

「化物かっ！」

咄嗟に退くことを選んだ彼の直感は正しい。あのままであれば、エルヴィの腕は原形を留めていなかっただろう。武術を達人レベルで使えるからこその妙技《みょうぎ》と言える。しかし、この場に〝もう一人〟がいる以上、そもそも受けたこと自体が悪手。

顔を上げたエルヴィの右脇《みぎわき》、暗がりの死角から、ヘストの爪が鋭く滑り込んでくる。それは狙《ねら》い過《あやま》たず、エルヴィの脇腹《わきばら》の肉を裂《さ》いた。

「ぐあっ！」

転がるようにして距離を取るエルヴィ。それを横目に、暗闇《くらやみ》からヌッと躍《おど》り出たヘストは、爪に引っかかった服の切れ端《はし》と、血塗《ちまみ》れの肉片《にくへん》を摘《つま》みつつ。

「何処《どこ》かな」

とぼそり、と呟《つぶや》く。思えば戦いが始まってから、ヘストが口を開いたのはこれが初めてであった。

「……!!」

ヘストの呟きに少し遅れて、エルヴィがその言葉の意味に気づく――それも、片手の自由が利《き》かなくなったことで。

「当たり。右手ね」

ヘストがにこりともせず、答え合わせをするように言った。

エルヴィの額に、脂汗《あぶらあせ》がにじむ。何が起きたのか、右手に力が入らず、魔力すら流せなくなってしまったのだ。まるで石と化したように、ぴくりとも動かせない。

それこそがヘストの暗器、爪型ＡＷＲ【刻爪六道《マグダラ》】の特性の一つであった。

その中指の爪は、切り裂いた相手の筋肉組織、魔力経路を麻痺《まひ》させ、動きを封じる。

ただその〝封印《ふういん》〟の効果は、毎回ランダムである。対象者一人につき一箇所《かしょ》の〝封印〟が原則である。

その対象は四肢《しし》などのほか、五感も含《ふく》まれる。が、如何《いかん》せん効果がランダムであるため、当然ながら常に優位に立てるとは限らない。死闘《しとう》の最中に、視覚や聴覚《ちょうかく》などならともかく、嗅覚《きゅうかく》や味覚を損《そこ》なっても、さほど意味はないからだ。

ただ、幸運なことにと言うべきか、今回の一撃で封印の対象となったのは、エルヴィの右手である。腕を強化する彼の戦術にとっては、致命的《ちめいてき》とも言える部分だろう。

「中指の【畜生《ちくしょう》】をあえて使いましたか。良い場所が選ばれましたね」

セルバが誉《ほ》めそやすように言う。

今や、エルヴィの腕は全ての力が抜け、肩からだらりと垂れ下がっているのみ。

魔力の強制遮断と神経麻痺――しかし強力な半面、封印の持続時間は短いという弱点もある。さらに欠点がもう一つ。【マグダラ】は、実質五本のAWRを繋《つな》ぎ合わせた形状なのだが、装備中は、それぞれの指の爪型AWRに対応した魔法しか扱えなくなる。いわば、全リソースが五指に集約されてしまうのである。だからこそ、さっさと止めを刺《さ》さねばならないのだが……。

セルバは獲物ににじり寄るようなヘストの動きを見て、少し眉《まゆ》を顰《ひそ》めた。

（そうでした。ヘストは……）

彼女の戦闘スタイルは、相手を弱体化させてじりじりと追い詰《つ》めていくもの。

狡猾とも言えるし、残忍《ざんにん》とも言える狩人《かりゅうど》のスタイル。獲物を見つめるヘストの向こうで、右腕《みぎうで》をだらりと下げたエルヴィが、激情のままに毒づく。

「てめぇ!!　一体何しやがっ……ゴフッ！」

激怒《げきど》したエルヴィの敵意が全てヘストに向いた瞬間、それを隙と見たエイトが、影《かげ》のように忍《しの》び寄って、一撃をたたき込んだのだ。

歯を見せつつ奇妙《きみよう》な笑みを浮かべて、彼女は思い切り拳を振《ふ》り抜く。

だが、その威力は先程のような殺人級ではない。そのおかげで、派手に吹き飛ばされたエルヴィは、唇から血を垂らしながらも、なんとか立ち上がることができた。

何故《なぜ》、先に見せた一撃に確かに備わっていた狂気《きようき》じみた破壊力《はかいりよく》を、さっきの彼女は再現できなかったのか……そこにはちゃんと理由がある。

エイトは異能保持者であり、その力は「一度見た攻撃の威力を数倍にして再現する」というもの。具体的には、エイトの目が捉《とら》えた魔法の威力を計算・評価し、自らの肉体に付《ふ》与《よ》するという異質な力であった。

あらゆる魔法のほか、例えば目撃《もくげき》したのが防壁《ぼうへき》系の魔法などであっても、そこに内包される魔力量を測定計算し、己《おのれ》の次なる攻撃に込める力へと変換《へんかん》可能だった。先程のエルヴィの打撃は、単なる肉体的な力ではなく魔力をまとってのものだったため、その能力の恰《かっ》好《こう》のターゲットとなったのだ。

ただし、その弾丸《だんがん》にも似た能力スロットは一度きりの使い捨てであり、再度使うためには、改めて何かしらの魔法なり魔力を纏った攻撃なりを〝目撃〟しなければならない。目撃してから発動する後手の能力。いずれにせよ、異質も異質の力。魔力を利用するという意味では、エイトの能力はまだ普通《ふつう》の魔法師に近いが、その理屈《りくつ》だけは、何度説明されてもセルバには理解できなかった。

いずれにせよ、ヘストにエイト、二人の個性はあまりに尖《とが》りすぎているため、どちらもまともな魔法師としては、まずもって大成できない。だからこそ彼らはセルバに選ばれ、独自の刃《やいば》を磨《みが》いて高みに上るため、それこそ死の縁《ふち》にぶら下がるような訓練を続けてきた。

「クソがッ！　この組織内が忙しい時を狙いやがって。いい加減にしやがれッ！」

またも感情に任せて吠えるエルヴィを、セルバは冷静な目で観察する。

視線の向こうで、彼の片手に込められた魔力量が膨《ふく》らみ、吊り上がった双眸《そうぼう》は、怒《いか》りに燃えて血走っている。

そんな彼の視線を読みながら、その時を計る……そして今、彼の意識が完全にヘストとエイトにのみ向けられたことを、ついにセルバは確信した。これまでの、まだ何処かでセルバを警戒していた理性的な部分が失われ、感情に意識を呑《の》み込まれている。

まさに手負いの鴨《かも》を敗北の糸で搦め捕る、絶好の機会《チャンス》。

「【黒縄《コクジョウ》】」

セルバはおよそ人には認識できない速度で、片手を下から上へとスナップさせる。地面に仕込んでおいた無数の魔力鋼糸が、地表に現れつつ捩《ねじ》れて、太い束を構成する。

ヘストとエイトのちょうど中間地点を、セルバの糸が波打ちながら駆《か》け抜けた。次いで、束を構成している魔力鋼糸は黒く染まり、縄のような太さへとその姿を変える。

人間の身体《からだ》を断《た》ち切ることすら容易《たやす》いそれが、今、音速を超《こ》えて爆《は》ぜるようになる。

同時に、ヘストとエイトも決着に向けて走り出す。

エイトはセルバの【黒縄】を至近距離で視界に収めつつ、その「威力」を右手に投射。たちまちビキビキッと筋肉が緊張し、鋼鉄ででも出来ているかのような様相へと変わる。

しかし……。

「むっ⁉」

セルバが意外そうな声を発した。

完全に冷静さを失っていると思っていたエルヴィが、罠《わな》にかかる直前で【黒縄】を見切り、回避したのだ。

コンマ一秒遅れて追撃《ついげき》に向かったヘストとエイトは、その動きに構うことなく、各々攻《おのおのこう》撃《げき》を繰り出す。セルバの【黒縄】を躱しても、体勢は崩れると見越《みこ》してのことだ。

エイトは身を屈《かが》めながら、フックの要領で拳を振《ふ》り抜く。再び防御されたとしても、この流れでは到底《とうてい》いなせまい。そしてこの一撃には、いったん受け止めさえさせれば、相手の腕骨《わんこつ》ごと粉砕《ふんさい》してもお釣《つ》りが来るほどの威力が込められている。

対して左側から回り込むヘストは頭を下げつつ【マグダラ】を構え、地面すれすれの低い体勢から狡猾《こうかつ》に爪を振り上げる。

その刹那《せつな》――二人はほとんど同時に反撃に遭《あ》った。

エイトの拳は、片手しか使えないはずのエルヴィに弾かれたばかりか、逆にカウンターを受けたのだ。ギリギリ避《よ》けたものの、エイトの頬には焼けただれたような傷痕《きずあと》が残った。

そして、ヘストは爪を差し込む直前に足で手首を踏まれ、そのまま胸部へと、返すもう片方の足で蹴撃を受けたのだ。

思わぬ逆襲《ぎゃくしゅう》を食《く》らった二人が、すぐさま体勢を整えた直後。

さらなる猛攻に出ようとしたエルヴィの周囲から、幾本《いくほん》もの魔力鋼糸が弾けて、周囲一帯を切り裂く凶刃《きょうじん》となって降り注いだ。地を穿ち、木々を刻む鋼線の暴風。視認《しにん》することすら困難な、極細《ごくぼそ》の魔力鋼糸が乱舞《らんぶ》する。

だが、倒木《とうぼく》が折れ重なり、大量の葉が舞い散ったその後……そこにエルヴィの姿はなかった。

「これは、さすがに誤算でしたね。彼は頭に血が上ると、逃走《とうそう》など考えなくなる性格だと思っていたのですが」

セルバが渋面《じゅうめん》を作りつつ言う。

（見誤った……ということでしょうか。それにしても、最後の急な変化は妙でしたね）

これまでの戦いを見る限り、エルヴィの実力は、ヘストとエイトが遅れを取るほどとは思えなかった。加えて、十分に意表を突いたはずのセルバの攻撃に、対応できるはずがないと思われたのだが。

それが、決定的に不利な状況《じょうきょう》に陥《おちい》った途端《とたん》、あの反撃と鮮《あざ》やかなまでの逃走ぶり。あの時、セルバには突然《とつぜん》、エルヴィの全ての能力値が急上昇《きゅうじょうしょう》したように感じられた。

だが、土壇場《どたんば》だったとはいえ、あそこまで人が急激に強くなることがあり得るだろうか。

それも戦いの最中、追い込まれ精神集中もままならない状況下で、絶望的な局面をひっくり返せるほどの成長となると、まず不可能なはず。

しかし世の中全てが、自分の知識の内で収まるほど狭《せま》くないことも、セルバは同時に知っている。何しろあの妙な拳法じみた魔力による戦闘技術すら、セルバにとっては未知のものだったのだから。

とにかく、一つだけ言えることは……あの一瞬だけは、確実にエルヴィの速度はヘストとエイトを凌駕《りょうが》していた。そしてその違和感《いわかん》は、セルバに、消えたエルヴィの後を二人に追わせるのを躊躇《ちゅうちょ》させるほどには、異常なものだったのだ。

やがてヘストとエイトは、遠ざかっていくエルヴィの気配が途絶《とだ》えたところで、セルバへと振り返った。彼女《かのじょ》らにとっても番狂《ばんくる》わせだったはずだが、二人は特段悔《くや》しがるわけでもなく、無感情に指示を待っているようだ。

「エイト、傷はどうです？」

「チリチリした」

エイトが、傷痕の付いた頬を、人差し指で撫でながら言った。

「そうですか。見たところ彼もやはり、腕にただ単に魔力を纏っていたわけではなさそうでしたので、何かあるのかもしれませんね」

戦いの最中、エルヴィに感じた妙な気配。特に最後に見せた急激な力の上昇《じょうしょう》は、今まで実力を隠して戦っていたのでは、と疑いたくなるほどの変化であった。

ただ、彼はそんな回りくどいことをするタイプには見えないし、セルバが見る限り、さっきの彼は、本当に追い込まれて限界に達していたはずだ。

（確かリムフジェは元々、人体に関するいくつかの研究をしていましたね。その一つが確か、【リミッター理論】とか……）

セルバも詳細《しょうさい》は知らないが、確かそれは、人体の魔力や潜在《せんざい》能力に関する研究だと聞いたことがある。

ちなみに魔法や魔力については過去、いくつもの有力貴族が研究してきた経緯《けいい》がある。魔法に秀《ひい》でた家であるフェーヴェル家はもちろんだが、他家にも、それぞれに秘伝と言える魔法や技が存在するのだ。ましてや【アフェルカ】絡《がら》みのフリュスエヴァン家を筆頭とするリムフジェ五家ともなれば、いろいろと怪《あや》しげな知識や技術を持っていてもまったくおかしくはない。

「セルバ様、作戦を続行しますか？」

ヘストの事務的な声に、そんな思考に耽《ふけ》っていたセルバは、すぐさま意識を現実へと切り替《か》えた。

「いえ、中止します。他の子達もまだ戻っていませんし、敵の底がまた見えなくなりましたのでね。何より、あのエルヴィは所詮《しょせん》【アフェルカ】の副官。潰《つぶ》すべき頭は、どうやらここには不在のようです。守りも妙に手薄《てうす》でしたし、何か突発的《とっぱってき》な事態の対応に出ているのかもしれませんね。そういえば、あの男が〝忙《いそが》しい時に〟と言っていましたね」

何はともあれ、長居は無用というわけで、セルバはいったん、ここから引き上げることを決めた。やがて、散っていた戦闘《せんとう》メイド達《たち》も各々《おのおの》戻ってきたが、改めて並んだ彼女《かのじょ》達の隊列からは、二名の姿が欠けていた。

一名は、エルヴィの奇襲で地面に叩《たた》きつけられ、戦闘不能になっている。そしてもう一名は周囲の惨状《さんじょう》から見て、それがまず、間違《まちが》いなくエルヴィの仕業《しわざ》であることは分かった。

それもセルバ達と遭遇《そうぐう》する前のことだろう、彼女の遺体は血まみれで、傍《そば》には【アフェルカ】構成員らしき男の死体もあった。恐《おそ》らく、構成員の一人を仕留めた直後、エルヴィの手に掛かったのだろう。

「いえ、エイト、あなたは先程の男を追跡《ついせき》しなさい。おそらく向かったのは本邸《ほんてい》の方でしょう。くれぐれも早まった行動は控《ひか》えるように」

「うん」

了承《りょうしょう》の返事なのか曖昧《あいまい》な声がボソリと聞こえると、エイトは消えるように駆け出した。

珍《めずら》しくヘストの顔にもはっきりと不安の色が浮かぶ。

遺品を確保した後、どうにも気が重くなる仮埋葬《かりまいそう》を経て、セルバ達は一時身を潜《ひそ》めるべく、前から見繕《みつくろ》っておいた、とある農家の納屋《なや》へと立ち寄る。

そこには、戦闘員とは別の、一人のメイドが待ち構えていた。彼女は連絡係《れんらくがかり》として屋敷《やしき》から寄越《よこ》されてきたらしいが、実はそのこと自体がややイレギュラーな事態ではあった。

【アフェルカ】への襲撃《しゅうげき》自体を可能な限りフェーヴェル本家から切り離しておくために、セルバはこの作戦中、よほどのことがない限り、フェーヴェル家とのコンタクトは断っていた。

フローゼもそのことは承知しているはずだったが、と不審《ふしん》に思いつつもセルバは彼女が携《たずさ》えていた封書《ふうしょ》の中身を確認する。

「……！」

それに目を通すうち、みるみるセルバの表情が変わっていく。

「問題でもございましたか、セルバ様」

相変わらず無表情ながら、何かを察したらしいヘストがそう尋《たず》ねてきた。

「はい、どうもこれは大事になりました。今度のことがフェーヴェル家に飛び火する心配はないのですが、寧ろそれよりも不味《まず》い事態です。そう、これでは貴族界への干渉《かんしょう》に……。なるほど、元首様の狙いというのは……」

セルバにしては珍しく、大きく顰められた眉とともに、底知れぬ深い憂慮《ゆうりょ》を示す皺《しわ》が、新たに彼の眉間《みけん》に刻まれていく。

そんな様子をヘストは、ガラス玉のように無感情な瞳で、ただじっと眺《なが》めていた。

第74章「自由なる駒」

アルスはリリシャを背負いながら王宮を目指していた。最も広大な面積を誇《ほこ》る中層さえ越えてしまえば、後は目につくこともなく走っていける。

問題は上流階級が住む層を抜けた先だった。

王宮はバベルを囲む湖近くに存在し、その周囲数キロメートルに渡《わた》って柵《さく》が張り巡らされ、要所には検問用のゲートが設けられている。無論、その先に立ち入るには、それに応じたライセンスコードが要求される。

アポ無しではまず追い払《はら》われてしまう上、しばらくは要注意人物としてマークされることすら覚悟《かくご》しなければならない。

王宮自体の警備は一流の魔法師が担当し、一部には退役《たいえき》軍人なども再雇用《こよう》されているため、その守りの堅固《けんご》さは、軍本部に匹敵《ひってき》するほどだ。

それをどう突破《とっぱ》するかは思案のしどころである。

「……で、何も考えてなかったってわけ？　というか事前に連絡《れんらく》は、してるわよね」

ジト目を向けてくるリリシャ。無視したいところだが、話が進まないのでアルスは仕方なしに答える。

「あいつのために、そこまでしてやる気にはなれん。それにどうせ、気づかれてる。正攻《せいこう》法《ほう》じゃ体《てい》よくあしらわれて終わりだ」

顔を正面に向けたままアルスは尻《しり》すぼみに小さな声を発した。

「というか、普通こんなに警備が厳重なものなのか？　テロ予告でもあったんじゃないかと疑うレベルだぞ」

「あのねぇ、一国の元首の居場所が無防備なわけないでしょ！　それこそ、シングルなら自分が警備したことすらあるくらいじゃないの？　最初の勢いはどこへ行ったのよ？」

「外遊時のお守りは、いつかの元首会談みたいな場合以外は、主にレティの担当だったからな。いずれにせよ、これを強行突破するのは骨が折れそうだな」

物陰《ものかげ》から顔を並ばせて警備陣《けいびじん》の様子を窺っている、アルスとリリシャ。ふとその間に、ロキが強引に割り込んできた。

「ちょっ⁉」

「リリシャさん、アルス様にそんなにくっつかなくても、様子は探《さぐ》れますよ。そもそも、荒事《あらごと》は無しで行きたいところですが」

「難しいんじゃない？　強行突破した時点で犯罪だしね」

リリシャはぶつぶつ言いつつも、ロキに場所を譲《ゆず》る。現実問題、普段《ふだん》なら王宮には一般《いっぱん》人《じん》はおろか、火急の用がない者は近づくこともできないのだ。転移門を使用するにしても、専用コードを参照して指定しなければ、辿《たど》り着けない仕組みになっている。

「まあ、まずは普通に掛け合ってみよう。拒否《きょひ》されたら、押し通ることも辞さないが」

「うわぁ～、めちゃくちゃ不安だわ、それ……。ロキさんも協力してくれるとはいえ、何かあったらどうするの？」

リリシャは苦笑《くしょう》を浮かべているが、存外まんざらでもなさそうな口調である。

ただ、その額にはうっすらと汗《あせ》の玉が浮かんでいる。まだ体調が万全《ばんぜん》でない彼女に無理をさせていることは承知だったが、アルスは再度、火傷《やけど》の具合を確認する必要を感じた。

「少し見るぞ」

「えっ⁉」

アルスはリリシャの後ろに回り、容赦《ようしゃ》なく服を捲《まく》る。本来なら女性に対して全くデリカシーに欠けている行為《こうい》だが、ロキもさすがに黙認《もくにん》せざるを得ない。

アルスはリリシャの剥《む》き出しになった背中を観察していく。

恥《は》ずかしさからか、背中を丸めるようにしているリリシャは、早く終われとばかりに目を瞑《つぶ》っていた。

「僅《わず》かに、魔力《まりよく》に反応してるな」

「確かに、少し熱いかも？　でも、動けないほどじゃないけど」

「未《いま》だ原理や仕組みも不明か。一先《ひとま》ず、解呪を急いだ方が良いのは間違いないか」

そこにふとロキが、何かに気づいたように。

「あ、普通にノーブラなんですね」

「えっ⁉　いや、包帯してるんだし……知ってたわよね？　っていうか！　あなた達、揃《そろ》いも揃ってデリカシーなさすぎよ」

「言ってみただけです。単に疑問だったので」

真顔で答えるロキに、リリシャは頬をヒクつかせる。

ロキはそんな彼女の様子にも構わず、溜《た》め息《いき》を一つ。

「しかし何故、アルス様の前には、こうも簡単にポンポン裸体《らたい》を晒《さら》す女ばかり現れるのでしょう」

「あんたねぇ⁉　言っとくけど、そこらの生娘《きむすめ》と一緒《いっしょ》にいないでもらえるかしら、ちょっと見られたくらいでキャーキャー喚《わめ》かないわよ」

「それはそれで大いに問題のある発言では？　要は……ビッチ」

「誰《だれ》がビッチよ。私は……そ、そこらの生娘と一緒よ」

「オブラートに包んでるんでしょうけど、生娘報告はいりませんから。つまりは恥じらいが必要だ、と言っているまでですので」

「何よ、それ！」

互《たが》いにヒートアップする二人に構わず、アルスは冷静に言った。

「急ごう。元気なのは結構だが、リリシャの基礎《きそ》ワードに干渉されているなら、どんな影《えい》響《きょう》が出てくるか分からん。長引かせないに越《こ》したことはない。いいな、ロキ」

アルスの一言で、ロキとリリシャも無益な争いは止《や》め、行動を開始する。

結果、三人は隠れ場《ば》所《しょ》から出て、正面の検問所へと、何食わぬ顔で歩いていく形になった。

そこに設置された巨大《きょだい》なゲートの左右には、それぞれ警備担当と思われる複数人が立っている
何人かはアルス達を遠目に確認《かくにん》すると、室内にいる検問員と何やら会話しているようだった。照会の準備でもしているのだろうか、さらにアルス達が近づくと、警備員もぞろぞろと集まり出す。ややあって、先頭の一人が声を掛けてきた。

「失礼、そこで止まってください。あなた達は、軍人ですね？」

「そうだが」

「順序が逆ですが、昨今は物騒《ぶっそう》ですので、まずは身体検査をさせていただきます」

続いて、検問員が三人こちらに向かってきた。アルスとロキ、リリシャ、三人同時に身体検査が始まる。

「これは？」

「ん？　普通のＡＷＲだが。魔法師なんだから問題ないだろ」

「そういうわけにはいきません。王宮に武器となるものは一切《いっさい》持ち込めない決まりです。どなたかの紹介《しょうかい》でしょうか、またどういったご用件で？」

彼《かれ》らが検問所からわざわざ少し離れたところにやってきて身体検査を行ったのは、警戒《けいかい》の意味もあってのことだろう。アルス達が不意を突《つ》いて動いても、検問を突破されるまでには、多少なりとも時間が稼《かせ》げる。

そして何気ない態度を装っていても、この検問員の腰《こし》にもまた、ＡＷＲがしっかりと下げられていた。

「シセルニア様に用がある。紹介も約束もない」

彼らの、身体検査をする手が一瞬《いっしゅん》止まる。アルスの返事を聞いた検問員は、振り返りながら仲間に軽く顔を振ってみせた。相手もジェスチャーで何かを伝える。

「……どちらから来られました？」

なるほど、とアルスは些細《ささい》な見落としに気づいた。

おそらく転移門の移動履歴《りれき》を参照しているのだろう。本来ならば唯一《ゆいいつ》の正式ルートとして王宮へは転移門を使う。それを無視したのだから警戒されるのは必然であった。後ろでは警備システムの動作不良かとばかり、確認作業が急ピッチで行われているようだ。

緊迫《きんぱく》した面持《おもも》ちの男は腰に手を回しながら、一歩下がると「ライセンスを」と手を出した。

「ロキ、持ってきてるか？」

「あぁ、忘れてしまいましたー」

あまりに棒読み過ぎる大根役者っぷりに、リリシャの頬が引きつる。

いや、騙《だま》すつもりすらないというか、最初からアルスとロキは、穏便《おんびん》な手段を取るつもりがなかったのだろう。そうと察したリリシャは、咄嗟《とっさ》に。

「きゃっ!!」

リリシャが、不意に男にぶつかったかと思うと、悲鳴を上げつつ盛大に倒《たお》れ込んだ。

「おいっ!?　なんのつもりだ貴様!?」

「それはこっちのセリフよ！　酷《ひど》いわ、どこ触《さわ》ってるのよ！　その卑猥《ひわい》な手つきは何？　私が身体検査されて抵抗《ていこう》できないのをいいことに、弄《まさぐ》るようにネチネチ身体を触って！　最低ね！　えっと、そう、前線帰りの軍総督《そうとく》付きの上級秘書として、このことは後で然《しか》るべき筋にしっかり報告させてもらいます！　さあ、道を空けなさい！」

「まっ、待てっ！　一体何を……」

内心で舌を出しつつ、リリシャは憤懣《ふんまん》やるかたないポーズを取り、検問の先へと歩き出した。ロキもリリシャの意図に乗っかり、冷めた顔のまま声だけを上げた。

「なんて破廉恥《はれんち》な！　職権乱用というやつですか、ならば私も、黙《だま》ってはいられません！」

ロキはわざわざ「成敗」と声に出してから、自分のボディチェック担当者の鳩尾《みぞおち》に、鋭《するど》い膝蹴《ひざげ》りを見舞《みま》って昏倒《こんとう》させる。アルスも手刀で同様に対処し、ロキと一緒にリリシャを追うように歩き出す。

慌《あわ》てふためいたリリシャの担当だった男は、懐《ふところ》からAWRを取り出し、それを高く掲《かか》げた。非常事態を告げるための信号弾《だん》でも打ち上げようというのだろう、しかし、その狙いはあっさりと阻止《そし》された。

ロキが振り返りざま、彼へと掌《てのひら》を向けた。その途端、男の身体を電撃《でんげき》が駆け抜《ぬ》ける。威《い》力《りょく》は微弱《びじゃく》なものだが、当分は倒れ込んだまま、全身が痺《しび》れて動けないだろう。

だがさすがにここの警備員らの対応は迅速《じんそく》だった。遠目からも不法侵入者《しんにゅうしゃ》ありと見て、急ぎ足の警備員の一団が、詰め所《しょ》から出張ってくる。

「ど、どうするの、これ？」

リリシャの問いに、アルスは平然と。

「もう強行突破しかないだろ。ちょっと眠《ねむ》ってもらう程度だがな」

「あ～あ、まあ、やり過ぎないよりは良いか、ちょっと待って」

リリシャが動こうとするアルスを制して、一応、というように、向かってくる一団に口を開く。

「誤解です！　そちらの検問員達が、身体検査を名目に、私達の身体を不必要なまでに執拗《しつよう》に触ったんです！　なので、やむを得ず抵抗させていただいたまで！　つきましては正式に王宮へと抗議《こうぎ》したく、そこを通していただきます！」

「……んなもん通るわけないだろ!!」

真っ当な切り返しを受けて、さすがのリリシャも「ですよね～」と肩《かた》を竦《すく》めた。

「でも、最低限、こちらの言い訳……というか、言い分だけは伝えたからね。もう良いよ、アルス君。でも分かってると思うけど、一人でも派手な怪我《けが》でもさせたら、全部がパァだから」

ああ、と短く返したアルスは、さっとリリシャをかばうように先頭に出て、動き出した。もっとも彼らに、直接攻撃《こうげき》を加える必要はない。ここから先を行くための、邪魔《じゃま》さえしてくれなければ良いだけだ。

様々なAWRを構えた警備員達を前に、アルスは歩調すら乱さず、ただ……その真ん中を堂々と押し通る。

文字通り、気色ばんでいる男達のただ中へと、歩を進めたのだ。

だが、その身体は同時に膨大《ぼうだい》な魔力《まりょく》を纏《まと》っている。まるで見えない暴風のように、アルスの魔力が周囲の空間全《すべ》てに満ち、制圧する。

ただそれだけで警備員達は立ち竦み、脂汗を流したまま、ぴくりとも動けなくなった。まさに、龍《りゅう》に睨《にら》まれた蛙《かえる》とでもいった風情《ふぜい》だ。

しかし、ここの警備員らは、それなりの高ランク魔法師ばかりだ。本来なら、いかなる襲撃者《しゅうげきしゃ》にも怖気《おじけ》づくような面子《メンツ》ではない。そんな中でも数人は、なんとかアルスの威圧《プレッシャー》を気力でねじ伏《ふ》せて、抵抗を試みた。

「あまり粘《ねば》るなよ、こっちは手加減で相当神経す《す》り減らしてんだ」

アルスが冷たく言い放ち鋭い視線を据えると、その数人もまた、顔色を蒼白《そうはく》に変えて、動きを止める。

だが、最後の猛者《もさ》とでも言うべきか、アルスの目の前に、それでも立ち塞《ふさ》がった男がいる。警備隊長だろうか、いずれにせよこの中でも一番の実力者ということは、一目で分かった。

剣《けん》と鎧《よろい》を着用したいかにもな風体《ふうてい》。外界での経験もそれなりに長いようだ。それでも……いや寧《むし》ろ、だからこそと言うべきか、鋭敏《えいびん》にアルスの絶大な力を察しているのだろう。彼の全身からは、滝《たき》のような汗が流れ落ちている。

「い、いかなる用があろうと、許可なくここをお通しすることはできません」

隊長は毅然《きぜん》としつつも、なんとかそんな台詞《せりふ》を絞《しぼ》り出した。その根性《こんじょう》に敬意を表したのか、リリシャが背後で小さく拍手《はくしゅ》めいたものを送っているようだが、アルスとしては知ったことではない。

「こちらは、随分《ずいぶん》と元首様に譲歩《じょうほ》しているんだ。お前は知らんだろうが、先にちょっかいを出したのはあっちなんだからな。別に襲撃しに来たわけじゃないが、そっちの対応如何《いかん》じゃ、こっちも魔法を使わざるを得なくなるが？」

それは当然、シングル魔法師たるアルスが本気を出す、ということだ。だが隊長は、それでも冷《ひ》や汗を流しながら頭《かぶり》を振った。

「私の職務に反します！　あなたが何者であろうとも……たとえ、国家のシングル魔法師クラスであっても、です！」

ほう、とアルスは目を細めた。威圧を受けてなおもこの態度、まさに警備員の鑑《かがみ》といったところか。しかし、状況が状況だ。やむなし、とアルスの瞳《ひとみ》は冷め切り、腰のＡＷＲに手が触《ふ》れたその時。

「アルスさん、お待ちしておりました」

緊迫した空気を一掃《いっそう》するかのような、女性の涼《すず》やかな声がアルスに投げかけられる。

アルスが視線を向けると、警備員達の後ろから、優雅《ゆうが》な足取りで進み出てきたのはフェリネラであった。彼女がここにいる理由を問う前に、その後ろに付き添《そ》う別の女性――元首側近のリンネ・キンメルの姿を認めて、アルスは訝《いぶか》しげに目を細める。

そのリンネは、倒れている数人の検問員と立ちすくむ警備員達を交互《こうご》に眺めつつ、天を仰《あお》ぐように額に手をやりながら、呆《あき》れた声でいう。

「相変わらず無茶《むちゃ》をしますね、アルス様。隊長さん、お通しして良いですよ。そもそも、これ以上被害《ひがい》が出ては体裁《ていさい》も悪いですし、王宮警備隊に人なしと、あらぬ噂《うわさ》が立っても困りますから」

「……ハッ！」

と隊長は敬礼と共に、ほんの一瞬だが、心から安堵《あんど》したような表情を見せた。

「お役目ご苦労」

アルスはそんな隊長の側を通る際に、ちゃっかりとライセンスをちらつかせ、唖然《あぜん》とする彼の脇を悠々《ゆうゆう》と歩き去る。

「うわ～、やっぱちゃんと持ってんじゃん。性格の悪さが滲《にじ》み出てる」

それを見て、すかさずリリシャが皮肉を言うが、アルスは無視。その横でロキも同じように、ライセンスをしっかり見せつけるようにして、検問を通過する。

「ああやった方が効率が良いんですよ。軍の内部をよく知る者ならではの方便ってやつです。どうせ上に話を通すまで、とかなんとか言われて、小一時間は足止めを食らうのが関の山ですから」

それを巧《たく》みな世渡《よわた》りの術だとまでは思いたくない様子で、リリシャはとりあえず曖昧な笑《え》みを返してきた。実際、それは世知辛《せちがら》い世界を渡り歩いてきた者だけが身につける類の悪知恵《わるぢえ》なのだ。リリシャとしては見習いたくはないが、勉強にはなった、というところか。

そんな複雑な表情の彼女へと、フェリネラが問う。

「あら、リリシャさん。もう、お加減は良いのですか？」

「ソカレント先輩《せんぱい》、初めましてですよね。ええ、おかげさまで」

学院の先輩として心配げな声をかけてきたフェリネラに、リリシャはとりあえず、といった風に、無難な挨拶《あいさつ》と取り繕《つくろ》った笑顔《えがお》で返事をする。

そうと知りつつも、フェリネラは機嫌《きげん》を損ねるでもなく、あくまで穏《おだ》やかな笑顔を崩《くず》さない。

それこそ、まさに編入生に対する優《やさ》しい先輩そのものの態度である。

「ああ、良かった。やはり心配でしたからね。私は一応、寮長《りょうちょう》も兼《か》ねていますから。あなたがお休みの間に、一度お邪魔させていただいたんですよ」

「そうですか」

変わらず平淡《へいたん》な相槌《あいづち》を打つリリシャ。それと同時、何故か自分の中に、この親切な上級生に対して言い知れない悪感情が湧《わ》き上がってくるのを感じ、リリシャは小さく戸惑《とまど》う。が、深く考え込むまでもなく、リリシャはその原因に、すぐ思い当たった。

(フェリネラ・ソカレント。この人、まさに貴族だ。本当に、お手本みたいな貴族令嬢《れいじょう》ぶりだ。でもそれがなんか、違和感を覚えるなぁ)

それはフェリネラのあくまで淑女《しゅくじょ》的な振る舞《ま》いに対して、どう考えても公平な感覚ではない。おそらくは自分の方が間違っているのだろう、と感じながらも、リリシャはあえて、彼女に対して胸襟《きょうきん》を開くことを拒《こば》んだ。

本能的な警戒心《けいかいしん》とは別に、気づけばリリシャは自分の方から、フェリネラに握手《あくしゅ》を求めていた。これはおかしなことだ。相手から求められるならいざ知らず、自ら手を差し出してしまうとは。

(危ない危ない。この人……なんか、別の意味で怖《こわ》いんですけど)

そうと気づいて、慌てて苦い表情になり、出しかけた手を引っ込めようとするリリシャ。

フェリネラの母性的な人柄《ひとがら》には、どうもごく自然にこちらの頑《かたく》なな態度を和《やわ》らげてしまう、不思議な魅力《みりょく》があるようだった。

そもそも彼女は、裏の政治的駆け引きに長《た》けていてもおかしくない貴族身分であるにもかかわらず、混じりけのない好意を、無警戒《むけいかい》に自分に向けている。人の顔色を見るのが癖《くせ》になっているリリシャには、それが何となく悟《さと》れてしまうのだ。つまりお手本のような貴族の淑女であること以上に、彼女は歳上《としうえ》としての包容力も兼ね備《そな》えているのだろう。

「よろしくね、リリシャさん」

引っ込めようとしていたリリシャの手を覆《おお》い包むように、フェリネラの手が重なる。

結局、不覚にも彼女と握手してしまう羽目になったが、その少女らしい手の柔《やわ》らかさと人肌《ひとはだ》の温かみから逃《に》げようとするように、リリシャは顔を背《そむ》けながら。

「こ、こちらこそぉ……」

なんだか照れ隠《かく》しのような、妙《みょう》にぎこちない態度になってしまった。そんな彼女の様子に、アルスが呆れたように突っ込む。

「なんだ、それは」

途端、リリシャは耳まで真っ赤になり、ぱっとフェリネラの手を離《はな》した。どこかで、その手をずっと握《にぎ》っていたいような、どうも名残惜《なごりお》しいような、奇妙《きみよう》な相反する感情を同時に抱《いだ》きながら。

「それよりフェリ、なんでお前がここにいるんだ？」

アルスが、リンネを横目に見ながら言う。

「それについてですが、【アフェルカ】の動向を探った結果、少々面倒《めんどう》なことになりそうでして。それで、まずはアルスさんに報告をと思ったのです」

それならライセンスの通話機能を使えば良いような気もするが、それより先に、フェリネラが重ねて言う。

「直接お会いした方が良いと判断しまして。ですので、先にリンネさんに取り計らってもらって、ここでお待ちしていたんです」

どんな含《ふく》みがあるのか、どうにもアルスには分かりづらい笑みとともに、フェリネラはリンネを軽く指し示すようにして、彼女を紹介する流れを作った。

もちろんアルスは、彼女と初対面ではない。以前、元首シセルニアのためにアルスを呼びに来たのは彼女だし、一度ならず外界で作戦行動をも共にしている。だが、フェリネラはそれを知ってか知らずか、あまり関《かか》わりたくない様子のリンネをやんわり促《うなが》して、アルスへと向き直らせた。

「何も言わなくていいですよ、アルス様」

しぶしぶ、といった様子のリンネは、なおもアルスと目を合わせようとはせず、気まずそうに先手を打ってきた。いつか見た〝アルファの眼〟としてのしっかり者の彼女らしくない、ちょっと不器用というか意外に可愛《かわい》らしい一面が覗《のぞ》いたようだった。

「俺《おれ》も随分と嫌《きら》われたもんですね。別に元首側近のあなたを、ああだこうだと責めたり問い詰《つ》めたりしたいわけじゃありませんよ。そもそもこれ以上疎《うと》まれちゃ、いざという時に〝その眼〟を見せていただけなくなりそうですし、それは俺としても困ります」

「なら、どうぞそのお心がけのままで。そもそも何を聞かれようとも、所詮私はただの駒ですので」

「ほぉ、〝駒〟ですか。あいつがこそこそ仕組んだらしい、この妙なゲームの盤上《ばんじょう》に立ってる自覚はあるんですね」

「……失言でした」

ガクッと肩を落とすリンネは、そのまま口を噤《つぐ》んで黙り込んでしまう。フェリネラが気の毒そうに割って入った。

「アルスさん、お気持ちは分かりますが、リンネさんを虐《いじ》めてはダメですよ」

しかしな、と言いかけたアルスより先に、リンネ自身が心外そうに言葉を返す。

「あのぉ、私一応、この中で最年長のお姉さんなのですが」

リンネのそんな発言を、アルスは完全にスルーし。

「で、フェリはリンネさんと、どんな知り合いなんだ？」

「ちょっとした伝手《つて》を介《かい》して、ですから以前からの知己《ちき》というわけではありませんが、先ほどお友達になりました。どうもご苦労が堪《た》えないようで、共感してしまったというか」

「年下の学生風情に愚痴《ぐち》る、王宮勤めのお姉さんか。最年長が、聞いて呆れる」

「あ、アルス様、そもそも女性同士の会話の内容について、男性がとやかく言うのは感心しませんよ。そもそもフェリネラちゃんとは、ここへ来る道すがら、ちょっと話していただけなんですから」

「もうリンネさん、〝ちゃん〟付けはやめて下さいと言ったのに」

女同士ならではというべきか、瞬間的《しゅんかんてき》に絆《きずな》を結んでしまったらしいリンネとフェリネラの声音《こわね》が、女子学生同士のように和気藹々《わきあいあい》として、共に弾《はず》んでいるのが分かる。

それとは別に、上級生のフェリネラを〝ちゃん〟付けで呼ぶ人物を、アルスは見たことがなかった。寧ろ、新鮮《しんせん》というか意外なものでも見た心持ちだ。

そんな彼の視線を知ってか知らずか、こそばゆそうにフェリネラははにかむ。

そんな無駄《むだ》な和《なご》やかムードを振《ふ》り払うように、一番肝心《かんじん》な話題を切り出したのは、しばらく輪の外に取り残されていたロキだった。

「それはそれとしてリンネさん、この後、元首様へのお目通りは叶《かな》うのでしょうか？」

その一言は、場の空気を一気に現実へと引き戻《もど》す。一応、同じ探知魔法師として、探位2位であるリンネに敬意は払ってのものだったが、それはそれ。

リンネはまず、お久しぶりです、とロキに挨拶をし、ロキの返礼を待ってから、おもむろに話し始める。

「そうですね。さっきは職務に忠実に励《はげ》んでくれた警備隊の手前、ああ言いましたが……実はシセルニア様からは、すでにご命令が出ております。アルス様を王宮にお通しするべくお迎《むか》えにあがるように、とのことでして」

「でしょうね」とアルスが短く返したのには、それ相応の理由がある。

リンネがわざわざ顔を見せたこともそう察した理由の一つであるし、【プロビレベンスの眼】を持つ彼女の視界から逃《のが》れることは不可能だ。加えて検問から先、ここまでの道中で、すれ違《ちが》った職員は皆無《かいむ》だった。末端《まったん》の警備隊には連絡が行っていなかったのだろうが、検問のゲートを抜けてからは、彼らのことを見咎《みとが》める者すらいない。

国家の政治面の中枢《ちゅうすう》であり、軍と同様、眠ることを知らない王宮で、ここまで監視《かんし》の目が緩《ゆる》いことは本来あり得ない。

「ですがリンネさん、分かってますよね？　あいつの悪ふざけには俺も相当譲歩してきたつもりですが、今度ばかりはそうもいかない。シセルニアの回答如何《いかん》では……」

「もちろんです。ですが私としては、直接シセルニア様と言葉を交《か》わしていただければ、分かっていただけるのではないかとも思っております」

アルスが皆《みな》まで言い終える前に、リンネはそっと目を伏せながら、粛々《しゅくしゅく》とそんな希望交じりの言葉を伝える。

「どうでしょうね。さっきも言ったように、できればあなたとは、仲違《なかたが》いしたくないのですが」

「それはこちらも同じですよ、アルス様。私の魔眼《まがん》に対して、学術的な意味での興味を持たれている方は珍しいのです。それにあなたは、研究者としても国家と人類に多大なる貢献《こうけん》を齎《もたら》されております。ですので私からも、どうぞお手柔《てやわ》らかに、とお願いしておければと思います」

それからリンネは、アルスに向けて深く頭を下げた。

だいぶ間があってようやく顔を上げた時、すでに彼女《かのじょ》の表情は、再び元首側近としての、完璧《かんぺき》な微笑《びしょう》を形作っていた。アルスにはもはや何も読み取れない、複雑で曖昧な笑み《アルカイックスマイル》。

「ま、いずれにしてもこちらの用件は、つまるところ一つだけです。きっとリンネさんにもご理解いただけるかと思いますが」

アルスが視線でリリシャを指すと、リンネの反応は明確な回答を示すのではなく、ただ柔らかな視線を彼女に向け、小さく頷《うなず》いたに留《とど》まった。

「では、どうぞ」

そう言い終えると同時、リンネはアルス達の前で、いつの間にか辿りついていた広間の大扉《おおとびら》を開け放った。

豪華絢爛《ごうかけんらん》かつ、どこか厳粛《げんしゅく》な空気を纏う玉座の間。

叙爵《じょしゃく》や勲功褒賞《くんこうほうしょう》などの授与式《じゅよしき》が行われる部屋である。左右に太い柱が整然と並び、真紅《しんく》のカーペットが床《ゆか》を彩《いろど》る。

そんな旧時代的な装いではあるが、厳《おごそ》かさの極致《きょくち》ともいえる広い空間へと、アルス達は足を踏《ふ》み入れた。

「ようこそ、アルス」

玉座に座《すわ》るシセルニアは、いつもと変わらぬ美貌《びぼう》をたたえ、妖《あや》しげな微笑を浮《う》かべていた。生ける女神《めがみ》、天の御使《みつか》いとも称《しょう》される彼女は、人として持ち得る完璧なまでの美しさを備えている。

その黒髪《くろかみ》は豪奢《ごうしゃ》な照明に艶《つや》やかに照り映《は》え、鏡のような光沢《こうたく》を放っている。まるで彼女の頭上から肩先《かたさき》まで、真《ま》っ直《す》ぐになめらかな黒い奔流《ほんりゅう》が流れ落ちているようだ。

そんな神々《こうごう》しいまでの美貌の前で、真っ先にリリシャが頭を下げつつ、膝《ひざ》をついた。脇《わき》についたフェリネラも、それに倣《なら》う。元首の前で頭を低く保つのは、本来はその玉顔を許可なく仰ぎ見ることが許されなかった、王権時代の名残《なご》りである。だが、現在ではいささか格式張った宮廷儀礼的《きゅうていぎれいてき》な側面が強い。

「何、面《おもて》を上げよ、とか言わせたいわけ?」

一応、国内では気さくな元首で通っているシセルニアは、この旧時代的な礼儀作法に辟《へき》易《えき》しているらしく、溜め息交じりに、傍《そば》に控《ひか》えているリンネに視線を移す。だが彼女の頷く顔を見て、さっさと諦《あきら》めたようだ。

「はいはい、面を上げなさい。時代遅《おく》れのお作法ってヤツね、ホント。さて……フェリネラ・ソカレント、ソカレント家のご令嬢の訪問を受けるなんて、思わぬ珍客《ちんきゃく》ってところかしら」

「ご拝謁賜《はいえつたまわ》り恐縮《きょうしゅく》にございます、元首シセルニア様」

凛《りん》と澄《す》んだフェリネラの返礼が、室内に響《ひび》き渡った。いかにも淑女として完璧な受け答えだが、その声音はあくまで落ち着いていて、この場に最低限求められる慇懃《いんぎん》さ以外の、どんな感情も窺《うかが》い知れない。

「へえ、私がちょっと妬《ねた》ましくなるほどには美人ね。あなたは確か、第2魔法学院の生徒だったかしら。そう、アルスと同じ、ね」

軽い牽制《けんせい》交じりの物言いに、早くも始まった政治的な前哨戦《ぜんしょうせん》の雰囲気《ふんいき》を感じ取り、フェリネラはそっと目を伏せる。

「はい、光栄にも、常々アルスさんとは懇意《こんい》にさせていただいております。ときには共に食卓《しょくたく》を囲み、楽しい時間を過ごさせていただくことも」

この手の話題に対しては珍しいことに、微《かす》かにシセルニアの目尻《めじり》が動く。

「でも、それは些《いささ》か、貴族の子女として思慮《しりょ》不足ではないかしら？　いくら高名なソカレント卿《きょう》のご息女であろうともね」

余談だが、シセルニアはヴィザイストのことを、ソカレント卿と呼ぶ。

シセルニアはそのまま、話を続けて。

「そもそも、あなたのお家《うち》は、国内有数の有力貴族の一角。そのご令嬢が、国内最高峰《さいこうほう》の魔法師と必要以上に接近することは、方々《ほうぼう》からのあらぬ憶測《おくそく》を招くでしょうから」

貴族界に余計な波風を立てるべきではないと、暗にシセルニアは説く。が、そもそもソカレント家と並ぶ三大貴族の一つ、フェーヴェル家のテスフィアとて、実は立場は似たようなものである。彼女のアルスとの距離《きょり》感を見れば、シセルニアの言葉は、個人的感情によった発言という以上の説得力には欠ける。

しかし、この舌戦《ぜっせん》めいたやりとりを傍で聞いているアルスとしては、どうも妙な気持ちにならざるを得ない。何しろ、何かの鞘当《さやあ》てめいた気配だけは感じられるものの、一体何をめぐってのものなのか、彼自身には、いまいち判然としないのだから。

そんなアルスの胸中はさておき、返すフェリネラの言葉には些かの淀《よど》みもなかった。

「誠《まこと》に失礼ながら、当家は所詮《しょせん》父の代からの一代貴族、言ってみれば、卑《いや》しい成り上がりの家にございます。だからこそ、私の言動がアルファの貴族界の一角を占めるに不適格とのそしりを受けたり、寧ろその地位に在ることで余計な軋轢《あつれき》や柵《しがらみ》を生むようであれば、父はその位を、いつでも謹《つつし》んで返上差し上げるとのこと、常々言いつかっております」

極力丁寧《ていねい》な言い方を取ってはいるが、即《すなわ》ち「自分はともかく、娘《むすめ》の未来や希望する道の妨《さまた》げになるぐらいならば、いつでも貴族をやめる」と、ヴィザイストは公言しているに等しい。

それは別にハッタリの類ではなく、以前にもアルスは、彼自身の口から何度となくそんな言葉を聞いた覚えがあった。フェリネラが魔法師としていずれ軍に入隊する、その時のためだけに貴族の地位を保持しているようなものだ、と。まったく、大した親馬鹿《おやばか》ぶりと言える。

「ふふ、元首を前にしてそれを口にできる度胸は、十分称賛に値するわね。本来なら褒《ほ》められたことではないのだけど、ここには〝不遜《ふそん》〟だと声を張り上げる者はいない。ただ、軍でも重要なポジションに在るソカレント卿ならばこそ、貴族の肩書《かたが》きは最低限必要でしょうに。まあ、あなたの覚悟の程は分かったわ。でもその先は果たして己《おのれ》の望みだけを愚《ぐ》直《よく》に通すのが賢明《けんめい》な道かどうか、よくよく考えてみることね」

言い終えると同時、シセルニアの雰囲気が急に変化した。瞬《まばた》きもしない双眸《そうぼう》が、鋭い光をたたえて、フェリネラを玉座から見下す。

フェリネラも、負けじとばかりに顔を上げる。

「そのようなこと、しかと考えるまでもございません。こうしてアルスさんと共にこの場にいることこそ、私の決意の何よりの表明でございます」

それはこの一連の事件の中で、フェリネラ自身のみならず、ヴィザイストも含めたソカレント家全体が明確にアルス側に立つこと、万が一の場合は、彼を全面的にバックアップすることを明言したも同然。

正面切って堂々と言い切ったフェリネラに対し、シセルニアは能面のように無表情だった。だが次の瞬間《しゅんかん》、凍《い》てつくような冷え冷えとした声音を乗せて、こう言い放つ。

「身《み》の程《ほど》をわきまえなさい。言葉が過ぎるわよ」

そう言い終えるとシセルニアは少し目を細め、じっとフェリネラを見下ろした。玉座のひじ掛《か》けに乗せた片腕《かたうで》に頬《ほお》を預け、ただただ美しい顔を傾《かたむ》けて、フェリネラを眺《なが》めやる。

やがてシセルニアはほっと一息つくと、大げさな身振《みぶ》りで座り直し、玉座の背もたれにゆっくり身体《からだ》を預けた。

「……可愛い顔して、とんでもないことを言い出すのね。まったく、どこかの朴念仁《ぼくねんじん》さんも、罪作りなこと」

シセルニアは扇《おうぎ》で顔を隠すようにして、そう言った。

舌戦というか、どこか言葉の空中戦にも似たこの一連のやりとりで、シセルニアにとって明らかになったこと。それは残念ながら、この肝《きも》が据わった貴族令嬢――フェリネラ・ソカレントは、単なる傑物《けつぶつ》という以上に〝乙女《おとめ》〟であるということ。

そして彼女は、シセルニアの胸の内の計画に、明確な異物として紛《まぎ》れ込んだ余計な駒《こま》でもある。立場としてはアルスの友軍ということは疑いないが、問題はフェリネラがアルスに対して抱く個人的感情とその関係の近しさだ。

チラリとシセルニアは扇の隙間《すきま》から、アルスの背後にもまた、改めて視線を送る。

そこにいる銀髪《ぎんぱつ》の少女——ロキ・レーベヘル。彼女については以前から察知しており、情報も持っているので今更《いまさら》特に問題視していないが、先程《さきほど》の二人の会話に対する態度を見ている限り、彼女もまた十分に〝乙女〟であるようだった。

（まったく……罪作りどころか、十分な大罪じゃないかしら？）

そう心中で思いながら、アルス本人を眺めるが、彼は別に反応を示すでもない。

（相変わらず、自覚なさそうね。まあ、単に色男がモテてる、というような軽い話でもないけど）

それにしても、フェリネラの頑なな態度は気になる。

自らもアルス——彼の力に対して執着《しゅうちゃく》があるのだと思っているが——にこだわりがあるシセルニアにとって、それは唯一の誤算と言えなくもない。

が、何はともあれ、こうして目の前に現れた女性陣《じょせいじん》の中には、もう一人の姿がある。

そう考えて、シセルニアは気を取り直した。

金髪《きんぱつ》の少女リリシャを改めて眺めた彼女の口端《こうたん》が、少し持ち上がる。そう、まんざら誤算ばかりだった、というわけでもないのだ。

（いろいろ考えるべきことはあるけれど、駆《か》け引きの楽しみは大きければ大きいほど、後に取っておくほうが良いものね。まあ、まずはフェリネラ・ソカレント。この可愛い生徒さんを、改めて撫《な》でて差し上げましょうか）

フェリネラが、学内きっての実力者であることは、先の7カ国親善魔法大会で証明されている。さらにソカレント家の令嬢とはいえ、学院の一生徒如《ごと》きに舌戦で優位に立たれたままでは、元首として面白《おもしろ》くない。

しかもそれは政治的駆け引きなどですらない、乙女としての純粋《じゅんすい》な想《おも》いを懸《か》けた勝負。その盤上で、フェリネラは真っすぐに自分の想いを露《あら》わにした。恥ずかしげもなく言葉にし、自分に向かって、乙女の武器を構えて見せたのだ。

対して、あくまで自分は、いずれアルスを戦力として近くに置きたいと考えているだけ……その気持ちの裏にあるのが果たして異性としての執着なのかどうかはともかく、そういう意味でシセルニアは、別にフェリネラと同じ土俵に上がっているつもりはない。

（まぁ、第一私は〝乙女〟なんて柄《がら》じゃないし。とはいえ、この手のことって、今まで経験したことないわね。フフッ、面白いわ。そう、この子が私の気持ちを何だと思ってるのか知らないけど、先手を取られた上に牽制されるなんて）

確かに予定外だが、これはこれで面白い余興なのだろう。いや、何でも全てを卓上遊戯《たくじょうゲーム》のように捉《とら》えてしまうのは、自覚している自分の悪い癖だ。少女の真っすぐな想いが乗った真剣《しんけん》勝負を、暇潰《ひまつぶ》しめいた擦《す》れからしの大人の娯楽《ごらく》にすり替《か》えるのは、どうにも卑しい行為《こうい》ではないか。

頭を一つ振って現実に立ち返ったシセルニアは、目の前の少女に、女性として好感めいたものすら抱き始めていた。

「まあ、いいわ。話を戻すけど、皆の目があるところでアルスと食事、ねぇ」

どうにも感心できない、という風に意味深な溜《た》めを作ったシセルニアに、フェリネラは言う。

「いいえ、おかしなことなど何一つございません。何よりアルスさんは、学内でもご本人の望むと望まざるとにかかわらず、何かと目立ってしまうことが多い立場。アルスさんのご事情を存じ上げている者として、さらには同じ学院の上級生として、常々気にかけているだけのつもりです。それとも、そんなことすら逐一《ちくいち》、元首様の許可を……」

フェリネラが言いかけた言葉に含まれる小さな棘《とげ》を、シセルニアは聞き逃さなかった。

「ええ、そう。必要、よね？」

「……!!」

真顔でそう応じたシセルニアに、フェリネラは一瞬耳を疑うかのような表情を浮かべ、そして、改めてそっと唇《くちびる》を引き結んだ。

この場にはアルスももちろん同席している。そして己を管理したり束縛《そくばく》したりするかのような言動は、とかく彼が嫌うところだ。それを知っていてなお、シセルニアはそう言ったというのか。アルスの反発を予想してなおというなら、彼女にもまた、どうしても譲《ゆず》れない覚悟《かくご》や想いが……？

だが、そんなフェリネラの反応をひとしきり楽しんだかのように、シセルニアは微笑し。

「そんなに考え込まないで、冗談《じょうだん》よ。アルスも一国のシングル魔法師である以前に個人ですもの、そうそう無茶は言えないわよね。それでなくともよくやってくれているんだから、……そう、いつも無理難題ばかり押しつける私を陰《かげ》で嫌っていないか、心配になるくらい」

憂《うれ》いを含んだ笑みを浮かべつつ、シセルニアは「ああ、全部私の独り言みたいなものだから、気にしないでちょうだい」と優しく続ける。

さすがにこの時点でフェリネラは、内心で引《ひ》き際《ぎわ》を考えざるを得なかった。彼女はもとより、無秩序《むちつじょ》を好み支持する性質《たち》ではない。貴族令嬢にして優等生たるが故《ゆえ》に、どこかでまだ、一国の元首たるシセルニアの意向を、完全に無下にはできない。

アルスと共に食事するのにすら許可が必要、という言葉。すぐに冗談だと撤回《てっかい》したとはいえ、元首シセルニアがその心の内を明かした、今の一言。

さらに追い討《う》ちを掛けるように、この絶世の美を備えた元首が、アルスを気遣《きづか》うかのような言動すらも見せたのだ。

乙女としては何一つ譲る気がなくとも、元首の下に在るべき貴族の令嬢としては、ここでなお頑固《がんこ》に譲らないのも、大人気ないと言える状況《じょうきょう》。とりあえずは一時休戦という流れを、フェリネラはようやく受け入れた。そして一つ学んだ。軍や延《ひ》いては国の中枢は、まるで全て化かし合いのようで、力不足を痛感せざるを得ない。

「……いいえ、仰《おっしゃ》りたいことは分かりましたので。シセルニア様もそのへんは、お気になさらず。そもそもアルスさんも、そこまで意地悪ではございませんよ」

言わされた感が強い言葉であるが、それでもできるだけ誠意を伴《ともな》うよう、意識的に努力しつつ、フェリネラはそう告げた。

アルスの前では常に淑女たらんとするからこそである。

これで一先《ひとま》ず状況は一段落したわけだが、一見何気ない二人の会話の裏を完全に読み解くことができた者は、この場ではリンネだけであった。

アルスはもちろん、ロキとて、全体のニュアンスとしては半分程度しか理解できていなかった。ただリリシャなどは、正直ずっと冷や汗《あせ》が止まらない思いだったのだが。

彼女の個人的な気質のこともあるが、そもそも【アフェルカ】の成り立ちを考えれば、リリシャが元首の意向に過敏《かびん》に反応してしまうのも、仕方がない。かつては元首の片腕とも呼ばれた組織である以上、【アフェルカ】はアルファの正規軍などよりずっと強く、その影響下《えいきょうか》にあるのだから。

これまでのやりとりを聞きながら、リリシャは知己の者の無礼に、思わず平伏《へいふく》して詫《わ》びたい気持ちでいっぱいになってしまうほど恐縮していたのである。

そんなそれぞれの胸中など構うこともなく、アルスが一歩、シセルニアの正面に進み出る。会話の裏で交わされた内容自体はさっぱり分からなくても、それが一段落したことだけは理解できたからだ。アルスは開口一番、語気鋭く言う。

「俺の用件は、分かってるな」

「ご挨拶ね、アルス。こうしてあなたが自分から王宮に足を運んでくれるなんて、いつ以来かしら。確か、あなたは勲章《くんしょう》の授与式も不参加だったから……そう、もうずっと昔のことだったわね～」

遠くを眺めるような目でとぼけて見せるシセルニアを、アルスは逃がさないとばかりに、もう一度、冷たい眼光とともに見据《みす》える。

「俺も、ダラダラと余計な話に付き合ってやるほど暇《ひま》じゃないんだが」

まったく、韜晦《とうかい》的な話術や腹芸の巧《うま》さを競《きそ》わせたら、彼女に勝てる人間はいないだろう。

アルスとしては、このままペースを握られないために、先手を打った形だ。

「ここまで派手にお前の計画に巻き込んでおいて、知らん顔で済ませられると思うのか。あまり人を舐《な》めるなよ」

「うわ～……ねぇ、ちょっと言い方が乱暴じゃない？　別にあなたを怒《おこ》らせたいわけじゃないのよ。こっちにはこっちの事情があるのよ。それに、どうせまともに協力を仰いでも断るクセに」

「当然だ。ベリックまで使って、まったく手の込んだことをしてくれる」

「あら、もうそこまで掴《つか》んでいるのね。それなら一度はちゃんと謝《あやま》らないと、かしら。御《ご》免《めん》なさい、アルス」

椅子《いす》の上で一礼しての詫びの言葉だったが、形ばかりのもので、さほど誠意は感じられない。悪びれもしない様子から、心底からの謝罪ではないのは明らかだった。

「あらあら、まだ足りなかった？　そんなにムスッとしないで……ね、アルス？」

「心中、察していただけたようで何よりだ。その程度で、胸のつかえが下りるとでも？」

アルスが思い切り嫌味《いやみ》で返し、シセルニアは肩《かた》を竦《すく》めて。

「仕方ないわね、私の計画の詳細《しょうさい》、もっと聞きたいの？」

「ああ、これ以上巻き込まれるのは御免だからな。だが何やかやとはぐらかされるのも面倒だ、単刀直入に聞く」

「なぁに？　どうせ分かってるんだし、答えてあげるわ。リリシャさん、でしょ？」

ニヤリとシセルニアの口角が持ち上がった直後、彼女はパチリと指を鳴らし、合図とともに、今まで場にいなかった新たな人物の入室を促す。

コツン、コツンと小さく杖《つえ》を突《つ》く音とともに、ゆっくりと玉座の間に入ってきたのは、少々時代がかった服装の、老齢《ろうれい》の女性であった。

「ミルトリア師匠《せんせい》⁉」

彼女が現れたと同時、まずそんな裏返った声を出したのはリリシャであった。彼女は弾《はじ》かれたように顔を上げ、目を丸くしていたが、すぐにその緊張《きんちょう》した表情が、ここで懐《なつ》かしい知己に再会したかのように和らいでいく。

一方、アルスはさして驚《おどろ》きもせず、その名前をそっと、心中で繰《く》り返す。

（ミルトリア……ミルトリア・トリステン？）

すぐに該当《がいとう》しそうな人物の名を、脳内データから引き出すことができた。記憶《きおく》が正しければ、その名はかつて見た、重要魔法《まほう》研究者の名簿《めいぼ》に載《の》っていたはずだ。確か、群一体化及《およ》び術式並列化理論の提唱者として。

油断なくその老女を見つめるアルスの視線の向こうで、ミルトリアと呼ばれた老女は、まずリリシャに優しく微笑《ほほえ》みかける。

「苦労をかけたわさ、リリシャ」

「いいえ、いいえ……わ、私が至らないばかりに！　未熟な弟子《でし》でしたが、今はもはや家をも追われて。師匠《せんせい》も、私をかばわれたばかりに、立場と役職を失って……」

「お前が気にすることじゃないわさ、そもそもこの老骨には、あれくらいが潮時だったんじゃ。それに現当主とも、もはや気が合わなかったからの」

リリシャとミルトリアの関係はとりあえず今のやり取りで分かったが、アルスとしてはどうにもいわくありげな彼女の登場に、嫌《いや》な予感を覚えずにはいられなかった。

そんなアルスの胸中をよそに、シセルニアは彼女を紹介《しょうかい》するように、上に向けた掌《てのひら》で一同に指示して。

「ミルトリア老は、特別待遇《たいぐう》で呼び寄せた偉大《いだい》なる先達よ。先代の〝魔女《まじょ》〟にして現在は【アフェルカ】の相談役。過去には、その隊長格だった方ね」

「ほっほっほ、今やただの婆《ばばぁ》さ。それに隊長なんて言われると、ちょっと語弊《ごへい》があるわさ。実質、昔の【アフェルカ】は二人で回していたんだからねぇ。そう、あの頃《ころ》の【アフェルカ】にゃ、とにかく仕事が多くてな……」

今にも長々と昔語りを始めそうなミルトリアに、シセルニアが「あ、長話はやめてね」

と釘《くぎ》を刺《さ》し、ミルトリアは分かっとる、と言い置いてから、アルスをじっと見つめる。

「お前さんがアルスかえ、なかなか精悍《せいかん》な顔付きをしているわさ。なるほど、リリシャが気に入るはずさね」

「え、私は別に……」

驚いたように言うリリシャを横に、ミルトリアは温和な顔で、そっと首を振った。

「リリシャ、お前は正式な弟子ではないが、この婆はお前の心が見抜《みぬ》けぬほど耄碌《もうろく》はしとらん。それに、お前の状況もな。そもそも相談役たる者のところに、【アフェルカ】内部に関する噂が届かぬわけもあるまいに」

「は、はい……」

小さく呟《つぶや》いたリリシャから、ミルトリアは今度はアルスへと向き直り。

「ふむ、アルスとやら、聞いた話だとお前はシスティの学院に通っとるそうじゃな。しかしシスティが今や若者を教え導く立場とは、どうも最近、ぐっと歳を取るのが早いわけじゃわ。この前も、わざわざ訪ねてきてくれたが……そういえば、システィはリリシャの姉《あね》弟子《でし》ということになるのかね」

「……!?」

アルスの瞳《ひとみ》が、そっと細められる。システィの情報源……それがこの老女だということが、今や確信できたからだ。なるほど、それならシスティが【アフェルカ】の暗殺者としてのリリシャの動きを知っていたことも理解できる。

リリシャもまた、驚いたように言う。

「理事長が……師匠《せんせい》の⁉」

「ああ。だからこそ〝魔女〟の二つ名を継《つ》いどるわけじゃ。元首様も言っていたろう？　こっちは先代、現役《げんえき》があちら、というわけさ。まぁ、あれはあれで可愛い弟子さね。もっともリリシャ、お前はちょいとばかし魔法の方は向いてなかったんで、仕込み方は違うが」

「そ、そうだったんですね……」

「まあ、人を教えるときは適性を見て、というのが大事なんじゃよ。それはそうとアルス、あんたにも随分面倒《ずいぶんめんどう》をかけたようで、改めてすまなんだな。そして、この子を救ってくれたことにも礼を言うよ」

「フェーヴェル邸《てい》でのことを言っているなら、成り行きです。それにシスティ理事長、あなたの弟子に、まんまと乗せられたところもありますし。まあ、半ばは俺の選択《せんたく》ですが」

「カッカッカ、そうかいそうかい。お前に助けられた、という意味では、システィも同じようだね。それならアルス、お前はリリシャとシスティ、我《わ》が弟子二人の恩人というわけじゃな。これでもリリシャは孫娘《まごむすめ》のようなもんさ、少しばかり……いろいろと、恵《めぐ》まれなかっただけでの」

含みを残したその言い方は、仮とはいえリリシャの師であり、同時に孫のように接してきた彼女にしか分からないだろう複雑な感情を示していた。

「それも礼には及びませんよ。結果的にそうなった、というだけです。さて、そろそろいいですかね？　かつて【アフェルカ】のトップだったというなら、話は早い。呪印について……少なくとも、俺達《おれたち》よりはずっとご存じですよね？　まずはせっかく久しぶりに再会した〝愛弟子《まなでし》〟の具合を、少し見てやってほしいんですが」

ミルトリアは真剣な眼差《まなざ》しになり、小さく頷く。

シセルニアがまさかリリシャの治療《ちりょう》のためにミルトリアをここに呼んだわけではないだろうが、いずれにせよ、その点については、アルスの推測は正しかったらしい。

手短に経緯《けいい》を説明した後、我が意を得たりとばかり、アルスがリリシャへと合図を出すと、彼女は徐《おもむろ》に立ち上がって、師たるミルトリアの前にある椅子に、背を向けるようにして座る。ミルトリアも、実のところ一目で、リリシアの状況はある程度まで察していたらしい。続いて、老女の皺《しわ》だらけの手が、そっとリリシャの上着にかけられた。

呪印について、果たしてミルトリアはどんな診断《しんだん》を下すのか。かつての【アフェルカ】のトップだけに、もしや解呪の手段まで知り得ているのか。さすがに興味を引かれたアルスが見守っていると、リリシャがちらりとこちらを見て眉間《みけん》に深い皺を作って怖い顔で見ていた。

「ちょっと！　そんな風にされてたら、それこそ全部が丸見え、なんですけど」

続いて、指でちょいちょいとあらぬ方向を指さす。恥《は》ずかしいから、あちらを向いていろ、ということらしい。

「なんなら、目を覆っとくが？」

「ダメ！」

これ以上逆らうと、この場の女性陣全員を敵に回してしまいそうだ。

仕方なくアルスが回れ右をすると、今度は銀髪の少女と目が合う。

「…………」

ロキの無言が何を意味するのか、それははっきりとは分からないが、溜め息《いき》をついている様子を見ると、どうも心苦しいような気分になってくる。

端的《たんてき》にいえば気が利《き》かないと言いたいのだろうか？　これはまた、後ほど女心について指導が入りそうだ、とアルスが思った瞬間。

「ふぅん、これが呪印？　魔法の一種とも違うようね？」

そんなシセルニアの声が聞こえ、アルスは思わず振り向こうとしたが、先にロキの両手が伸《の》びて、力強く押さえつけられてしまう。仕方なく、アルスは声だけで。

「お前が知らないはずはないと思っていたが？　それは【アフェルカ】によってリリシャが受けた追放者の烙印《らくいん》だ」

そう告げると、微かに息を呑《の》む気配が伝わってくる。リリシャの件についてはあえてノータッチを決め込んでいたらしいシセルニアだったが、この呪印については、初耳だったようだ。温室育ちとはいえ多少のことには動じないシセルニアも、思わず動揺《どうよう》するほど、酷《ひど》い有様だということだろう。

「……やはり、かの。これほどまで、との確信はなかったが」

続いて、ミルトリアの呟きがアルスの耳に届く。

「シセルニア、お前にも分かったろ？　俺達の目的は、リリシャの呪印を解呪することだ。そもそも【アフェルカ】が裏の制約や処罰《しょばつ》に使っている方法だ、かつて奴《やつ》らと関係が深かった元首の筋なら、何か知っているかと考えたわけだ」

「……知らないわよ。そもそも【アフェルカ】については、先代元首からの引き継ぎなんて、当然何もなかったもの。大体、一度として私が直接、彼《かれ》らに何かを命じたことなんてないわ」

シセルニアの先代元首は、つまるところ彼女の父親だ。そして若くしてシセルニアが元首に就《つ》いたのはその先代が、病で崩御《ほうぎょ》したためである。

「でも慣例的にそう受け取られても仕方ないわね。ミルトリア、どうかしら？」

「ふむ、ここまで呪印が広がっているんだ、相当拒《こば》んだねリリシャ」

「……」

リリシャは涙《なみだ》を堪《こら》えるように俯《うつむ》いた。呪印を拒んだがために印は背中を覆《おお》うほどに広がったのだ。【アフェルカ】の一員であろうとしてきて、最後の最後で【アフェルカ】を拒んだ。心の内を見透《みす》かされたようで、それでいて自分が理解できた気もした。

兄に認められたいがために殺しをして、自分の意思など顧《かえり》みなかった。でも、そこにはきっと意思が残っていたのだ。でなければ、兄の命令でフェーヴェル家で死ね、と言われた時何も感じなかっただろう。ショックなど受けていなかったはずなのだ。

だから自分は期待に応《こた》えられなかったのではなく、【アフェルカ】に成り切れなかったのだろう。

でも、今のリリシャは震《ふる》えるだけの弱い存在ではない。

リリシャは師と仰《あお》ぐミルトリアに向かって「はい」と力強く返した。

「そうかい、そうかい。お前は十分頑張《がんば》ったわさ。後は任せな」

リリシャを見るミルトリアの目は、そのまま孫娘を見る目と同じだった。

ミルトリアの話を聞く限り、呪印は受け手の精神的な状況によって、その影響の強さが決まるらしい。最初に呪印を受けた時、それまでの依存的傾向《いぞんてきけいこう》とあいまってリリシャの精神の芯《しん》はかなり弱く、結果的に呪印は心身ともに大きな影響を与《あた》える、文字通り巨大《きょだい》な呪《のろ》いとして彼女に伸《の》し掛かってきてしまったのだ。

ミルトリアは、アルス達にリリシャの状況を掻《か》い摘《つま》んで説明する。

「呪印がここまで広がってる以上、当然魔法《まほう》の行使なんて不可能さね。あと、【アフェルカ】の内部情報も、口外できないようになってるわさ。リリシャ、解呪できるまで迂闊《うかつ》なことはしないことだ、さもないと、これはもっと酷くなるよ。それこそ、魔法師生命に関《かか》わるくらいにね」

アルスはそんな彼女に、疑問を投げた。

「呪印は、闇《やみ》系統の魔法などとは違うはずだ。そこまでのことが可能なのか？」

「あぁ、今の【アフェルカ】には、入隊の儀式《ぎしき》というものがあってね。呪具に血を垂らして、宣誓《せんせい》するんだわさ。そこで入隊希望者は、魔力の基礎《きそ》構造体に干渉《かんしょう》する楔《くさび》を打ち込まれるのさ。その結果、最悪の場合、生涯魔法《しょうがいまほう》はおろか魔力の放出すらままならなくなっちまうんだ。ただ、私のいた頃はもっと酷かったがね。【アフェルカ】からの脱退《だったい》は、いかなる事情であれ、即時《そくじ》裏切りとみなされる。呪印の罰《ばつ》どころか、粛清《しゅくせい》者リストに載ってそれ以後、常に命を狙《ねら》われることになるんだわさ」

それが暗殺を生業《なりわい》とする者の業だと老婆は諦める。陰に生きる者の秩序《ちつじょ》を保つための鉄の掟《おきて》。殺しという禁忌《きんき》を犯《おか》す一方で、強烈《きょうれつ》な鎖《くさり》で自らを縛《しば》らなければ組織として息ができなかったのだ。

「なるほど。実は、リリシャより前に、フェーヴェル家でセルバさんを襲撃《しゅうげき》したヴェクターと名乗る人物がいたんです。もっとも、彼の動機は組織の命令というより私怨《しえん》だったようですが、元【アフェルカ】の一員だったとか」

「ヴェクターか。あの子は昔から、妙《みょう》にセルバにご執心《しゅうしん》だったからね。いずれにせよ、もう生きてはおらんのだろ？　思えば不憫《ふびん》な奴だわさ」

往時を振《ふ》り返るかのようにミルトリアは目を細めた。そこに、シセルニアが割って入ってくる。

「その話は後にしたほうがいいわ。リリシャさんの負うリスクについては、ある程度知っていて、私があえて触《ふ》れなかったのも確かよ」

「そこは認めるんだな」

「ええ、誓《ちか》って言うけれど、呪印についてはは私も知らないことよ。リリシャさんに謝って済むとは思わないけれど、できるだけのことはさせてもらうわ。まずは、そうね……」

　リリシャは上着を着なおしつつ、元首の言葉を待った。

「私が推測できることが一つ。呪印を施《ほどこ》した者ならば、解除できるんじゃないかしら」

　そこまでは、アルスも推測していた情報だ。アルスが頷くと、さらにシセルニアは続けて。

「もう一つ、それを施すのに呪具を使ったなら、解呪にもまた、同じような呪具が必要になる可能性が高いという点。王宮の宝物庫には、【アフェルカ】とより関係が深かった先代が遺《のこ》した物品が集められているエリアがあるの。もしかすると、そこに〝鍵《かぎ》〟となる呪具があるかもしれないわね」

　確かに呪印と解呪がセットであると考えるならば、それを授《さず》けたとされる元首が鍵を相手に全《すべ》て渡《わた》すとは思えない。当然、手元に残しておくべき保険だ。

「鍵が呪具であることは確定情報なのか？　何らかの魔力的な開錠《かいじょう》システムであることも、十分考えられるんだが」

「言ったでしょ、そういったこともあるかもしれない、って話よ」

　シセルニアの言葉に、ミルトリアも同意する。

「私の見立てじゃ、その可能性は高いと思うわさ。その成り立ちにもかかわらず、先代元首様は【アフェルカ】をそこまで信用していたわけじゃなかったからね。何せ、その力を疎《うと》んじて最終的には元首様自らによる、粛清の手が伸びたぐらいだわさ。万が一の保険として、十分あり得る話だわさ」

「一先ず了解《りょうかい》した。何か、手伝えることは？」

アルスが言うと、シセルニアは小首を傾《かし》げた。

「う〜ん、アルスにしては殊勝《しゅしょう》なことを言い出してくれたのに、あいにくなのよね。元首と側近以外の人間を、宝物庫に入れることはできない決まりなの。悪いけど、少し待ってもらうことになるわよ。私の手の者、総出で探させるわ」

「そうか、感謝する」

「…………」

少し驚いたように、シセルニアの瞳が揺《ゆ》れる。その後、フッといつもの艶《あで》やかな笑《え》みが口元を彩った。そして一転、彼女《かのじょ》にしては弱々しげな視線が、アルスへと向けられる。

「意外ね。あなたの口からそんな言葉が出てくるなんて。だって、相当頭に来てるでしょ？そうなるだろうとは予想していたもの。もちろん、以前のことは私だって反省したわ。だから、あなたを自分のモノと思うことはやめたのよ。でも、あなたはアルファ最大の刃《やいば》であり力。だからこそ、どこまで行っても絶対に必要になってくる」

憐憫《れんびん》の欠片《かけら》すらなく、彼女は淡々《たんたん》と事実だけを口にしていた。

「アルス、私は本気よ。本気でこの国のことを、考えているの」

ついにあらゆる虚飾《きょしょく》を脱《ぬ》ぎ捨て、本心から、シセルニアはアルスと対峙《たいじ》する。目の前の最強の魔法師に迎合《げいごう》することなく、元首として、真っすぐに己の言葉で語ることを選ぶ。

シセルニアのその言葉は、そんな覚悟とともに彼女が心底胸襟《きょうきん》を開いたことで解放された、真実の心の声だった。

それを、確かに感じ取った。だからこそアルスの目は、すっと細められていく。今後、彼女の言葉だけでなく、一挙手一投足までが指し示す、いかなるサインをも見逃《みのが》すまいとするかのように。誠意を試《ため》すかのように、アルスは鋭《するど》い問いを投げかける。

「本気だと？　ゲーム感覚で、裏からあらゆるものを動かすことがか？　他人をクソ面白くもない遊戯《ゆうぎ》の盤上《ばんじょう》に勝手に乗せて、お遊びの勝ち負け感覚で駒の多寡《たか》を気にしてるのだとしたら、お前は狂《くる》っている」

「あなたが人の正気を判断するの？　狂ってるのは私？　それとも世界？　いいえ、私に言わせれば、狂ってるのは両方よ。そう、ゲーム感覚で国を動かせるなんて上等じゃない。それこそ、元首ならではの特権ってものよ。そもそもこんな狭《せま》い箱庭の中で、一体何を見た気になれと？　一体何に、誠意と真実を見出《みいだ》して道を歩めと？　狂ってる……？　あなたにしては、まともなことを言うじゃない」

感情的というには、その声には冷静さがある。それは、すでに彼女の中で結論が出ていることであるが故に。

だからこそ、アルスもまた奇妙《きみよう》なことだが、その点については、彼女の〝誠意〟を認めないわけにはいかない。その言葉は、疑う余地もなく彼女の本音なのだ。

アルスにはそれが分かる――己もまた、重すぎる責務、義務から逃《のが》れるため、魔法師の世界から距離を取ったのだから。それは結局、自分に代わる誰《だれ》かに、身代わりとして重荷を背負わせる行為に他ならない。

アルスとシセルニアに違《ちが》いがあるとすれば、彼女が元首である、という一点にある。最強の魔法師とはいえ一個人であるアルスと違い、元首とは、その存在全てが国のために在るといっても過言ではない。いわば人としての形を捨て、あらゆるものを国家に捧《ささ》げている政治的機械装置にも等しいのだから。

「まともかどうかは知らんが、ようやく人間の真似《ふり》をやめたな。だから今だけは、お前の流儀《りゆうぎ》に合わせてやる。じゃあ聞いてやる、この盤上に上がってる駒の数は？　先行きの見込みは？」

「さあね、そんなこと知るかって言いたいとこね。そもそもそこまで自在に未来予想図を描《えが》けるほど、私は万能《ばんのう》じゃないわ。ただ、あなたがその子を助けた以上、私もまた、元首としての権限を存分に使ってそうするわ。アルス、貴方だからよ」

「貴方だからよ」

「過分な褒め言葉《ことば》だが、全てを俺《おれ》に委《ゆだ》ねるのか？」

「違うわよ、あくまで私がそうしたいだけ。そうね、別に付き従えとは言わないから、せめて、そんなに強い敵意は向けないで頂戴《ちょうだい》？　万能じゃないからこそ、私だって本気で臨《のぞ》むのよ。あなたがゲームという私なりのやり方、策謀《さくぼう》でね」

そこまで言われてしまえば、もはやアルスに彼女を責めることはできない。いや、誰も責められない形になるよう、予《あらかじ》め仕組まれているのかもしれないが。方法がどうであれ、なんであれ、彼女が目指す目的地は国を想ってのことに他ならないのだから。

リリシャも被害者《ひがいしゃ》の一人とはいえ、これは、彼女を【アフェルカ】の呪縛《じゅばく》から解放できるきっかけともなるかもしれない。呪印のことは予想外だったようだが、シセルニアは無関心のようでいて、結果的にそこまでのことを考えている可能性もあった。

「ひとまず、リリシャさんには宮廷治癒魔法師《きゅうていちゆまほう》を付けるわ。宝物庫を探す以外にも、解呪に役立つ情報が得られるかもしれないし、今日は王宮でよく休みなさい」

「は、はい！　御高配《ごこうはい》を賜《たまわ》り、感謝の言葉もございません」

「気にしないで、さっきも言ったように、あなたのその状態には、私にも責任の一端《いったん》がある。アルスがそうした以上に、私は私の意志で、あなたを助けると決めただけの話よ」

リリシャは再び深く頭を上げ、そのままリンネとミルトリアに付き添《そ》われて、部屋を後にする。そしてすれ違いざまに、彼女は小声でアルスに告げる。

「ありがとう、アルス君」

「まだ何も解決していない。気を抜《ぬ》くなよ」

返事の代わりに、忠告とも取れる言葉を、アルスはリリシャに投げかけた。真実を告げているとは判断したが、シセルニアの配慮《はいりょ》を額面通りに受け取っていいものかどうかは、実のところまだ結論を保留すべきだと考えている。元首としての彼女と、個人としての彼女。シセルニアは、どうしようもなく引き裂《さ》かれた存在だ。哀《あわ》れとまでは思わないが、そうそう情に絆《ほだ》されていい相手でもない。

だとすれば、まだ降りかかるかもしれない災厄《さいやく》に備えておくべきだろう。

「ねぇ、アルス。こちらも手は尽《つ》くすけれど、リリシャさんを助けるなら、やっぱり【アフェルカ】と接触《せっしょく》するのも手よ。まったく分が悪いとは思わないけど、宝物庫を探すのは、やはり可能性の話に過ぎない。それよりも、施術者《せじゅつ》なら同時に解呪法を知っていることは、まず確実なんだから」

まるで歓談《かんだん》するかのような調子で、シセルニアはそう提示してくる。

「それが出来るなら、とっくにやってる。ただ【アフェルカ】の首領とやらがいる本拠地《ほんきょち》が分かったとしても、穏便《おんびん》に通してくれるとは思わんがな。それとも、お前が紹介してくれるのか？　そもそも、お前はどこまで知ってるんだ」

「お前って、もう！　いい加減にその言葉遣《ことばづか》いっ!!」

シセルニアが眉《まゆ》を顰《ひそ》めるが、アルスはどこ吹《ふ》く風《かぜ》といった調子で。

「敬ってもらいたいなら、それなりの誠意を見せろ。全てにカタが付いた後なら、考えなくもない」

「あっそ。ただ、もう私も疲《つか》れつつあるのよね。〝魔女〟システィがここまで介入《かいにゅう》してくるとは思わなかったしね。それはまあ、ミルトリアのせいでもあるんだけど」

「知らん。そもそもミルトリア女史を呼んだのはお前じゃなかったのか。本来従うべき者が勝手に動いたんだとしたら、お前の人徳不足だろ」

「だって、私はまだ元首として若すぎるし、経験も浅い身だもの。なんだかんだで、ミルトリアほどの猛者《もさ》を顎《あご》で使えるほど、偉《えら》い立場じゃないの。【アフェルカ】だってそう。もともと引き継ぎが不完全で、接点すらろくになかったけど、彼らはもう多分、私の言うことにすら従わない。要は、リリシャさんみたいに素直《すなお》に、元首の威光《いこう》を崇《あが》め奉《たてまつ》ってくれる組織じゃなくなってるってこと。ねえ、アルス、私を助けてくれないかしら」

真剣なのか、からかっているのか、少々判断しかねる声音《こわね》だった。ただ、彼女が決してこのゲームを、心底楽しんでいるわけではないことは、アルスにも伝わってきた。

「時間がないのよ。さっき、本気だと言ったわよね？　あれは本当よ」

「信頼《しんらい》するには不足だな。そもそも助けを求めておいて、全容を明かす気はないんだろ」

シセルニアの返答は、そっと唇を引き結んでの微笑《びしょう》だった。

アルスは舌打ちしたい衝動《しょうどう》を抑《おさ》える。だが、そもそもベリック然《しか》り、人の上に立つ者が、そうペラペラと頭の中にある構想を話すことは稀《まれ》だ。

それで部下を不快にしようとも、譲らないときは譲らないことこそ、トップの資質なのだから。

加えて、真意を掴ませない話術や政治的駆け引きは、シセルニアの得意分野だ。

「ねえ、一時的でもいいの。私の手を、一度でいいから取ってみてくれない？」

翳《かげ》りのある顔で、シセルニアはそっと囁《ささや》いた。だがその手を取れと言いながら、一方で彼女は恐《おそ》れてもいる。アルスの拒絶《きょぜつ》を。だからこそ、真っすぐに手を差し出すことをためらっていた。

ならば、アルスとしてできることは……判断するに足る材料とは。

アルスはこの場に残ったロキとフェリネラへと、視線で問いかける。

フェリネラは無言を貫《つらぬ》き、意見さえ口に出さなかった。ここについては、己《おのれ》の分を守ることにしたようだ。それは、彼女の美徳でもあろう。

ロキは眉根を寄せ、少し困惑《こんわく》した表情だ。彼女は、アルスがまたも良いように駒扱《こまあつか》いされるのを恐れているのだろう。しかし最終的にアルスの判断を尊重するつもりであることは、その視線から伝わってきた。

アルスは決断した。

今、己が学院にあること。

最初は押《お》し込まれた場所だと思っていたが、今は違う。

時を経て、様々な体験とともに、少しずつだが己の判断を積み重ねてここに至っている。

自分は変わったのだろう。だが、それがさほど悪い気分ではない。そう、選んだ道は遠回りに見えても、悪いものではなかった。だから、きっと今度も。

アルスは胸中で「大丈夫《だいじょうぶ》だ」と呟く。

まるで、ロキと己に同時に言い聞かせるように。

乗り掛《か》かった船、というほど軽い気持ちでもないが、そもそもリリシャを救うために動き出したのならば、何があろうと最後まで付き合うべきなのだから。

その結果、伏魔殿《ふくまでん》の主と手を結ぶことになろうとも、多少のリスクは覚悟している。

「……ふぅ。ベリックからの頼《たの》み事《ごと》の方が、まだ気が楽なんだがな。シセルニア、お前のためにに動くのはこれで何度目だ？　俺の記憶が正しければ、もういい加減にしておきたいところなんだが。ただ、今回はリリシャの解呪を手伝ってもらう、その見返り程度なら」

アルスはゆっくりと歩を進めていく。それに応じ、小さく頷《うなず》き、そっと手を差し出したシセルニア。そんな彼女の白くか細い手を、下から掬《すく》い上げるようにして、アルスは己の掌でそっと包み込む。

「ええ、そう言ってもらえただけで、十分よ。公式の場じゃないのが悲しいところだけど」

「贅沢《ぜいたく》を言うな。お前も、ものの言い方が多少は分かってきたってことだろ。頭ごなしにリリシャを救ってやるから協力しろ、とか言われていたら、即座《そくざ》に断っていた」

あえて元首を「お前」呼ばわりしたことには、アルスなりの皮肉が込められていたが、シセルニアは怒るでもなく、ただ微笑む。

「それはよかったわ。危《あや》うく口が滑《すべ》って、そんな言い方をしそうになっちゃったもの。それじゃ、合意成立ね。魔法師位階、第1位の力を、お借りすることにするわ」

「買い被《かぶ》りすぎるなよ。俺だって万能じゃない」

そんな軽口を叩《たた》き合いながら、二人は揃《そろ》って、微《かす》かな笑みを湛《たた》えた。

「そうね、今から言うことは、余計な戯言《たわごと》だと思って聞き流してね、アルス……」

突然《とつぜん》、シセルニアはそんな前置きをしたかと思うと、何とも言えない憂《うれ》い顔《がお》を作る。

「駒《こま》が、駒として定められた通りの動きしかしないのなら、もう少し世界は酷いことになっていたでしょうね。真の可能性は、いつでもきっと予定調和の外にあるの。それが、希望というものかもしれない。何もかもが終わった時……きっとこれで良かった、私にそう思わせてちょうだい」

意味深な言葉を残して、シセルニアはそれきり沈黙《ちんもく》したのだった。

その日、アルス達《たち》は案内された王宮の豪華《ごうか》な客室で、一夜を過ごすことになった。

◇　◇　◇

玉座の間。

夜の帳《とばり》が下り、辺りがすっかり闇に沈《しず》んだ頃、夕食を終えた人々と共に王宮が眠《ねむ》りに就こうとする中、ただ一人この広間に戻《もど》ってきたシセルニアは玉座に腰掛《こしか》け、物憂《ものう》げな表情を浮《う》かべている。

ワインの入ったグラスを傾《かたむ》けつつ、この寒々しい王座で、静けさに満ちた世界を眺《なが》める。

「夢中で駒を動かしているうちはいいのだけど、どうしてゲームの展開が予想通りにいかなくなった途端《とたん》、現実に引き戻されるのかしらね」

そう呟きながら一息にグラスを飲み干すと、手近なワゴンテーブルに載ったボトルに手を伸ばし、新たな一杯《ぱい》を注《つ》ぎ足《た》す。

「ですが、それもまた想定の内なのですよね」

いつの間にか控《ひか》えていたらしいリンネが、そっと立ち上がると、空になったワインボトルを回収する。

「あら、まだこれで一杯目よ？」

「よく言いますね。普段《ふだん》ほとんど飲まないくせに」

「まあね、でもあのフェリネラって子……こちらの意図に気づいていたわね」

「でしょうね。それでいて、喋《しゃべ》らずにいてくれたわけですか。なんと言いますか、シセルニア様と似て、聡《さと》い部分があります」

「そうね。さすがソカレント卿《きょう》の一人娘《ひとりむすめ》といったところね」

「シセルニア様は、ヴィザイスト卿とはお呼びになられないのですね」

「敬称《けいしょう》は家名につけるべきでしょ。一般《いっぱん》にはその名で通っているみたいだけど、そんなのは魔法師界に限っての話よ」

シセルニアはグラスに入った氷をカランと鳴らすと、珍《めずら》しくリンネを労《ねぎら》った。

「苦労が絶えないわね、お互《たが》い」

「私に関しては、シセルニア様の人使いの荒《あら》さが原因なのですが。まあ、お側《そば》に付くことになった時から、覚悟《かくご》はしておりましたけれど」

シセルニアは無言でさらに一口を含《ふく》むと、己がさほど酔《よ》ってしまわないうちにと、残ったワインをグラスごとリンネに渡した。

リンネも酒に強いほうではないが、せっかくなので、残ったワインをグイッと一息に煽《あお》る。

リンネですら、時々忘れてしまいそうになるが、シセルニアはまだ年若い女性である。彼女はその卓越《たくえつ》した知力と特殊《とくしゅ》な立場ゆえに、常に深慮遠謀《しんりょえんぼう》を強《し》いられているとも言えるのだ。

幸い今のところ、その頭脳は国を豊かにするためだけに使われているようだが、この細い身体《からだ》を見ると、彼女が背負う荷はあまりにも重すぎるように思えてくる。

「あの時、アルス様に全てをお話しになられても良かったのでは？」

かのシングル魔法師殿《どの》は、不遜《ふそん》な態度とは裏腹に、必要な時にはそれなりに気を遣《つか》える人物だとリンネは評価している。でなければ、そもそも彼が、あの場に出てくるはずがなかった。

無論、シセルニアもそのことは想定していたのだろうから、きっと彼女も心の底では分かっているはず。アルスに全てを委ねてしまえばと。彼女は怖《こわ》いのだ。

これまでずっと、孤独《こどく》に政《まつりごと》を行ってきたゆえに。

この若き元首は、唯一《ゆいいつ》寄り添えるかもしれない存在たるアルスを、そうと認めつつも、未《いま》だ彼に心の全てまでは預け切れない。

似た者同士なのだろう、とリンネは思う。どっちも天《あま》の邪鬼《じゃく》なのだと。

（まぁ、相手がアルス様だから、とも言えるのでしょうが）

それでも自分は、きっと未来永劫《みらいえいごう》この元首に仕え続けるであろうことを、リンネは疑いはしなかった。孤独を癒《いや》すなどと傲慢《ごうまん》なことは言わない。ただ、傍《そば》にあって見守り続ける。

自分では彼女の全てを支え切れないこともまた、リンネは理解している。やはりいくつかの部分については、アルスにしか補えないものなのだろう、と。

だからこそ、アルスが元首の直属の護衛となってくれれば……。そんな益体《やくたい》もない考えに、縋《すが》りつきたくもなる。

その時。

「シセルニア様……」

ふとリンネは真剣《しんけん》な面持《おもも》ちになり、少し張り詰《つ》めた声で、元首の名を呼んだ。

「時間的にも、そろそろだと思っていたところよ。身体が冷えずに済んでよかったわ」

「背筋は冷やさないでくださいね？　いつか、アルス様に威圧《いあつ》された時のように、粗相《そそう》のないように」

「面白《おもしろ》い冗談《じょうだん》ね。リンネ、じゃ、手筈《てはず》通りにあなたはもう行って」

「私がそれに従わないと、分かっていて訊《き》いてます？」

ニコリともせずリンネは、自分もこの場に残ることを表明する。

事前の打ち合わせでは、玉座の間から離《はな》れる方法も考慮《こうりょ》することになっていたが、やはり危険だ。少なくともこの状況《じょうきょう》下で、元首を残して一人おめおめ退避《たいひ》するなど、一考の余地すらない。

リンネはスッと片手で目元を覆い、そこに映し出される無数の視界を覗《のぞ》き見る。その〝異能〟で宮殿内《きゅうでんない》はもちろん、王宮の敷地《しきち》に至るまでを、あまねく見渡《みわた》した。

【プロビレベンスの眼】……それを限界まで駆使《くし》し、大詰めの舞台《ぶたい》へと導く。

突如《とつじょ》、玉座の間に、一つの影《かげ》が立ち現れた。

つい先ほどまで、ここにはリンネとシセルニアの二人しかいなかったはずだが……一体、いつの間に足を踏《ふ》み入れたのか。

ややあって、その影は声を発した。男性特有の低いものだが、どこか耳に心地よい落ち着いた声色《こわいろ》である。

「お初にお目にかかる、シセルニア・イル・アールゼイト王女」

平淡《へいたん》な挨拶《あいさつ》のようだが、それでいて〝王女〟という敬称を使っているあたり、ささやかな皮肉が感じられる。アルファは元首制なため厳密には異なるのだが、あえて言うなら、ここではまだ戴冠《たいかん》していない王女ではなく、国家の政治の頂点に立つ〝女王〟と称《しょう》すべきなのだから。

まるで彼女の威光を認めていないかのような物言い。薄《うす》ら笑《わら》いを浮かべているらしい男の態度を、シセルニアは一蹴《いっしゅう》する。

「皮肉のつもりだとしたら、今一つ刺さらないわね。フリュスエヴァン家の次男……いえ、今は正当な後継者《こうけいしゃ》になったのかしら、レイリー」

長く伸ばした金髪《きんぱつ》の男は、無言で一歩進み出る。その中性的な顔立ちが、テラスから差し込む月光の下で露《あら》わになった。

その途端……彼の背後の闇から、複数の黒装束《くろしょうぞく》姿が、ぬらりと現れ出る。

「元首様の御前《おんまえ》と知っての狼藉《ろうぜき》か!!」

リンネが一喝《いっかつ》したが、黒装束達の答えは、刃を黒く塗《ぬ》りつぶしたナイフの一斉投擲《いっせいとうてき》だった。だがこの暗がりとはいえ、リンネはさすがに魔眼《まがん》保持者である。彼女がさっと腕《うで》を一閃《いっせん》するや、その異形の暗器は、全て払《はら》い落とされてしまう。

今やリンネの手は、鋭い魔力刀ですっかり覆われていた。

遠くから覗いている時にその視線を悟《さと》られると反動がある魔眼の力だが、この程度の使用ならば、さして弊害《へいがい》はない。

「無礼にも程《ほど》がある！　元首様は命に懸《か》けても、私がお守りする！」

「いいや、もう術中だ。造作もない」とレイリーの囁き声が聞こえた直後、さっき弾《はじ》かれて床《ゆか》に落ちた無数のナイフが、不気味な輝《かがや》きを放つ。

「【縛縄《ヴェイバインド》】」

ナイフを放った者達の口から一斉《いっせい》に奇妙な濁声《だくせい》が鳴ると、魔力で編まれた四本の縄《なわ》がするすると伸び、リンネの腕を縛った。それはそのまま、蛇《へび》のように身体に巻き付き、締《し》めあげていく。

「っ!!」

もがけばもがくほど拘束《こうそく》は強まり、やがて呼吸すらままならなくなる。思わず床に頽《くずお》れたリンネは、さっき自分が払い落としたナイフの刃に、いずれも単一の魔法式《まほうしき》が刻まれていたことを悟った。投擲《とうてき》による攻撃《こうげき》と見えたのは、次なる魔法発動に繋《つな》げるための伏線《ふくせん》だったのだ。

「なっ!?　シセルニア様、お逃《に》げください！」

「………」

だがリンネの言葉が聞こえているのかいないのか、シセルニアはただ無表情に襲撃者達《しゅうげきしゃたち》を見つめていた。

「【アフェルカ】ね。曲がりなりにもプロの暗殺組織が、こんなに回りくどいことをするなんて知らなかったわ」

「安心するといい。王宮内には直に、死体の山が築かれる」

「へえ、まったく、飼い犬に手を噛《か》まれた気持ち……ってほどでもないわね。そもそも飼ってすらいないのだから」

シセルニアの皮肉げな言葉を、レイリーはまるで無視して。

「こうして目《ま》の当たりにして、確信した。その美貌《びぼう》の下に、どれほどの怪物《かいぶつ》じみた精神が潜《ひそ》んでいるのか。やはりウームリュイナの方が、我らの目的と意図に適《かな》うだろう」

「怪物だとか、うら若い女性に対して使う言葉じゃないわね。へえ、そっちに乗り換《か》えるつもりなの？　随分《ずいぶん》と見る目がないわね。自分で首輪を外せるようになるとそんな野心が芽生えるのねぇ」

いかにも余裕《よゆう》めかした軽口を叩き続けるシセルニア。だがその視界の端《はし》で、彼女は倒《たお》れ伏《ふ》すリンネを、確実に気にかけている。

不遜な襲撃者《しゅうげきしゃ》に悟られるわけにはいかないが、その背中には冷たい汗《あせ》すら伝っていた。

それでもあえて玉座に深く腰掛け、暗殺の手練《てだ》れ達を前に、虚勢《きょせい》を張る。なんとも情けない姿だと、心中密《ひそ》かに感じずにはいられなかった。張り子の虎《とら》、今にも化けの皮が剥がれそうな、追い詰められた狐《きつね》とでもいうところか。

自嘲《じちょう》めいた笑いが、そっとシセルニアの口元に浮かぶ。そんな彼女の様子を、レイリーは冷たく眺めつつ。

「いずれ我らの排除《はいじょ》に動くだろうとは思っていたが、ここまで露骨《ろこつ》な策を取るとは、恐ろしい女だ」

フッとレイリーは黒く淀《よど》んだ目を伏せ、まるで闇に溶《と》けるように、その気配を急激に薄れさせていく。

代わって周囲に漂《ただよ》う、静かなる殺気。素人《しろうと》のシセルニアでも、明確な死の予兆を感じ、その瞬間《しゅんかん》が己に迫《せま》っていることを理解できた。あと数秒もすれば、きっと音もなく彼は玉座の傍に立ち、己の心臓に冷たい死の刃が届くのだろう。

椅子《いす》の肘掛《ひじか》けを掴《つか》む手に力が入る。額に汗が滲《にじ》み、手元にせめて短刀一本でもあれば、と強く悔《く》いる。自分でも無駄《むだ》だと思ってはいても、精一杯《せいいっぱい》抗《あらが》いたいと願う。

一秒の間に呼吸が浅くなり、無意識にシセルニアはその頭の中で、〝その時〟まで自分にあと何秒の猶予《ゆうよ》が残されているのかを、数え始めていた。

絶体絶命、それでもシセルニアの口は最後まで微笑を描いていた。

刹那《せつな》。レイリーの姿が完全に掻き消え、煌《きら》めく銀光の切先が、一瞬《いっしゅん》で目の前に出現する。

微かに湾曲《わんきょく》した暗殺者の剣先《けんさき》が、滑るようにシセルニアの喉元《のどもと》へ。

痛みもなく己の首を貫くだろう死の軌道《きどう》を、冷徹《れいてつ》に見届けようとしたシセルニアは、最後の最後で狂気《きょうき》じみた笑みで口角を持ち上げていた。

その直後、鼓膜《こまく》をつんざくかのような高い金属音が至近距離《きょり》で鳴り響《ひび》き、レイリーの剣は脇《わき》から出現した何かに阻《はば》まれた。勢いのままに刃はシセルニアの頬《ほお》を掠《かす》め、そのまま玉座の背もたれに突《つ》き刺《さ》さる。

切れ落ちた黒髪《くろかみ》がハラハラと舞《ま》い落ちる中で、シセルニアは確信した――己が賭《か》けに勝ったことを。この上ない安堵感《あんどかん》が襲《おそ》ってきて、全身が思わず脱力《だつりょく》しかける。

立つこともできそうにないが、ここで無様な姿を晒《さら》すわけにはいかない。

幕引きには、元首としてきっちりと立ち会わなければ……その責任だけは、シセルニアが負い、果たさなければならないものだ。

そんな決意を瞳《ひとみ》に宿した彼女の周囲で、レイリーの刃を逸《そ》らしたもの……張《は》り巡《めぐ》らされた【宵霧《よいぎり》】の鎖が、彼女を護《まも》る結界であるかのように、宙空を揺蕩《たゆた》っていた。

そうと悟るやいなや、瞬時に反撃《はんげき》の可能性を考慮したらしく、レイリーはさっと玉座から飛び離れ、防戦の構えを取りつつ、じりじりと部下達の居並ぶ一線まで後退する。

「ギリギリ間に合って良かったわね、アルス」

「謀《はか》ったな、女狐」

「コンコン……だったかしら？」

アルスの背中の陰《かげ》に滑り込むように身を置いた後、戯《おど》けて見せるシセルニアだが、手の震えまでは隠《かく》せていない。

「お遊び感覚のゲームはどうした？　高みの見物どころか、大博打《おおばくち》になってるぞ」

「あら、私の計画《ゲーム》は、いまだ進行中よ」

「だったら、何故《なぜ》危険な橋をわざわざ渡る」

「私はいつだって真剣に遊ぶの、石橋を叩いて渡る性質《たち》じゃないしね。ゲームであれなんであれ、私が必要だと思えば全てが賭けのチップであり捨て駒《ごま》。なら、そうすべき時に、私自身をも捨て駒に含まなくてどうするのよ？　言ったでしょ、本気《マジ》だって。私が必要だと判断したなら、危険な橋なんていくらでも渡るわ。それがたとえ、炎《ほのお》に包まれた煉獄《れんごく》の橋だってね」

シセルニアの口元には不敵な笑みが浮かび、澄《す》んだ瞳がアルスへと注がれる――複雑な

っていないわ」

心境を完全に覆い隠して。

「元首なんてそんなものよ。お飾《かざ》りに徹《てっ》して満足してられるなら、そもそもこの椅子に座《すわ》ってないわ」

一国のトップだ、美の女神《めがみ》だなどと祭り上げられて、ただのうのうと暮らすだけの平穏《へいおん》な生など、シセルニアはとうに諦《あきら》めている。ベリックを総督《そうとく》にしたことが、彼女の決意の表れなのだから。

アルスは彼女の思考を読もうとする。彼女がどんな計画を立てているのか、そのためなら、生命を狙われるリスクまで負う価値があるのか？

（俺を王宮に迎《むか》え入れ、留《とど》まらせたのはこのためか。最初から、命を狙われることまで織り込み済みか……）

巻き込まれたアルスとしては、シセルニアの思惑《おもわく》は、傍迷惑《はためいわく》以外の何物でもない。それこそ、シセルニアの企《くわだ》てている計画が、本当にただの下らないお遊び程度のものなら、いよいよこの国《アルファ》に見切りをつけてもいいとさえ思っている。

ただ、シセルニアの真意が、未だに掴めないうちは……。

一先《ひとま》ず手を翳《かざ》して、アルスは倒れていたリンネの拘束具に干渉する。単一魔法で組まれているようだが、空間そのものに直接干渉できるアルスには、構成式の一部を乱すこととなど造作もない。

ほどなく解放されたリンネは、シセルニアの側に駆《か》け寄りつつ、アルスに視線だけで礼を述べた。

シセルニアの腕となって動いてくれる忠臣で、戦力に数えてもいいのは実質リンネ一人だ。元首が動けば国内の貴族に少なからず波紋《はもん》が広がる。それを抑《おさ》えつけるには、権力だけでなく武力が要《い》る。

貴族に私兵を持つ権利を与《あた》えた一方で、シセルニアには直属の親衛隊に相当する配下がいない。特に、ウームリュイナ家やそれに近しい家など、強大な対抗《たいこう》勢力に、不穏《ふおん》な動きが見られる今は、それが大きなリスクとなって立ち現れてきたのだろう。

ずっと智略《ちりやく》と優《すぐ》れた政治的立ち回りのみで切り抜けてきたのだろうが、限界も同時に見えてきたといったところか。

アルスは、そっと目を閉じる。

そう考えれば……分からなくもない。やはりシセルニアは孤独なのだ。

そして同時に、彼女は孤独の限界を知ってしまった。

最初は、リリシャの呪印さえなんとかできれば、すぐにでも立ち去ろうと思っていたが……。

アルスは辟易《へきえき》しそうになる気持ちをなんとか心の底に押し込んで、敵対者を見据《みす》えた。流れるような金色の髪《かみ》。長身痩躯《そうく》で、刺すような鋭い眼光を持つ男。どうして同業の匂《にお》いというのは、確信的に感じ取れるものなのか。

殺しをなんとも思わない目は、殺しを日常の一部とした者の表情《かお》は、一様に拭《ぬぐ》えぬ汚泥《おでい》にも似た闇《やみ》を背負うのだろう。

男はおもむろに顔を上げると、およそいかなる感情をも悟らせない、平淡な声を発した。

「予め用意された舞台に上がらされたというわけだ。我々までも駒の一部だったとはな。こちらも十分偽装《ぎそう》できていたと思っていたが、【アルファの眼】を軽《かろ》んじていたか」

次にアルスへと視線を向けた男は、小さく呟《つぶや》く。

「現1位、か。どうやら、やすやすと殺《や》らせてはくれなそうだな」

シセルニアは彼《かれ》に向き直ると、引き結んだ唇《くちびる》を少し和《やわ》らげ、微笑を作った。

「でもこの一幕で、あなたたちに脚光《スポットライト》が当たるのは、これが最初で最後。後は、舞台の上から転がり落ちるだけよ」

「我らに捕縛《ほばく》命令を出したのはこのためだったか。つくづく、恐ろしい智略だ」

「ええ、【アフェルカ】のフェーヴェル家襲撃《しゅうげき》は、失策だったわね。たとえリリシャさんを捨て駒に、大義名分を得るためだったとしても、そもそも仕掛《しか》けるべきではなかったのよ。影の者が、陽《ひ》の下に炙《あぶ》り出されちゃ駄目《だめ》じゃない。身《み》の程を忘れてしまっては、陰が陰でいられなくなるとは思わなかったのかしら」

シセルニアは国内貴族に対して、【アフェルカ】への一切《いっさい》の接触を禁じると同時に、構成員らの捕縛もしくは、それへの協力を命じた。が、それは公にではない。

直近の王宮の動向を察した貴族らに対しての、限定的で極《きわ》めて私的な告示である。正式な命令書をしたためたわけですらなく、元首の押印《おういん》もない告示のみでは、本当にただの告知に過ぎない。ただ、そこに元首の意図が介在《かいざい》すると取れる以上、貴族という生き物は一様に行動を慎《つつし》み、口を閉ざすのだ。何が起こるか分からないがゆえに、まずは日和見《ひよりみ》と静観を決め込む。

もっとも、シセルニアもあえて、そういう相手を選別して伝えていたのだが。そして告示のこと自体は無論、リムフジェ五家には伝えられていない。

結果として噂《うわさ》だけが急速に広まった。【アフェルカ】捕縛の命が元首より下ったと。先手を打たれた、という焦《あせ》りもあったのだろう。

「なるほど。あなたに協力的なフェーヴェル潰《つぶ》しを狙《ねら》った我らの、さらに一手先を行った、と……」

レイリーが静かに言う。

「結果、浮足立《うきあしだ》ったあなた達は巣から突《つ》き出された毒蛇《どくへび》みたいに、行動に出る。王に咬《か》みつこうとね」

アルスはそんな風に、シセルニアが立てた計画が明らかにされていくのを、黙《だま》って聞いていた。

（タイミングは全部リンネさん頼《だの》みだろうな、これ）

いや、シセルニアがここまで綿密に計画を立てていたのなら、襲撃の動きはもちろん、【プロビレベンスの眼】を存分に活用したのだろう。

それが今日中であることすらも、予想していたに違いない。

智謀《ちぼう》の点で双璧《そうへき》をなすとされているベリックよりも、その覚悟を映してか、遥《はる》かに深いところまで考え込まれている。巻き込まれた者への配慮こそ欠けているが、ある程度の無神経さすら、あるいは必要だったのかもしれない。何しろ先程《さきほど》の元首襲撃の折には、シセルニアは命がけの綱渡《つなわた》りのような真似《まね》をやってのけている。

アルスがきっと助けに来る、そんな可能性を信じていたにせよ、危険すぎる賭けであることに変わりはない。

（確かに結果だけなら、シセルニアが想定したどれかの結末には辿《たど》り着くんだろう。しかし、俺がリリシャを救出に向かわなければ、この状況は生まれなかったはずだ）

アルスはかばうように背にしたシセルニアを、肩越《かたご》しにちらりと見やり。

「これが、最良の選択《せんたく》ってことなんだろうな？」

「知らない。でも、ベリックが描いた予想図のうちの一つではあるわ。私はただ、全《すべ》ての可能性を想定した上で、あらゆる状況に対応できる術を考えただけよ。確かに今となっては、このルートしかあり得なかったとも思ってるけど」

「リリシャの呪印を解呪できる機会が生まれる、ということも含めて、か？」

それを解く鍵《かぎ》は、それを施《ほどこ》した者こそが持つ。王宮の宝物庫から手掛《てが》かりが出てくるかも、などとシセルニアは言っていたが、そんな不確実な手段を待つまでもない、と彼女《かのじょ》はきっと知っていた。

鍵となる人物――【アフェルカ】の実質的な首領であるレイリーが、この場に現れると分かっていたのだから。

「そうね。今しがた、元首殺害未遂《みすい》事件が起きたばかりだけれど、その首謀者《しゅぼうしゃ》がリリシャさんの一件についても、きっと鍵を握《にぎ》ってるかもね。一石二鳥でしょ？　今、犯人を捕縛しなくてどうするっていうの、アルス」

「……いい性格してるな」

「悪いとは思ってるわよ、私の騎士《きし》さん」

フンとアルスは鼻を鳴らし、あくまで一時的にだが、黙って彼女の騎士役《ナイト》を引き受けることにする。

「そこで大人しく見てろ」

「ええ、最初からそのつもりよ。それで私は、きっちり最後まで守り切ってもらえるのかしら？」

「黙って座っていろ」

アルスは直接的には答えず、玉座を視線で示すと、ただレイリーに向け、改めて身構えた。そもそも一度は助けたのだ。目の前で彼女をむざむざ見殺しにするような真似はさせない。シセルニアが玉座に座り直すと、周囲には揺蕩う【宵霧】の鎖《くさり》による防御壁《ぼうぎょへき》が、即座に構築される。

続いてアルスは、戦闘《せんとう》に没入《ぼつにゅう》できるように意識のスイッチを切り替《か》える。極度の集中とともに、意識を自分の内側に沈み込ませていく感覚は、久しぶりのものだった。

そうして、アルスはいつもよりずっと深い場所へと己を沈めていく。陽の光のように集中を遮《さえぎ》る余計な思考など一切届かない、己の中で一番暗く、深い所へ……。

（あぁ、殺したら不味《まず》いのか、リリシャの呪印を解かせないとな）

そんな思考さえ、まるでどこか別の場所にいる他人が喋っているかのような、無我《むが》の境地ともいえる深みにまで達した上で……。

ついに、アルスはレイリーと対峙《たいじ》する。

研《と》ぎ澄まされた刃《やいば》のような切れ長の眼で、レイリーは油断なくこちらを窺《うかが》っている。

彼が手に持っているのは細身の短剣《たんけん》であった。

その刃に刻まれた魔法式だけでなく、独特な形状にアルスの注意が向いた。彼の意図を察したように、レイリーが言う。

「愚妹《ぐまい》に施した術を、解こうというのか。リリシャ《あれ》を治して再び使おうなどと、酔狂《すいきょう》な奴《やつ》がいるものだ」

レイリーは、すでにリリシャのことになど関心を失っているのだろう。その口調はごく平淡なもので、憎悪《ぞうお》や侮蔑《ぶべつ》はおろか、彼女に対するいかなる感情をも含んでいない。

「誘《さそ》い込まれた賊《ぞく》の台詞《せりふ》じゃないな」

「たとえ逆賊《ぎゃくぞく》と呼ばれようと今は構わん。そこの頭さえすげ替われば、歴史の立役者へとその呼び名も変わるだろう。我らは粛々《しゅくしゅく》と務めを果たすのみだ」

アルスの挑発《ちょうはつ》には乗ってこず、あくまで淡々《たんたん》と言葉を返すレイリー。感情が備わっていないかとさえ思える口調は、元首を弑《しい》して新体制を作るという目論見《もくろみ》を語りながらも、そこに宿るレイリー自身の悲願や望みめいた感情など、一つも感じさせない。

「まぁいい。お前はどの道ただの襲撃犯でしかない。悪いが、さっさと終わらせて、リリシャの呪印を解いてもらう」

「そうか、そこまで目を掛けているのか、あれに……。ならばその襲撃犯とやらを止めてみるといい。アルス・レーギン」

表立って感じられる殺気すらもなく、あくまで静かに短剣を構えるレイリーの仕草は、暗殺者というよりは魔法師のそれを思わせる。

血塗《ちぬ》られた【アフェルカ】の首領にしては不釣《ふつ》り合いなその印象は、どこか不気味ですらある。アルスは油断なく、そっと目を細めてその動きを注視する。

次の瞬間、レイリーはさっと片手を上げた。アルスの注意をレイリーが引きつけたその刹那、背後に控えていた部下達が、一斉に左右の扉《とびら》に向かって走り出す。

その狙いは、恐らく王宮内にいる元首側の人間の殺害。

だが、それぞれ左右の扉を出ようとした瞬間、凄《すさ》まじい衝撃《しょうげき》とともに、彼らの身体は勢いよく吹き飛ばされ、無様に床に転がる。

「急ぎの用事でも？　あいにく、今しばらくお付き合い頂きますわ」

「フェリネラさんは、派手な登場がお好きなんですか？」

「ロキさんこそ、招かれざるお客様の歓迎《かんげい》には盛大過ぎて、王宮に被害《ひがい》が出るんじゃないかと思ったわよ」

右の扉から現れたのはフェリネラ。左の扉からはロキが姿を現す。

共に手強《てごわ》いとみて、じりじりと後退《あとずさ》りするアフェルカの隊員達。

レイリーと対峙しているアルスは、そちらに視線すら投げず、ただ声だけを飛ばす。

「大丈夫か、雑魚《ざこ》とはいえそいつらもプロだ、あまり無茶《むちゃ》は――」

「アルスさん、先に、全面的に協力すると宣言しましたよね？　それと、私をそこらの学生と一緒《いっしょ》くたにしないでくださいね」

「まあ、すぐに異変に気づいて、先に動いたのは私ですけれども」

張り合うように小さな胸を張るロキ。

アルスとしても、襲撃の予兆を察知して、なりふり構わず部屋を出たのだ。二人に告げる時間などなかったのだが、ロキの中では、アルスの行動など察知していて当然ということらしい。

「ちっ、魔法師風情《ふぜい》がっ!!」

【アフェルカ】の隊員達の中から、そんな憎々《にくにく》しげな声が上がった。

今のは不意打ちを食《く》らったに過ぎない、とでも言いたげな彼らの表情。魔物《まもの》との戦いならともかく専門の対人戦で、自分達が魔法師――しかも少女二人に劣《おと》っているなどとは、到底《とうてい》信じられないのだろう。

「あら、あまり嘗《な》めない方がよろしいのでは？　後で恥《はじ》を掻《か》くことになると思うので。この細腕《ほそうで》では虫も殺せまい、と？　いえいえ、あなた達程度の小虫なら、造作もなく息の根を止めて差し上げますよ」

にこやかにそんな台詞を吐《は》いたフェリネラは、レイピアのような円錐形《えんすいけい》のＡＷＲを、鋭《するど》く振《ふ》り下ろした。

たちまち黒々としたその表面に走る螺旋状《らせんじょう》に描《えが》かれた魔法式が、鮮《あざ》やかに輝き始める。

「話が長いんですよ、フェリネラさん」

辟易とした顔で、ロキは素早《すばや》く魔法式を組み上げ、敵に対話の機会すら与えずに魔法を放つ。

その一撃《いちげき》で、玉座の間の壁《かべ》に大穴が開いた。続いて電撃《でんげき》を纏《まと》い身体強化したロキの姿が掻き消えたかと思うと、一瞬にして敵に肉薄《にくはく》。まず一人へと強烈《きょうれつ》な蹴《け》りを見舞《みま》い、壁の穴から外へと吹《ふ》き飛ばす。

ロキの有無《うむ》を言わさぬ先制攻撃に、フェリネラは呆《あき》れたように肩《かた》を竦《すく》めると、アルスに顔を向けた。

「ということで、この者達は私達が引き受けます、アルスさん」

言うが早いか、フェリネラの風魔法が風壁を作り出し、ロキ同様に敵の数人を強制的に外へと吹き払った。

アルスは頷き返す。

奇襲《きしゅう》ならいざ知らず、正面からの魔法戦ともなれば、如何《いか》に【アフェルカ】相手でも、フェリネラの言うように彼女らもそうそう遅《おく》れは取らないはず。

そしてどの道、もう結果は見えている。

アルスは己《おのれ》が持つ能力〝もう一つの視野〟で、王宮の敷地内《しきちない》の反応を確認《かくにん》していた。おそらくリンネも把握《はあく》しているのだろうし、フェリネラやロキもそれを承知の上で、敵を外へ押し出したのだろう。

(シセルニアはここまで見越《みこ》していたな。王宮に人がいないのもそのためか)

最低限の人数を残すのみで、王宮はほぼ無人だったのは、恐《おそ》らくそれが理由だ。

「さて、こっちも始めようか。罪状は元首暗殺未遂、だったか」

「………………」

だが、レイリーの表情は先ほどから何一つ変化がなかった。ロキとフェリネラが現れた時でさえ、顔色一つ変えずにアルスを、シセルニアをその視界に収めていただけ。

早速《さっそく》外では、追撃《ついげき》をかけたロキとフェリネラの戦闘音が轟《とどろ》いている。

振動《しんどう》で床が揺《ゆ》れ動き、古い柱や天井《てんじょう》の上から、靄《もや》にも似た塵芥《じんかい》の類が降り注ぐ。

それが、やや晴れた瞬間。

前触《まえぶ》れもなく、一瞬でアルスとレイリーは互いの距離を詰めて、剣閃を交わらせる。アルスは鎖を引きながら、自在に剣を操《あやつ》る。

それでいて、シセルニアの周囲には、座標固定された鎖が防御壁のように揺蕩ったままだ。

高速で駆け抜《ぬ》ける互いの一閃が、幾度《いくど》となく交《か》わされる。衝撃音《しょうげきおん》が連続して響き、室内にこだまするように重なった。

攻防《こうぼう》一体の一撃によって繰《く》り広《ひろ》げられる、刹那の死闘《しとう》。

鋭いアルスの刺突をギリギリでレイリーが躱《かわ》しざま、身を翻《ひるがえ》らせての一薙《ひとな》ぎが、間髪容《かんはつい》れずアルスの側頭部に迫る。

アルスはそれをいなす要領で、肘《ひじ》でかちあげる。レイリーの体勢が崩《くず》れ、攻勢に転じるチャンスが生まれた……が、相手もさすがの猛者《もさ》、容易にそれをさせない。隙《すき》を埋《う》めるかのようなレイリーの鋭い蹴撃が、アルスの腹部に飛んできた。

（流石《さすが》に手慣れてる）

主導権の奪《うば》い合い。これほど高度な応酬《おうしゅう》になると、戦いの流れはたった一打で決まる。

だからこそ、互いに隙を作らず、隙を見逃《みのが》さない。

その蹴撃に対しアルスは掌《てのひら》を返すと、相手の足を腹部の前で挟《はさ》み取った。

「……!!」

その一撃は重い衝撃を伴《ともな》っていたが、耐《た》えられないほどではない。身体が自然と数歩分、背後へと押《お》しやられたが、問題なく受け止める。さらにレイリーの格闘《かくとう》術を、アルスはある程度把握《はあく》することができた。

「涼《すず》しい顔して、面白いことをするな」

レイリーの蹴りには、魔力《まりよく》が込められていたのだ。威力《いりよく》を数倍、いや十数倍にも向上させる恐るべき技術だ。そうと気づかずに掌を魔力で覆《おお》って対抗していなければ、アルスの手は砕《くだ》けていたかもしれない。

極めて高度な魔力操作。いや、アルスはそれを卓越した魔力操作の賜物《たまもの》というよりも、もっと別な何かだと一瞬で分析《ぶんせき》する。魔力は威力を数倍に跳《は》ね上げることまではできない。

(魔力操作だけじゃないな。それに、一瞬《いっしゅん》魔力情報の気配が混在した……?)

どうにも解《げ》せない。無論身体強化魔法などではないが、かといって純粋《じゅんすい》な魔力操作とも別物。リリシャの魔力鋼糸然《しか》り、【アフェルカ】の実力者である以上、相手が比較的《ひかくてき》魔力操作を重点に鍛《きた》えていることは予想していたが。

目の前で微《かす》かに重心を落としたレイリーは、瞬間、アルスの視界から完全に消えた。

彼の肉体が持つ物理的な質量が消失し、魔力情報がぶれる。

「ちっ!!」

神速の攻撃が来るかと構えたアルスは、意表を突かれたことを察し、肩越しに背後を振り返る。

レイリーはすでに、アルスからだいぶ離れた場所まで移動していた。狙いはシセルニア、ただ一人。

玉座の間は、いくら広いといってもせいぜい訓練場でいうところの一区画分程度だ。レイリーの狙いに気づいた時には、すでに後を追うには遅《おそ》すぎた。

アルスはシセルニアのもとに駆け付ける代わりに、AWRを引くと附属《ふぞく》する鎖を強く殴《なぐ》りつけた。

一方、玉座で戦いを見守っていたシセルニアは、凶刃《きょうじん》を伴って忽然《こつぜん》と目前に現れたレイリーに対して驚《おどろ》くでもなく、何の反応をも示さなかった。

ここまで肉薄されれば、【宵霧】の鎖による守りも危《あや》ういはずなのに……だが、その理由はすぐさま明らかになる。

アルスが強く叩《たた》いた手元の鎖が波打ったかと思うと、シセルニアの周囲に揺蕩う鎖にも、それが波動のように伝わる。そしてレイリーの刃が届く前に、鞭打《べんだ》の如《ごと》き一打が、側面から次々と彼を襲った。その鮮やかな動きは、まるで大量の護衛兵による迎撃《げいげき》のようだ。

それらを瞬時に弾《はじ》き返したレイリーだったが、シセルニアまでの僅《わず》かな距離を詰めることはできない。伸《の》ばした切先は鎖の輪に阻まれ、そこからピクリとも押し込めない。

さらに打ち続く迎撃の鎖と、その防御《ぼうぎょ》に手数を要したレイリーのすぐ背後に、アルスが迫る。

「戦いの最中だ、目を離すな」

鎖が乱舞《らんぶ》する中で、アルスは動きを妨《さまた》げられることなく、レイリーの背後を捉《とら》える。

魔力刀の刀身を伸ばし、それを敵の背中へと突き通す――が、その感触《かんしょく》は手に全く伝わってこない。ぬるりと、そんな形容が正しいか、いつの間にかレイリーの姿は、かき消えていた。代わりにアルスが伸ばした刀身は、その勢いのまま猛然《もうぜん》とシセルニアに迫る。だがあわや、というところ、まさにシセルニアの眼前で、それはピタリと止まった。

直後、アルスの腕から血飛沫《ちしぶき》が飛ぶ。

「なるほど」

腕を浅く斬《き》りつけつつ、レイリーはまんまと逃げおおせていた。後方へと軽快に宙返りして着地したレイリーの方へと、アルスは即座《そくざ》に身を翻す。

次第《しだい》に、意識の集中がさらに高まっていく。微かな高揚《こうよう》感すらも鳴りを潜め、裏の仕事をする時の感覚が戻《もど》ってきた。

アルスはもう片手に魔力刀を構築して、二刀流でこの強敵に挑《いど》む。

間髪容れずに高速で斬りかかると、再度の剣戟《けんげき》の応酬が始まった。

「速度を上げるぞ」

先程よりもさらに高速でアルスは剣を振るう。常人の目ではまず捉えることが不可能な領域で、互《たが》いの剣がぶつかり合う。

瞬《まばた》きをする暇もない攻防であったが、次第にアルスの速度が勝り始める。レイリーの身体《からだ》のあちこちに切り傷が目立つようになるが、紙一重《かみひとえ》で躱されており、どれも致命傷《ちめいしょう》ではない。

こうなると一手一手の駆け引きの積み重ねが、最終的な勝敗を決めることになる。

しかし、アルスの脳内では、すでに戦闘に最適化された分析回路が構築されている。まるでチェスの手を読むかのように、如何《いか》に最速で相手を無力化できるかを思索《しさく》し、無数のアーカイブから最善手を検索《けんさく》する。

そして、機械じみた処理速度で、チェックメイトに至る戦術が組み上げられていく。

もはや決着は時間の問題かに思われたが、レイリーがふと、短剣を持ち直した。

直後、その手に異様な魔力が纏われていく。

「……………」

彼の手が突如、アルスの視界の中で歪《ゆが》んだ映像《ビジョン》のようにぶれた。いや……視覚上だけのことではない。実際に別途《べっと》、もう一組出現したレイリーの腕《うで》と刃が、まったく同時にアルスを襲ったのだ。一刀を鍔迫《つばぜ》り合いの要領で受け止めたアルスだったが、一瞬の隙に、もう片方の切先により、腕を刺し貫《つらぬ》かれていた。

再び鮮血《せんけつ》が飛び散る中で、アルスは割に合わないカウンターとして蹴りを相手に見舞って一度距離《きょり》を取った。

左腕から流れる血が、指先から滴《したた》り落ち、小さく床を叩く。

だが驚きはない、少し確認したかっただけ……。

「魔力による複製を、ここまで使いこなすとはな。お株を奪われた気分だ。いや、そのAWRの特性か。いずれにせよ、人間の為《な》せる芸当じゃないな」

レイリーは、アルスが魔力刀《まりょく》を構築する以上の技量で、腕から先を手にした短剣ごと、そっくりそのまま複製したのである。それは事実上、肘から先に二つ手があるようなもの。

「【灰被《かぶ》りの骸《むくろ》】を見抜《みぬ》くか」

言葉少なにレイリーは、短剣を一振《ひとふ》りして血を振り落とす。

すると、彼の背から魂《たましい》が抜けたように、どこか幽鬼《ゆうき》めいた魔力の塊《かたまり》が現れる。魔力情報体なのだろう、辛《かろ》うじて視認《しにん》はできるが、極めて不完全な姿形をしている。

それはいわば、おぼろげな分身というべきもの。

レイリーの背中から生え出ているとでもいった、異様な存在である。恐らくそれは、本体とは別に、並列して独自の魔法を組み上げることさえ可能な擬似《ぎじ》人格体。ただ、外見はレイリー本人の鏡写しではなく、どこか女性的な雰囲気《ふんいき》があった。

こういった魔法は、普通《ふつう》なら召喚《しょうかん》魔法に類別されそうなものだが、果たしてこれを魔法と呼べるのかどうか。

まずは魔力で外形のみを構築し、内部の自立機能は、ＡＷＲの力による複製で代替《だいたい》していると見るのが妥当《だとう》であろう。

（初めて見るが、面白《おもしろ》い）

アルスが知るところでは、転移門だろうか。その原理もまた、本人の魔力情報体を離《はな》れたところに転写しているという意味では、似たところがある。しかし無論コピーを造り出すようなことはできないし、そもそも複雑な装置を必要とせず、ＡＷＲ一本で成《な》し遂《と》げていることこそ驚愕《きょうがく》すべきだが。

こんな離れ業《わざ》をやってのけるということは、普段《ふだん》からレイリーは、自身の魔力情報の上に異なる魔力情報を重ねることに長《た》けていると考えるべきだろう。

何度か見せた高速移動や、先ほどアルス必殺の一刀を躱した、独特の回避術《かいひ》は精巧《せいこう》なまでの魔力具現化現象によるもの。

あれはつまり、レイリーの空間上の位置を、視覚どころか魔力的にも正確に捉えることができなかった故《ゆえ》の現象だったのだろう。認識阻害《にんしきそがい》も兼《か》ねた技術であり、駆使《くし》されれば、術者への正確な物理攻撃はもちろん、精密な座標軸《ざひょうじく》を必要とする魔法などでの直接的な干渉《かんしょう》は不可能だ。

ふと、夜空の月を雲が覆ったのか、室内に差し込む光量が一段落ちた。レイリーはおもむろに、視線を大穴の外へと向けて呟く。

「夜も更《ふ》け始めてきたな」

そんな何の感慨《かんがい》もなさげな一言。アルスが見たところ、レイリーという男はどうにも冷たすぎるというか、その動き同様に、酷《ひど》くとらえどころがない。

ここまでシセルニアにしてやられたというのに、彼の態度には憤怒《ふんど》の類は一切認められない。きっとリリシャを処断した時も、きっとごく冷徹に、無機質的な侮蔑だけを示してそうしたのだろう。

が、アルスはふと気づく。レイリーが生み出した〝分身〟の変異に。夜陰《やいん》がかえって魔力体の輪郭《りんかく》を濃《こ》くしたように、次第にその姿がはっきりし、まぎれもない意志を宿したかのように、戦いの構えを見せたのだ。

「……ここからは魔法《まほう》も使ってくぞ」

手加減なしだ、との忠告代わりであるかのように、アルスはそう言い放つ。

冷え冷えと冴《さ》え渡《わた》った双方《そうほう》の視線が交わり、アルスはさらに速度を上げて走り出す。

ただ先程言った通り、レイリーに対し、普通の魔法で直接干渉するのは悪手だ。何しろターゲットの空間座標位置など、魔法の成立に必要な根本的な要件を巧《たく》みに覆い隠すのに長けた相手なのだ。魔法構成に一手間掛《か》かる分、かえって隙を突かれかねない。

アルスは駆けながら手を後ろに引き、魔力を練り上げる。

レイリーの眼前まで一気に距離を詰《つ》めつつ、引いた腕《うで》ごと【宵霧】を一閃《いっせん》させる。その【宵霧】を軽々と受け止めていなすレイリー。だがその途端《とたん》、アルスが纏わせておいた電撃が、しっかりと刃を伝って相手へと流れ込む。

しかし、まるで予想していたかのように、レイリーは腕を振り払《はら》う勢いを利して、電撃を跳ね除《よ》けた。

（やはり効果は薄《うす》いな。カモフラージュというか、二重の魔力情報を身体に重ねることで、魔力・魔法耐性《たいせい》向上の効果までもたらしているのか）

そして現在のレイリーには、分身が備わっているため、実質腕が四本あるのと同じだ。故にアルスの一閃を躱した時点で、即座に反撃に転じるのも容易。

案の定、独自に反応した分身の腕は、その切先をアルスの胸部へと振るい、狙い違《たが》わず刺し貫く。

仕留めた、という手応《てごた》えを僅かに表情で示したレイリーが、異変を察してふと眉《まゆ》を顰《ひそ》める。

魔力刀で身体を確かに貫かれたはずのアルス。その身体が魔力光の粒子《りゅうし》に包まれ、霧散《むさん》していく。

直後、粒子の中を潜《くぐ》り抜けたかのように、アルスがレイリーの懐《ふところ》に迫る。

分身には分身を。アルスは事前に、背後に自身と同等の魔力情報を含《ふく》むダミーを構築していた。レイリーほど巧みではないが、それは【二点間情報相互移転《シャッフル》】が使えさえすれば、アルスなら十分可能な技術だ。

そして、胸を貫かれる直前に、背後の魔力塊《まりょくかい》と自分の位置を入れ替え、直《ただ》ちに攻撃《こうげき》に移行したのだ。

予想通り、さしものレイリーも意表を突かれたようだ。

ちなみに二つの物体の空間座標を丸ごと入れ替えるのが【シャッフル】の概要《がいよう》だが、必要条件として相応量の魔力情報を必要とする。今回は仕込みの時間が取れて幸いしたが、魔力的に自身の複製を作る手は、そう何度も使えない。しかも一度見せた技であり、レイリーには、二度目は効かない可能性が高いだろう。

ともあれ、この機会を逃《のが》す手はない。アルスは相手の足を払い、そのまま腹部を蹴り上げる。

今度は確実に、レイリーの身体の芯《しん》を捉えた感触があった。強い衝撃にレイリーの身体が浮《う》き上がり、天井へと吹き飛ぶ。そんな彼に向かって、アルスは追撃とばかりＡＷＲの輪を指で挟む。

「【朽果ての氷華《マリス・フロム》】」

魔法名を告げた直後、アルスの足元を起点に生まれた氷の枝が、空へと昇《のぼ》るように伸びた。さながら朽《く》ちた氷樹のように、あらゆる魔力を凍結《とうけつ》させるその枝先が、ぐんぐんと空中に走り、レイリーを追っていく。

魔力残滓《まりよくざんし》の痕跡《こんせき》を辿る【マリス・フロム】。恐るべき氷の搦《から》め手《て》は、レイリーへと一気に肉薄した。

しかしその先で、レイリーは空中でくるりと体勢を入れ替え、猫科《ねこか》の肉食獣《にくしよくじゆう》の如くしなやかに天井へ、と、着地。迫《せま》り来る氷の枝を見据え……そして一つ残らず、氷の枝を斬り伏《ふ》せる。

たちまちガラスのように砕けた氷の破片《はへん》が、一斉《いっせい》に床《ゆか》へと降り注いだ。が、断たれたそばから氷の枝は再生を開始。

それに対抗するかのようにレイリーもまた高速でAWRを振《ふ》り、分身体も主に倣《なら》うかのように、同様に氷を破砕《はさい》していく。

それを見上げつつ、アルスは腕を振り上げる。今度はアルス自身が【マリス・フロム】を砕き直すと、新たな魔法を構築した。

続いて掌打《しょうだ》の要領で突《つ》き出すと、半透明《はんとうめい》の壁がレイリーを下から打ち上げる。

レイリーはさらに上空へと吹き飛ばされ、広間の天井に叩きつけられる。

さらにアルスが腕に力を込めてレイリーに向けて突き出すと、加えられた衝撃によってレイリーの身体は天井を突き抜けて吹き飛ばされた。そのまま天井が崩れ、壊《こわ》れた石材がアルスの頭上に落ちかかる。

だが、すでにアルスの姿は、床上《ゆかうえ》にはない。

シセルニアを守る鎖の先端《せんたん》、それが、天井の大穴の向こうへと伸びている。

アルスはすでに、レイリーを追って、穴の先へと向かっていた。

一方、天井を身体が突き抜けた勢いのまま、王宮の敷地《しきち》全《すべ》てを一望できる高さにまで昇ったレイリーは、コートを翻しながらカッと目を見開き、空中で体勢を立て直す。

だがそのすぐ背後、瞬時《しゅんじ》に現れたアルスが、濃い影を被せてすでに蹴りの体勢に入っていた。

襲《おそ》い来る衝撃を、レイリーは腕を交差させてブロック。しかし、身体をさらに捻《ひね》って二撃三撃と畳《たた》み掛けたアルスの連続蹴りが、加速度的にレイリーの身体を再び地面に向けて叩き落とした。

ダメ押しとばかり、急速落下するレイリーの着地を狙って、【宵霧《よいぎり》】を投擲《とうてき》。

わざわざ投擲を選んだのは、攻勢の主導権を手放さないためでもあるが……。

同時に別の理由もあった。気づくとアルスの足は、あちこちが幾重《いくえ》にも切り裂《さ》かれていたのだ。

蹴りを見舞ったと同時、例の魔力情報体、いわゆる〝分身《ダブル》〟の反撃《はんげき》を受けた結果である。

ただ幸いなことに、さすがに術者本人を超《こ》える動きができるわけではないらしい。そこはやはり複製、コピーの範囲《はんい》を出ないようで、この程度で済んだのは御《おん》の字《じ》といったところだろう。

アルスは舌打ちすると、改めて高速で落ちていくレイリーの姿を追う。

そんなアルスの目の前で、レイリーの着地際を狙った【宵霧】の投擲は、命中直前で完《かん》璧《ぺき》に回避されてしまった。

まるでレイリーが二人に分裂《ぶんれつ》したかのように、分身と本体がそれぞれに身体を捻って左右に分かれたのだ。【宵霧】は虚《むな》しく中央に生まれた空間だけを貫き、その勢いのまま、地面に突き立った。

（さすがに仕留められないか⁉）

止《とど》めのつもりだった攻撃を回避され、そのまま無事着地された。すぐさま彼を追うように着地したアルスに、レイリーと分身が挟撃《きょうげき》を仕掛けてくる。

鎖を引き戻し膨大《ぼうだい》な魔力で覆ったアルスの眼前で、剣閃《けんせん》が鎖の上で火花を散らす。が、その剣筋は途端に力が抜けたように鎖の上を滑《すべ》ると切先がアルスの首元へと滑り込む。

視界の端《はし》で辛うじて捉えると、身体を捩《ねじ》りながらそれを回避。薄皮《うすかわ》が裂かれたと感じた頃《ころ》には分身体の剣が回避を予期して刺《さ》し込まれる。

「チッ！」

舌打ちしながらアルスは足先に力を込めてギリギリで跳《と》び退《すさ》った。

その後退を、形勢優位を逃すはずもなく、追い縋《すが》るレイリーと、すぐさま翻ったアルスの剣閃同士がぶつかり合い、猛烈《もうれつ》に空気が爆《は》ぜる。

一瞬《いっしゅん》の内に数十という剣戟が繰り広げられた結果、そのエネルギーと衝撃を内包する、爆発《ばくはつ》じみた暴風が巻き起こったのだ。

ともに吹き飛ばされた二人は、寸分の差もないタイミングでくるりと身体を回転させ、同時に着地。

距離《きより》を取って、再び睨《にら》み合う。

レイリーの額からはいつの間にか血が流れ出しており、目元が鮮血で戦化粧《いくさげしょう》のように赤く染まっている。

一方のアルスは、初撃で刺された負傷を除けば切り傷の数こそ多いものの、その全てが致命傷には程遠《ほどとお》い。

息詰《いきづ》まる時間が流れる中、ふとレイリーが呟くように言う。

「その腕《うで》でよくやる。魔法師風情の1位が、まさかここまでとはな」

アルスの負った傷の中では、最初の一撃、左腕を刺された時のものが一番重い。

だが、それでも左腕をかばう気配もなく、アルスはこの戦闘で、ずっと自在に両腕を振るい続けていた。表情にこそ出ていないが、レイリーもさすがに驚いたのだろう。

「無口な暗殺者は卒業か？　そっちこそ、随分面白《ずいぶんおもしろ》い技を使うんだな」

アルスがからかうように言うと、レイリーは再び、静かに腕を上げて構えた。あの時のように腕の輪郭がブレると、今度はしっかり視認できるほど明確に、魔力で複製された腕が出現する。

「ＡＷＲの性能だ。私の力だけではこうはいかん」

確かにそれもあるのだろうが、レイリーのこの術は、ほぼ異能とも呼べる領域のものだ。魔力情報体の極めて精緻《せいち》な複写能力なくしては成しえない、まさに極み、匠《たくみ》の技術である。

それはアルスとしても、裏の世界にレイリーほどの実力者がいたならば、自分など不要だったのでは、と思えてくるほど。もちろんそれは、その暗殺者が素直《すなお》に上の命令に従ってくれる、という前提があってのことだが。

ついに元首に牙《きば》を剥《む》いた【アフェルカ】の狂犬《きょうけん》ぶりに比べれば、アルスなどまだ、真面目《まじめ》なほうだったのだろう。

（しかし、力あればこそ、人は反逆するもの、か）

アルスから見ても有用そうな力であるが、意のままに動かない以上、上に立つ者からすれば、すでに彼《かれ》らは鋭いだけの不要な刃なのだろう。

アルスが請《う》け負《お》うような裏の仕事もあるにはあるが、かつての王政の時期ほど、国内は乱れていない。

少なくともシセルニアが治める現在のアルファは、アルスから見てもそう思える程度には、上手《うま》く回っているのだから。

「敵に回すには惜《お》しいとまでは言わんが、他のやり方はなかったのか？」

アルスの言葉に、細い息を吐きつつレイリーが答える。

「考えるだけ無駄《むだ》というもの。いつかはこうなったはずだ」

「あの女に、燻《いぶ》し出された結果じゃなくてか？」

レイリーは、ふっと冷めた笑《え》みを浮かべつつ、首を横に振る。

「1位、【アフェルカ】は貴様が思うほど簡単には変われんのだ。我らの大義は失われて久しく、もはや暗がりのみを行く亡霊《ぼうれい》ではいられない。だがそれを理解してはいても、厳《げん》粛《しゅく》なる統制の下、活動してきた時間があまりに長すぎた。我らは闇《やみ》の道しか知らんのだ、だからこそ自らの存在意義が希薄化《きはくか》していくことに、恐怖《きょうふ》にも似た深い懸念《けねん》を抱《いだ》かずにはおれぬ。ジレンマというやつだ。そしてその結果、結局は我らの名を自ら陽光の下に示さねば、この先、到底立ちいかぬと気づいたのだ」

空虚《くうきょ》とも哀切《あいせつ》ともつかない声音《こわね》で、レイリーはそっと手で蓋《ふた》をするように顔を覆った。まるで前も後ろも地獄《じごく》であると分かっていながら、突き進《すす》むしかなかったかのように。

「誰《だれ》の庇護《ひご》も命令も受けない、自治組織としての【アフェルカ】が、今は求められている。でなければ、今の世で生き残っていく術《すべ》はないだろう。そもそも貴様も同業か、かってそれを請け負っていたようだが、軍の下でお前のような〝部外者〟が裏の仕事をこなすようになった時点で、すでに我らの存在意義は揺らいでいたのだ。

血で汚《よご》れ切った手を持つ者など、もはや清浄《せいじょう》な政《まつりごと》の世界には不要。こうなれば、もはや国から切り捨てられるのも時間の問題だと悟《さと》らざるを得ない。それでも、闇に生きる者として、せめて平和の代償《だいしょう》として処断されるならば、いくらか気休めにもなっただろうがな」

現代において【アフェルカ】はただの薄汚《うすよご》れた暗殺部隊。元首直下の部隊であったのは先代元首までだ。いや、それすらも正式な手続きに基づいたものではない。元首は彼らの存在を、また彼らに対し己が指揮権を有することを、公に認めたことなどなかったのだから。

それ故に、一部の貴族界隈《かいわい》ではいまだに【アフェルカ】を、元首の公のイメージを伴う「粛清《しゅくせい》部隊」と呼ぶか、裏の組織と見做《みな》して「暗殺部隊」と呼ぶかについて、意見が分かれたままだ。それも、設立経緯《けいい》と立ち位置の不明瞭《ふめいりょう》さ故であろう。

だがシセルニアの代になった時、【アフェルカ】の粛清部隊としての立場は引き継《つ》がれなかった。ならば、行く末など容易に想像ができる。正義の名の下に、いずれ粛清される未来が。

そしてそれを可能とするのが、元首がぜひ手駒《てごま》にとまで願う、アルスという存在。今、【アフェルカ】の陰《かげ》の首領たるレイリーの前に、軍最強の魔法師たるアルスが立ちふさがるのは、いわば避《さ》け得ぬ運命だったともいえるだろう。

そういう意味で、こうなるのは必然だった、と言ったレイリーの言葉には、アルスも頷ける部分がある。

しかし、経緯がどうあれ、アルスのすべきことは最初から変わらない。

「なるほどな。だがお前らの都合なんて、結局のところどうでもいい。たとえ、シセルニアを殺しに来たんだとしてもな。俺はただ、お前をねじ伏せてでも、リリシャの呪印を解いてもらうだけだ。お前達《たち》が刻んだものなら、解除方法はあるだろうからな」

「ふっ、そうか。あれはフリュスエヴァンにはふさわしくない半端者《はんぱもの》には当然の処断。ならば特に隠《かく》す必要もない。いいだろう、安心しろ」

レイリーは小さく笑って、言葉を続けた。

「呪印の紋様《もんよう》には、三つの構成基盤《きばん》となる部分がある。その各々《おのおの》に、私の血を垂らせば刻印は消える。だが、刻印は烙印《らくいん》でもある。思ったより強く呪印が施《ほどこ》されたようだが、あれにとって悪いことばかりでもないはずだ。もう、その力も価値もないくせに、無理をする必要はなくなったということだ。哀《あわ》れな弱者が必死になって、フリュスエヴァンの家名や誇《ほこ》りに縋らなくてもよくなったのだからな」

「戯言《たわごと》を抜かすなよ。お前の狭《せま》い了見《りょうけん》で、勝手にあいつに制限をかけるな。そもそも自分で選んだ道じゃない、そうせざるを得なかったんだ。そして、もうあいつの心の呪縛《じゅばく》は解けたはずだ。あいつは自ら解呪を望んだ。心の底では、家に縛《しば》られない道を願っている」

アルスが思うに、リリシャは【アフェルカ】で育ち、そこに居場所を求め、己の価値の根拠《こんきょ》すらそこに置いていた。ただ暗殺者としてのみ魔力操作の技を磨《みが》き、人を殺《あや》めることで存在意義を示そうとしてきたのだ。

言ってみれば、精神的な依存性《いぞんせい》を除けば、軍にしか居場所がなかったアルスとどこか似たような境遇《きょうぐう》ではあったのだろう。

ただし、アルスが早々に看破したように、リリシャには初めから殺しの仕事に関するセンスはない。いや、適性がないといった方がいいのかもしれない。

だからこそ、慣れることのない責苦《せめく》にずっと苛《さいな》まれる。それは何より、リリシャ自身がその道を選んだのではないからだ。

しかし、あの保健室のベッドで目覚めた時から、リリシャは人としての一歩を踏《ふ》み出した。自らの意志で前へ進んだのだ。

それがどんなささやかな選択《せんたく》であっても、大きな前進であることに変わりはない。

「……自ら望んだ、と？　そうか……あいつも選んだのか」

まるで独り言のように、静かに呟《つぶや》くレイリー。同時にその口元が、どこか愉快《ゆかい》なことでもあったかのように綻《ほころ》ぶ。それを横目に、アルスはあくまで淡々と。

「まあな。解呪の方法さえ聞ければ、お前を生かしておく必要はなくなったともいえる」

冷たくそう言い放つ。リリシャを解放するためにレイリーの血が必要だとは分かったが、それは同時に、彼を生かしておく理由とイコールではない。

だが、そんなアルスの言葉は寧《むし》ろレイリーにとって望ましかったようだ。

「それでいい。死闘というからには、相手を殺すつもりでなくてはな。それが我らの流儀《りゅうぎ》だろう？　これでも、以前シングル魔法師として担《かつ》ぎ上げられそうになった程度には、腕に覚えがあるつもりだ。そもそも殺すまで幕は下りない」

レイリーはそう言うと、再びＡＷＲを構えなおす。

「シングル魔法師というのは魔物の相手がメインで、ろくに人間相手の殺し合いもできないのだろう？　そんな不自由なものになりたがる奴《やつ》の気が知れないと、常々思っていたところだ。いい機会だ、私に教えてくれるか？」

「残念だが、そこは同意できるだけに、何も教えられそうにない。俺とお前、結局は同じ穴の貉《むじな》だ。なら、お互いから得られるものなど何もないだろうからな」

「ふん、つまらん返事だ」

「だが、シングル魔法師の力ならば見せてやれる。退屈《たいくつ》はしないと思うぞ、せめてもの餞《せん》別《べつ》だ」

「ならば、見せてもらおう」

レイリーは我《わ》が意を得たりとばかり軽快に頷《うなず》くと、アルスの誘《さそ》いに魔力の発動で応じた。研鑽《けんさん》に研鑽を積み重ねた者だけが纏える高濃度《こうのうど》のそれが、まるで彼の足元を濡《ぬ》らすように溢《あふ》れ出る。

暗殺者としてならば、まず有り得ない行為《こうい》……そして何よりの意思表示。

いつしかレイリーの表情は、アルスにも読み取れる分かりやすいものに変わっていた。

人知れず闇の中で積み上げてきた技術を最大限発揮できる、その愉悦《ゆえつ》に酔《よ》わんばかりの微笑《びしょう》はアルス只《ただ》一人に向けられていた。

直後、腰《こし》を落としたレイリーは魔法を編み上げる。同時、レイリーの短剣《たんけん》はオーバヒートしたように赤熱し、蒸気を纏い始めた。

恐らくは表の世界を歩む魔法師のものとは異質な、純粋な殺しのための魔法。その異様な有様によって、アルスには明確にそれが察せられた。

「【涅霧の葬列《ヘルター・スケルター》】」

視界の中、レイリーの輪郭が揺れる。まるで魂が引き剥《は》がされたように、あの分身が現れ出た。それは魔力体であり実体を持たぬ故に、物理攻撃は効かない面倒《めんどう》な敵だ。なお厄《やっ》介《かい》なことに、分身が持つ武器はレイリーのＡＷＲと同じ形状の魔力刀であるため、実刃同様の殺傷能力を備えているのである。

（だが、さっきと同じじゃ芸がないぞ）

スッと目を細めて意識を集中したアルスは、目の前の新たな分身の、以前のものとの違いに気づく。

先のものと比べ、あまりに精緻に複製されているのだ。さらにそれと呼応するように、レイリー本体は、例の魔力的偽装《ぎそう》技術で、輪郭どころか実体までが曖昧《あいまい》になってきている。やがて二人のレイリーは、魔力を使っての観測ではどちらが分身でどちらが本体なのか、もはや区別ができない領域にまで到達《とうたつ》してしまう。

この段階になってようやくアルスも気づいた。

（これはもう、魔力操作の域を超えて、空間そのものに干渉しているな。まるで俺の……）

そう、それは空間掌握魔法《しょうあくまほう》。アルスのように明確な適性があるところまではいかないのだろうが、他人が使っているのを見るのは初めてだ。

（あのＡＷＲ、空間掌握魔法までも扱《あつか》えるということか）

そうするうちに魔法を完成させ、完全な二人となったレイリーは、放たれた矢のように、アルスへと突進《とっしん》してきた。アルスも応じ、勢いよく前へ出る。

どうしようもない好奇心《こうきしん》の疼《うず》きを抑《おさ》えて、アルスも真っ向から迎《むか》え撃《う》つ形だ。

レイリーと分身の動きは、もはや先程《さきほど》のようなやや不完全な連携《れんけい》ではない。今回はその魔力量までも完全に同じになっており、感覚的には、双子《ふたご》を同時に相手にするのに近い。

（面白い……！）

実質的に二対一の構図だが、アルスとしても不服はない。寧ろ、全《すべ》てを出し切ってこその殺し合いだ、というレイリーの主張には完全に同意したい気分だ。

二合、三合、刃を交えるうちに互いの身体に細かな傷が刻まれ、空中に血飛沫が飛散する。

そんな死闘の最中にも、アルスは【永久凍結界《ニブルヘイム》】の構成を着々と編み上げていた。いかな分身体であろうと世界そのものを氷結へと変える環境《かんきょう》変化系魔法ならば、状況《じょうきょう》を好転させる一打になりうる。大技《おおわざ》の中でも比較的制御《ひかくてきせいぎょ》しやすく、シセルニアらにも影響《えいきょう》はないだろう。そしていざ魔法を発動しようとしたその時……。

「……!?」

一瞬の停滞《ていたい》。思考の遮断《しゃだん》。何故《なぜ》か魔法が発現しないことに、アルスの内に戸惑《とまど》いが生じる。

瞬時に魔法《まほう》が発現しない事象の原因をアルスは突き止《と》める。レイリーのＡＷＲに刻まれている魔法式が不規則な配列で魔力光を灯《とも》していた。だがそれは、全ての魔法式を利用するのではなく、一部分のみの補助を引き出していることを示す兆候。ならば無論、まともに魔法など編むことはできないはず。

（魔法じゃない！　一定空間の情報だけを操作・重複させたのか！　んなことができるのか⁉）

通常の魔法系統に含まれることのない空間干渉《かんしょう》魔法。その特性は端的《たんてき》に言って、他系統より強く空間そのものに干渉できることだ。そして実は、もはやその能力自体が、新たな魔法としての一系統を担《にな》えるほどに突出《とっしゅつ》した特性なのだ。

空間への干渉はその後使われる魔法の威力を跳ね上げるが、レイリーは本来、次の魔法への仕込みであるはずのその過程を、逆方向に利用したのだ。つまり魔法の構築に必須《ひっす》な座標軸の全てが重複し錯綜《さくそう》して完全に歪んでしまっている、特殊《とくしゅ》な力場の形成である。膨大な魔力を放出することで擬似的《ぎじてき》に似た効果は持たせられるが、完全に魔法を封《ふう》じることまでは不可能なはずなのだが……。

近接戦闘《せんとう》の中でアルスは一足飛びにレイリーから距離を空けると、微かな違和感《いわかん》に気づく。まるで【バベルの防護壁《ぼうごへき》】を潜《くぐ》ったかのように、魔力の層との境界に触《ふ》れた瞬間《しゅんかん》、疑問が氷解する。

(流石《さすが》に制限付きか。広くて五メートル程度の範囲……それが、魔法無効力場か)

魔法師が魔法を使えないなど、通常ならばお手上げの状態だ。最大の戦闘手段を封じられた魔法師など、丘《おか》に上がった魚に等しい。やはりそれも並みの魔法師ならば、という前提が付く。

アルスはいち早くその異様な状況を分析したばかりか、すでにその技の急所をも捉えようとしていた。

脅威的《きょういてき》な魔法故《ゆえ》の制限。効果範囲の限定化に加えて……。

(効果時間はせいぜい三秒。不完全が故の脆弱《ぜいじゃく》さ、脆弱が故の力場か)

何重にも重ねられた魔力情報の層は、レイリーが作り出す分身体と似た原理を用いている。術者を中心に分身体を半円状に広げているのだ。魔法無効力場はレイリーが手に持つＡＷＲの性能という他ないだろう。アルスでさえも再現することはできない。

アルスはそう悟るや瞬時に意識を切り替《か》え、魔法《まほう》の不発により発生した隙《すき》を、すぐさまリカバーするべく動いた。まずは【宵霧】を大きく振《ふ》って、レイリーの剣を受け止める。さらに同時に迫った分身の魔力刀は、柄《え》から伸びる鎖《くさり》で防ぎ切った。

シセルニアの防護に使ったのと同じ要領で、鎖を空間に固定して簡易の障壁《しょうへき》としたのである。続いて火花すら飛びそうな甲高《かんだか》い音を脳内に響《ひび》かせつつ、アルスの思考が超加速《ちょうかそく》する。

そして、選び出された反撃の一手。

情報体の複製。そもそもそれ自体、アルスも好んでよく使う手だ。

きっちり魔法無効力場から抜《ぬ》け出ると同時、アルスの背後にその〝切り札〟が出現する。それはあたかも、黒い刃の壁《かべ》であった。無数の【宵霧】が、空間から剣山《けんざん》のように生え出ている。

アルスが注ぎ込んで魔力複製した【宵霧】の数は、およそ百近く。

「【朧飛燕《オボロヒエン》】」

後方に飛び退ると同時、それらを次々と一斉に射出。黒い刃の弾丸《だんがん》がレイリーに降り注ぐ。

最初の数本こそ鮮《あざ》やかに回避してみせたレイリーだったが、視界の大部分を埋《う》め尽《つ》くす刃の群れを、全て躱《かわ》すことは不可能だ。やむなく彼は足を止め、僅かに重心を低く落としつつ、短剣を構えた。

そして――弾き返す。叩き落とす。薙《な》ぎ払う。打ち続く高速の剣閃が、耳をつんざく金属音が、無限に続くかと思うほど響き渡った。

無数の火花が散り、無数の金属が擦《こす》れ合い巻き上げられた白煙《はくえん》が、レイリーの姿を覆《おお》い

隠す。

それと同時、全ての刃が放たれ、さすがの【朧飛燕】の猛攻《もうこう》も終わったかに思えた。

だが、そんな空間になおも刃が反射する光が煌《きら》めいたかと思うと、レイリーの眼前に、白煙でぼやけた人型のシルエットが現れる。

たちまちその人影《ひとかげ》は、オリジナルと思《おぼ》しき【宵霧】を引いた鎖ごと構えて、猛然と躍《おど》りかかった。【朧飛燕】を防ぎ終え、レイリーの集中が切れたその瞬間を、狙《ねら》い澄《す》ました一太刀《ひとたち》。それはレイリーの首を落とすための完璧な軌道《きどう》を描《えが》き、勝負の決着をつけるべく高速で迫った。

が、それさえも予想していたのか、レイリーの短剣と分身の魔力刀が交差するようにそれを迎撃《げいげき》。そのまま、襲い掛かってきた人影——アルスの胸を切り裂いた。

「……!!」

レイリーの眉が、驚《おどろ》きを示して僅かに動いた。確かに断《た》ち割《わ》ったはずのアルスの胸からは血は一滴《てき》も溢れ出ず、振りかぶられていたはずの【宵霧】は、空中で急に支えを失ったかのように力なく落下し、床に転がる。

「くっ」

息を呑《の》みながらレイリーが振り返った直後、レイリーの身体《からだ》をアルスの魔力刀が袈裟懸《けさが》けに斬《き》り払った。

「決着だな。分身だか何だか知らんが〝複製〟というだけなら、俺にも心得がないわけじゃないんでな」

口から血を溢れさせながら、レイリーは膝《ひざ》から崩《くず》れ落ちる。ＡＷＲを取り落とし、同時に彼の分身たる魔力体も、綺麗《きれい》に実体化が解けて霧散していく。

最後、アルスは白煙の中に精巧な複製を生み出した。それだけならば、同様の技に長けたレイリーには見破られもしただろうが、アルスはここで、その複製にあえて本物の【宵霧】を持たせたのだ。

シセルニアを鎖の防護で守り、レイリーとも数知れず打ち合い、斬り合った武器である【宵霧】……結果、その万能性《ばんのうせい》を強く意識し、印象付けられたレイリーは、無意識のうちに「それを持つ者こそ本物」という認識《にんしき》を刷り込まれてしまっていたのである。

もちろんこんな搦め手の他にも、思いつく対処法ならいくつかあったが、あえてアルスは、相手の土俵に乗った。

そして、己《おのれ》の得意とするはずの戦術で、逆に打ち破られたレイリーは、今や完全に戦意を喪失《そうしつ》してしまった。

不可能だろう。

頭《こうべ》を垂れて地に視線を這《は》わせるレイリーは、肩《かた》から深く斬り裂さかれた傷もあいまって、荒々《あらあら》しい呼吸を繰《く》り返す。ＡＷＲを拾い上げる力もないようで、もはや立って戦うことは

「……さっさと殺《や》れ。でないと、足元を掬《すく》われるぞ」

荒《あら》い息の下、それでも不敵に言い放つレイリーを、アルスは黙《だま》って見下ろす。

「安心しろ、俺が手を下すまでもない。元首暗殺未遂《みすい》だ、どの道、死は免《まぬが》れない」

「………………」

ふと、レイリーが胸を押《お》さえる。その手の隙間《すきま》からはとめどなく血が流れ出していた。

しかし、その表情は読めなかった。実際、何を思うでもないのだろう。後悔《こうかい》も怒《いか》りも、何かしらの感慨めいたものすらも、レイリーからは感じられなかった。

シセルニア暗殺という彼の動きも、憎悪《ぞうお》や怨念《おんねん》めいたものから発したというより、淡々《たんたん》と物事の流れに従った結果、という気すらする。

もしかすると、本当に最初から強い意志などは存在せず、レイリー自身が言ったように「いつかはこうなった」結果、辿《たど》りついた結末なのかもしれなかった。

そもそも彼本人が認識していたように、現在の世界で【アフェルカ】を存続させるための道は、同時に【アフェルカ】の存在意義を否定する道でもある。

彼がそんな組織に殉《じゅん》じようとするなら、もしや己の死すらも、予《あらかじ》めストーリーに織り込まれた結末なのかもしれなかった。

「おい、シセルニア」

怒気《どき》の籠《こも》った声でアルスは、改めてシセルニアを睨む。それに彼女《かのじょ》は、玉座で臆《おく》することなく応じた。

「何かしら？」

「どう転んでも、こいつらは死んでいたのか」

シセルニアが出したという【アフェルカ】構成員捕縛《ほばく》の密命。さらに、それに対抗《たいこう》したはずのレイリーの行動でさえ、まるで、【アフェルカ】自身が【アフェルカ】を葬《ほうむ》ろうとしたかのような暴挙にすら思えてくる。

そもそも彼らは長年、先代元首より下った使命を、忠実に遂行《すいこう》することを旨《むね》としてきた。だから形だけでも、最後は元首の手で葬られることを望んだのかもしれない。

「そうね。動こうと動くまいと【アフェルカ】に現在の形で存続する道がなかったのは事実よ。もちろん無意識下で、彼らもそれを望んでいた、という可能性はあるわ。でも、そんなことは神ならぬ他人が、推《お》し量《はか》れるはずもないでしょ」

「お前なら、可能だろ」

アルスの追及《ついきゅう》に、シセルニアは反論せず、一種独特の曖昧な表情を作った。困惑《こんわく》でもなく怒りでもなく、不満げでもない。ただ酷《ひど》く虚しそうなその瞳《ひとみ》だけが、彼女の複雑な心境を物語っている。

「そうね、否定はしない。そもそもレイリーがこんな行動を取らなくても、既定《きてい》路線としてこういう結果もあり得るのだろうとは思っていたわ。でも、違う方向の結末も考えていたのよ、アルス」

シセルニアが言い終えたその時、ふとリンネが、ちらりと視線を扉《とびら》のほうに向ける。それに誘導《ゆうどう》されるようにアルスは、入り口のほうを見た。

「お兄様!!」

そこにはリリシャとミルトリア老が控《ひか》えていた。

レイリーはその声に僅《わず》かに反応し、そちらに目を向ける。だが彼はリリシャには目もくれず、その脇《わき》で杖《つえ》をついている老婆《ろうば》のみを、じっと注視していた。

「ぐ、ミ、ミルトリア……そうか、お前が……。セルバ・グリーヌスをかばって一線を退き、相談役に留《とど》まり隠棲《いんせい》したと思っていたが……貴様が身中の虫、だったか」

ミルトリアは哀《かな》しげに首を振って、ゆっくりとレイリーに背を向け、シセルニアへ向かって歩き出した。

「レイリー、確かに半分は当たってるわさ。ただ私は、あんたらより、この子が心配だっただけさね。リリシャに殺しの才能はない。なのに、必死にこの家業とフリュスエヴァンの家にしがみついて……。そもそも、無理に【アフェルカ】を存続させようとするお前さんの考えには、幾度《いくど》となく異議を唱えたはずだったけどねぇ」

「王宮まで出張ってきて、何を言うかと思えば……くだらん。それに才能がないことなど、最初から百も承知だ」

だが長兄《ちょうけい》のジルが追放になったことで、自然とリリシャはそれを反面教師にするかのように、己はこうなるまい、と強い強迫観念を抱いてしまったのだろう。

しかしレイリーが【アフェルカ】で頭角を現し始めた時には、とっくにリリシャの才覚に限界は見えていたのだ。氏族五家で決められた定めにより、リリシャも例外なく訓練を積んだものの、その成長ぶりは改めて期待を向けられるほどに、芳《かんば》しくなかった。

フリュスエヴァン家は、本家であるが故《ゆえ》に、その姿勢を断固として、他四家に示さなければならない。リムフジェ五家の中でも、フリュスエヴァンが本家であり筆頭であることに、疑問を持たれてはならないのだ。だからこそ、リリシャは落伍者《らくごしゃ》の烙印を押され、追放された。

そしてそんな厳しさと比例するように、【アフェルカ】は己の存在意義をより強く求めるようになり、過激・先鋭化《せんえいか》していったのだろう。

しかし現在では後《うし》ろ盾《だて》となる者がない以上、彼らには根本的な精神的支柱がない。かといって、ひたすらに元首への忠誠を旗印に、独自基準で断定した〝悪〟を粛清して回ったところで、シセルニアからすれば、単なる狂犬の暴走に過ぎないのだ。

それはまさに皮肉であり、悲劇である。そんな歪《ゆが》んだ道筋の先にあるのが、きっとこの光景……レイリーの敗北という結末。

だからこそ、やはりこれは必然。

全てを受け入れたレイリーは、駆《か》け寄るリリシャを突き放《はな》すように手で制した。

「お兄様⁉」

「来るな。お前程度に何ができる。それとも私の代わりに、【アフェルカ】の誇りを懸《か》けて、そこの1位を討《う》ち果たすか？」

「そ、それは……」

「ふっ、一度ならず情けをかけられたのか、お前から情を通じたのかは知らんが、お前はやはり暗殺者としては半端者なのだ。ならば、大人しく身《み》の程にふさわしい道を行け。狼《おおかみ》ならぬ臆病《おくびょう》な兎《うさぎ》には、兎相応の生き方があろう。私には理解できんが」

その言葉に、俯《うつむ》いていたリリシャは、はっとしたように顔を上げる。

最後のレイリーの言葉は、彼としても意図せず出たものであっただろう。心情の吐露《とろ》というにはあまりにも微《かす》かだが、この兄が初めて見せるその兆《きざ》しのようなもの。

呪印の、烙印の意味は、もしかすると……。そう悟ったリリシャは、はっとレイリーの足元に目をやる。蒼白《そうはく》になった彼女の視線の先、床の上の血溜《だ》まりが、ゆっくりと広がっていく。

「お兄様！　……そ、そんなに血が！」

「構わん。これが我らの選んだ道の果てだ」

そんな兄妹《きょうだい》の会話の間にも、シセルニアの横に並んだミルトリア老は、一度彼女《かのじょ》の表情をちらりと窺《うかが》った後、静かにリリシャを窘《たしな》めた。

「やめな。そもそもレイリーはアルファの元首に手を出したんだ、極刑《きょっけい》は免れないわさ。リリシャ、あんたが今更《いまさら》何を言おうとも、それは変わりはしないさね」

グッと唇《くちびる》を噛《か》みしめたリリシャは、だが、小さく首を横に振る。兄によって流された血の溜まりを踏み越《こ》えて、レイリーの下に歩み寄っていく。

「レ、レイリーさん!!　畜生《ちくしょう》が！」

突如《とつじょ》、そんな荒々しい叫《さけ》びとともに、玉座の間に金髪《きんぱつ》の男が飛び込んできた。だが彼の乱入は、その後ろを追ってきた一人のメイドにより制止された。そのまま乱暴に床《ゆか》の上に倒《たお》され、取り押さえられる。

「エルヴィか」

肩越《かたご》しにちらりと視線を投げたレイリーは、【アフェルカ】の副官であったエルヴィを取り押さえた女に、まるで感謝でもするかのように、視線のみで小さく礼をする。

もはや誰も、己の運命に巻き込みたくないのだろう。エルヴィにも、レイリーに唆《そそのか》され命じられたとすれば、助命の余地くらいは残されているかもしれない。

それにしても、エルヴィを取り押さえたメイドは実に鮮やかな手並みであった。

アルスはそんな彼女を目にして、一度ならず見覚えがある、と感じた。

そう、確かフェーヴェル邸《てい》で見かけた戦闘メイドの一人だ。

実はセルバとその配下がこの場に到達していることを、〝もう一つの視界〟により、というにアルスは察していた。だからこそ、ロキやフェリネラに二人だけでレイリー以外の隊員らと戦うことを許したのである。そもそも【アフェルカ】の隊員達を、アルスはそこまで甘《あま》く見ていなかったこともあるが。

そんなアルスの心中はともかく、メイドにより後ろ手に腕《うで》を押さえられ、膝で固定されたエルヴィは、なおもしぶとく叫んだ。

「ど、どういう状況だ、レイリーさん……リリシャ⁉　それに相談役！　貴様らッ！」

顔を赤くして怒鳴《どな》り散らした直後、かえって拘束《こうそく》の締《し》め付けが強められ、エルヴィの口から苦悶《くもん》の唸《うな》り声が漏《も》れる。そんな彼に、レイリーが静かに言う。

「……やめておけ、エルヴィ。私達の負けだ」

その一言でようやく観念したのか、エルヴィは「クソッ！」と顔を歪め、怒りをぶつけるように額を地面に叩《たた》きつけた。

（まだ残ってたか。それなりにやるようだが……それよりも、このメイド、ヤバくないか）

エルヴィを押さえつけているメイドは、抵抗《ていこう》するならしてみろと言わんばかりの様子で、鋭《するど》い手刀を首筋に突《つ》きつけている。

記憶《きおく》が確かなら、ヘストとエイトと呼ばれていた二人組のうち、エイトのほうだろうか。その手刀は脅《おど》しではなく、実刃にも負けない背筋が凍《こお》るような殺気が込められている。エルヴィがもう一度でも暴れれば、本当に殺る気なのは間違《まちが》いない。

アルスは一応、目で殺すなとだけ訴《うった》えてみる。

そもそも、エルヴィに加えて、彼を追って彼女までがこの場に乱入したことは、セルバにとって思わしくないことのはずだ。いざとなればロキとフェリネラを助けてはくれるだろうが、実のところ、セルバは積極的に王宮での戦闘に加わる意志はなさげだった。

でなければ初めから、セルバ達も共にアルス達と共闘《きょうとう》していたはず。わざわざ外で【アフェルカ】の動向を探《さぐ》るに止《とど》めていたのは、つまりはそういうことなのだろう。

セルバはきっとご丁寧《ていねい》にも、あくまでこれは【アフェルカ】と彼の私闘《しとう》であるという体《てい》裁《さい》を守り抜くつもりなのだ。

だからこそ、自分までもが元首の前に姿を見せてしまえば、フェーヴェル家を巻き込むことになる。彼がそれを避けたいのだとすれば、この場でフェーヴェル家お抱《かか》えのメイドであるエイトが、【アフェルカ】の構成員を殺害しては不味《まず》い。元首の目前でそんなことをされては、セルバの配慮《はいりょ》が無駄になってしまう。それくらいなら寧ろ、彼が自ら堂々とこの場に現れてエルヴィを殺したほうが、まだましというもの。

一先《ひとま》ずそんなアルスの制止が伝わったのかどうか、エイトは全く無表情のまま、引き続き無言で拘束状態を維持《いじ》してくれた。

表情からはまったく読み取れないが、アルスとしてはどうにか己の意図が伝わってくれたと信じたいところだ。

(さて……腐《くさ》っても元首様。この場の収拾《しゅうしゅう》をつけられるのは、やはりシセルニア一人だけというわけだ)

勝敗は決した。そして、一部始終を見届けたシセルニアは、果たしてどう動くのか。

アルスと一同の視線が集まる中、シセルニアは涼《すず》しい顔で重々しい一言を言い渡《わた》す。

「どうやら一件落着というところかしら。この襲撃者……【アフェルカ】のトップにして一件の首謀者《しゅぼうしゃ》には、元首暗殺未遂の罪により、死をもって償《つぐな》ってもらうのが妥当《だとう》ね。私の個人裁量という以前に、この処断は法律的にも動かないと思うけれど……リンネ？」

「はい、国内法に照らしても、元首暗殺の罪は、それが未遂であれ極刑と定められております。この場で直ちに首を刎《は》ねることすら、状況を鑑《かんが》みれば正当な判断と思われます」

定型文を述べるように淀《よど》みなく、リンネは場の全員に聞こえるように宣言する。

レイリーが死ぬことで、先代元首の命に殉じるかのように、【アフェルカ】は今、その役割を終えようとしていた。

しかし、アルスは微かな違和感を抱く。シセルニアはいくつかの可能性を考えていたと言った。それぞれに対応した策を練っていたなら、彼女の性格的には文句のつけようのない最善手を目指すはずだ。でなければ、こうしてアルスを巻き込んだリスクのほうが高くつく。

それならば、このまま【アフェルカ】を存在ごと抹消《まっしょう》して終わりという結末は、本当に彼女にとって、最良の結果なのか。

果たしてアルスの懸念を裏付けるように、リンネの発言の後、わざとらしいような間があいた。

シセルニアの視線を追ってみれば、その目はアルスでもなくレイリーにも向いていない。妙《みょう》な予感がした。もしかすると、この次に待っている展開こそ、今回最大の山場なのかもしれない。だとすれば、シセルニアにとっては、彼女の計画の完全なる成否を分ける、最後の分岐点《ぶんきてん》だと言えるはず。

（その最後の分岐点の先にある結末が、俺《おれ》にとってもそれなりにメリットがあればいいが……さて、どうやら外の戦いも終わったな。仕方ない）

外の喧噪《けんそう》が止《や》み、【アフェルカ】の残党達が制圧されたことを察して、アルスはリリシャに目を向ける。彼女は自分の気持ち、望みと、常識的な理性による判断の板挟《いたばさ》みになっているかのようだ。その結果、先程レイリーに拒絶《きょぜつ》されたこともあり、今一歩踏み出せないのだろう。

だからアルスは、その背中を押す。ロキに言われた言葉で光を取り戻《もど》したリリシャが、今こそ己の心、感情に従うようにと、ぶっきらぼうに諭《さと》す。

「おい、リリシャ。お前は自分の足でここに来て、立ってるんだろ。なら今更尻込《いまさらしりご》みするな。言うだけ言ってみればいい。それを受けて最後の結末を決めるのは、そこでふんぞり返ってる元首様だ」

はっとしたような表情を浮《う》かべるリリシャ。それから意を決したような頷きを返して、彼女は、シセルニアの前に進み出ると、さっと膝を折った。

シセルニアはあくまで冷徹《れいてつ》に、そんな彼女を見下ろす。だがアルスは、その顔に一瞬《いっしゅん》のみ安堵《あんど》に似た表情が浮かんだのを見逃《みのが》さない。その意味は……やはり、とアルスは思う。陰鬱《いんうつ》な悲劇めいた終幕間際《まぎわ》、ようやくほの見えた一縷《いちる》の希望の糸。

その傍《かたわ》らには、呆《あき》れ顔《がお》のリンネと、溜《た》め息《いき》をつくミルトリア老の姿もある。

それを知ってか知らずか、リリシャは真っすぐな瞳でシセルニアを見上げ、心からの言葉を発した。

「アルファ国元首シセルニア様。どうか愚《おろ》かな兄に、【アフェルカ】に、寛大《かんだい》なる温情をお与《あた》えください。どんな形でも、彼《かれ》らはこの国のため仕えておりました。最後こそ道を過えども、それを正す機会をどうか……！」

「何故、私がそこまで情けをかけなければならないの？　確かに先代元首との引き継ぎが正常に行われなかった、という事情を斟酌《しんしゃく》するにしても、その男は私に刃を向けた。子供の悪戯《いたずら》じゃ済まないのよ？」

シセルニアの返答は、そんないささか底意地の悪いものであった。はなはだ正論だけに、この場では始末に負えない。

また始まったとばかりに、脇で頭を抱えるリンネ。

「それでも……どうぞ、お願いでございます！　どうか、どうか……！」

「だって、貴族にもいずれ今回の一件は知れ渡ってしまうでしょう。どう示しを付けるの？　元首をその血にまみれた手に掛けようとした者が、みすみす許されていい、と？　貴族達に舐《な》められて、大造反でもされては困るのよ。見せしめという言葉もある……分かるわね？」

諭すような言葉遣《ことばづか》いは、リリシャを優《やさ》しく屈服《くっぷく》に導く。

が、リリシャはそこで退きはしなかった。

その頃《ころ》には、疲労困憊《ひろうこんぱい》といった様子ながらも戦いを終え、大した傷もなく無事戻ったロキとフェリネラも、広間の端《はし》に控えて事態を見守っていた。

（二人とも、ちょうどよいタイミングだったな。面白《おもしろ》いものが見れるぞ）

アルスは心の中で、そんな声を漏らした。その向こうで、再びリリシャは深々と膝を折り、床に身体を投げ出さんばかりにして。

「わ、私にできることはなんでも致《いた》します……どうか、どうか！」

「何故かしら、どうも理解に苦しむわね。そもそも背中の呪印のことは忘れた？　本当にあなたがそこまでする必要があるのかしら、兄だから？」

戯《たわむ》れに、という雰囲気《ふんいき》でもなく、シセルニアは本当に不思議そうな顔で訊《たず》ねた。リリシャとレイリーは腹違《はらちが》いの兄妹であることは、彼女もすでに知っている。

だが、あれほど酷《ひど》い仕打ちを受けてまで、この兄をかばう必要があるのか。死ねと命じられ、それでも兄や妹、そんな形ばかりの繋がりを後生大事にしなければならないものか？

生まれついての元首とはいえ、平穏《へいおん》な家庭に育ったのではないシセルニアには、心底から理解できない様子だった。

やや不穏《ふおん》な流れに、アルスは少し眉《まゆ》を顰《ひそ》める。この流れは率直《そっちょく》にいって、あまり歓迎《かんげい》できない。シセルニアが、恐《おそ》らく彼女の計画の規定路線の外に在る要素、リリシャという少女の内面に、多少なりとも興味を持ち始めてしまったためだ。

その答え次第《しだい》で、定まっているのであろうシナリオに、思わぬ変更《へんこう》が生じかねない。だがそんなアルスの懸念《けねん》を知ってか知らずか、リリシャははっきりと力強く答えた。

「もちろん……兄だから、です。レイリー……兄は、我が一族の誰《だれ》よりも強い信念を持ち、【アフェルカ】の一員たらんとしてきました。それが元首様から与えられた旧態依然《きゅうたいいぜん》とした使命であれ、その存在意義をひたすら忠実に守ってきたのです。全ては過去、先々代元首にそうあれと、望まれた道に【アフェルカ】が沿い続けるために、です」

「……」

シセルニアは無言。それからリリシャは、そっと己の肩を抱《だ》くようにして続ける。

「私の背の焼き印は……落伍者の証《あかし》です。いえ、そう思っていました。ただ、先程兄と言葉を交《か》わし、思い当たったのです。【アフェルカ】とは異なりますが、古代の暗殺組織のしきたり……その中には不適格者に強制的に組織を抜けさせる時、死を与える代わりに、寧ろ温情の一つとして焼印のみを施《ほどこ》して放す、というものがあったと聞きます。私の呪印も実はそうなのではないか、と思い直したのです。脱退《だったい》後の裏切りと情報流出を封じるため、せめてもの楔《くさび》としての……そういう意味合いがあったのではないか、と」

「……呆《あき》れた」

そう呟いたシセルニアは、レイリーのほうを改めて眺《なが》めやる。

だが今更言い訳はすまい、というのだろう、彼は押し黙ったまま一言も発しはしない。

そんな様子を見て、シセルニアは僅かに口角を持ち上げ、改めてリリシャに顔を向けた。

「あなた、さっき、何でもすると言ったわね」

「は……はい！」

その返答を確認《かくにん》し、シセルニアの唇の端が艶《あで》やかに持ち上がっていく。それから、では改めて、というように膝の上で手を組みなおすと、彼女は女神《めがみ》の如《ごと》き悪魔《あくま》の微笑《ほほえ》みを浮かべる。

「なら、良いわ」

すっと玉座から立ち上がったシセルニアは、高らかに宣言する。

「では、本日この刻《とき》より、【アフェルカ】は正式に、私……アルファ元首シセルニア・イル・アールゼイトの指揮下に入ることとする」

その言葉にリリシャが、はっと息を呑んだ。

「組織の頂点には、新たに『騎士《きし》長』の位を設けます。そしてリリシャ・ロン・ド・リムフジェ・フリュスエヴァン、あなたを責任者として、騎士長に任じます。私が与える裁量の下、それを公式なる元首直属部隊、新生【アフェルカ】へと再編成なさい。元首への忠誠を誓《ちか》い、その血脈途絶《とだ》えるまでアルファに心身を捧《ささ》げるように。それを誓えるというのなら、今回の一件は全て私が預かるわ」

リリシャはあまりのことに呆然《ぼうぜん》として、ぽかんとした表情でシセルニアを仰《あお》ぎ見た。

シセルニアはレイリーの罪を不問に処すのではなく、彼女預かりとしたわけだが、それでもかなりの譲歩《じょうほ》と言える。

ここにきてアルスは、ついにベリック総督《そうとく》がリリシャを学院に送ってきた真意を悟《さと》った。

それはアルスの監視《かんし》ではなく、彼女の抱える【アフェルカ】本家たるフリュスエヴァンとの問題を解消することでもなかった。つまるところ、シセルニアと組んでの元首の武力強化。

リリシャを通じて、旧態依然とした【アフェルカ】の手綱《たづな》をシセルニアの手元に繋ぎ直し、元首直属の刃として、再編成することが目的だったのだ。

「……本当はアルス、あなたが良かったのだけど。あなたはあなたでやりたいことがあるみたいだしね」

そんなシセルニアの小さな呟《つぶや》きは、傍らに控えるリンネとミルトリアにしか届かなかった。さて、とシセルニアはリリシャに再び視線を戻し、にんまりとしながら返事を促《うなが》す。

「で、どうするの？　リリシャ・ロン・ド・リムフジェ・フリュスエヴァン」

アルスは、なおもぼんやりしているリリシャの背後に近寄り、靴先《くつさき》で靴裏を小突《こづ》く。

弾《はじ》かれたように立ち上がったリリシャは、最敬礼とともに、叫ぶように言った。

「え、は、はい！　身に余る多大な恩寵《おんちょう》を賜《たまわ》り……ま、誠《まこと》に感謝の言葉もございません。この命に懸けて、拝命致します！」

かつてのリリシャからは想像も付かない言葉遣いだが、アルスの聞き違《ちが》いなどではないだろう。シセルニアは、今度も満面の笑《え》みを浮かべて、大きく頷《うなず》く。

「良かったわ。あぁ、そうだ、後出しになるのだけれど、ミルトリアは引き続き相談役の地位に留め置くように。そしてもう一つ……リリシャ、あなたは経験も浅く【アフェルカ】の猛者を束ねるには、助けが必要だわ。レイリーを副官としなさい。もっとも説得に応じる前に、彼が深手で死ななければだけどね。異論は？」

「も、もちろんございません！　ですが……」

そう言いつつリリシャは瀕死《ひんし》のレイリーを振り返る。今すぐにでも治療《ちりょう》させたい気持ちが逸《はや》っているのだろう。だがシセルニアの口調は、彼をこの場で説得することを求めていた。死罪を免《めん》じた代わりの、せめてもの咎《とが》めというところか。

リリシャはそれを受け、即座《そくざ》に兄・レイリーに駆け寄り、その前に立つ。

「お兄様……」

続く言葉がやけに重い。リリシャは時折喉《のど》を詰《つ》まらせながら、慎重《しんちょう》に言葉を選ぶ。

「お兄様、お聞きの通りです。元首様が、【アフェルカ】の統括《とうかつ》と再編成を、私に……で、ですが、私だけでは荷が重く、いえ、とても出来ることでは……。だからお兄様のお力を……」

未《いま》だ、リリシャはレイリーに対して本能的な怯《おび》えを払拭《ふっしょく》し切れずにいた。兄を前にすると、うまく言葉が紡《つむ》げない……リリシャはそっと唇を噛む。こんな状況になっても長年染《し》み付いたものは、簡単には克服《こくふく》できないということなのだろうか。

しかし、ここでリリシャが気後《きおく》れすれば、シセルニアの温情は無意味になる。

そうなれば、何一つ覆《くつがえ》らない。

今こそ己の足で立って歩くために、リリシャは前を向いてレイリーを真っ向から見据《みす》えた。

震《ふる》える声を捻《ね》じ伏《ふ》せ、ただ兄を助けるためと信じ、リリシャは意志を一際強く持つ。

兄が元首殺害を目論《もくろ》んだことは衝撃《しょうげき》だったが、いつものように【アフェルカ】を第一に考えた結果なのだ、と思えば分かるような気もする。

時代は変わり、陰《かげ》に生きる者としては生きづらい世の中になった。かつての政治的混乱期には、元首の揺《ゆ》るぎない権力を打ち立て、守りぬくために、あえて手を血で汚《よご》す存在が必須だった。だが今は、アルファ国内の政情は、貴族の抗争《こうそう》が続いていたかつてよりは、遥《はる》かに安定している。

人々の関心は主に外敵たる魔物《まもの》の討伐《とうばつ》に向けられ、7カ国の協調体制も以前よりよほど進み、調和を重視する時代になったのだ。

まだ魔法《まほう》犯罪者や反逆を企《くわだ》てる異分子はいるが、【アフェルカ】の代わりに台頭してきた軍の国内治安部隊が存在し、それらに対処している。

暗殺などの手段に頼《たよ》らなくても、国を治められるのだ。かつての必要悪が、今やただの汚れ仕事になり下がってしまった。

結果【アフェルカ】の存在意義は、どんどん政治という舞台《ぶたい》の片隅《かたすみ》に追いやられてしまったのだ。そう考えればレイリーの行動の裏側には、実質的な【アフェルカ】のトップとしての焦燥《しょうそう》や、先行きへの虚無《きょむ》感めいたものすら湧いてくるような気がする。

リリシャは一語一語、噛みしめるようにして兄を説得する。

「【アフェルカ】は、きっと生まれ変わります。生まれ変わることができます。今度こそ私達《たち》は、道を踏《ふ》み外《はず》すことなく、ただ大義を全《まっと》うしませんか。お兄様は肩肘《かたひじ》を張りすぎたのかもしれません。だから今後は、孤独《こどく》な長の座に一人ではなく、私と共に……」

だが差し出された手を、レイリーは無言で払《はら》い除《の》ける。

フラつきながらも、半ば意地のみで足に力を入れ、何とか立ち上がると。

「どうやら【アフェルカ】は生き延びたようだが、俺の役目はもう終わった。後はお前の好きにしろ。たとえ元首の好意で生き長らえたとしても無意味だ。これ以上は何も言うな」

「それでも、私は……お、お兄様のお力をっ！」

「無駄《むだ》だと言った。こんな俺に、何を頼る必要がある。俺はお前に烙印《らくいん》を押し、追放した。たとえお前が苦しんだ末に命を落としたとしても、何の感慨《かんがい》も抱かなかっただろう。我らの掟《おきて》とはいえ、組織の外ならば当然のように人の道を外れた行いだ。お前に教えておいてやる……今後頼るべきはジルだ」

「えっ！　ですが、ジル兄様は……」

「家を追放され、軍で働いている。だが奴《やつ》の呪印は、そう重いものではない。それにお前と同じく、あの呪印も俺の血ならば解くことが可能だ。そして今の俺は、もはや【アフェルカ】のトップでもなんでもない、ただの無価値な敗北者だ。血の提供くらいの代償《だいしょう》は、甘んじて受けよう」

しかし、リリシャは力強く頭《かぶり》を振った。

「いいえ、お言葉通りジル兄様にもご助力いただいたとしても、まだ足りません。リムフジェ五家の説得や、残った者達を束ねるには、お兄様のお力が必要です！」

リムフジェに連なる五家の者も、レイリーの思惑《おもわく》が潰《つい》えた今、新生【アフェルカ】の再編成については、元首の命を尊重し逆らいはしないだろう。しかし、その家風はいまだ絶対的な実力社会であり、その中でレイリーの存在はやはり大きい。そもそも今回の凶行《きょうこう》も、実行者がレイリーであったからこそ、他《ほか》のメンバーも死地を共にしたのだ。

あのエルヴィの態度を見ても、こればかりは疑う余地のない事実である。

数奇《すうき》な運命のめぐり合わせから唐突《とうとつ》に【アフェルカ】を率いることになったリリシャだが、やはり立ちはだかる問題は数多くある。何より彼女には、統率力《とうそつりょく》と経験が絶対的に不足している。

「…………」

　だが、レイリーはなおもリリシャの声には応じず、無言を貫《つらぬ》く。ふと、小さくせき込んだ彼の唇から一筋の血が流れ落ちた。それを強引《ごういん》に飲み込んで、レイリーは目を向ける
——リリシャではなく、玉座のシセルニアへ。

「一つ問う。何故《なぜ》、リリシャなのだ」

　シセルニアはレイリーのそんな行動に意外そうな表情を浮かべた後、微笑みつつ応じた。

「強《し》いて言えば……同性だから？　私の直属部隊は、猛々《たけだけ》しく荒ぶるだけでなく、分かり合い繋がり合えることが大事なの。更《さら》には彼女は、【アフェルカ】の歪んだ価値観の中では、落伍者だったということじゃないの。それは逆に言えば、あなた達とは決定的に違うということ。汚れた血に染まり切っていないってことよ」

　シセルニアは、レイリーをじっと見据えて言葉を紡ぐ。

「私が望むのは、道を外れぬ剣《けん》。狭《せま》い意味での正義だとか悪だとかは、どうでもいい。それから私が目指す国に必要なのは確実な力、さらに言えば、それを使う程《ほど》よく壊《こわ》れた頭。旧来の感覚から外れてしまうくらいの者のほうが、かえって都合がよいくらい。そこについて言うなら、ミルトリアが教えてくれた彼女の性格や感性。いずれも私の求める人材の基準を満たしていたわ」

「……それだけか」

「ええ、それだけ。もし彼女という存在がいなかったら、今の【アフェルカ】など迷わず完全解体していたでしょうね。手綱が取れない組織など、無用だもの。一考の余地を残したのは、リリシャの存在だけよ。何より、あなた達がウームリュイナと結んだのはいただけないわ」

最後の一言に、アルスはそっと目を細めた。【アフェルカ】がシセルニアに代わって祭り上げようとしていたのはウームリュイナ家。シセルニアの口から語られたその事実は、奇《く》しくも同時に、レイリーと相対しながら、アルスがそれとなく推測していたことでもある。少なくとも【アフェルカ】が元首に牙《きば》を剥《む》く以上、その視野の先には、新たな国家の柱となる存在が見えていなければいけない。【アフェルカ】、ひいてはそれを率いていたレイリーは、決して自らが王になろうと望む野心家ではない。あくまで仕えるに足ると見做《みな》せる主に、その血塗《ちぬ》られた剣を捧げようとしていただけなのだから。

それにしても、ここでまたあの家の名前を聞くとは……言わずもがな、テスフィアとフエーヴェル家が絡《から》んだ【テンブラム】問題においても、彼らが発端《ほったん》となっている。いわば諸悪の根源とも言えるほど。

「そう、あの家……あなた達が力を貸したことで、さらに付け上がっちゃったんじゃないのかしら？」

シセルニアは先程《さきほど》の口調とは打って変わって、少し冷めた視線でレイリーを責めるように言う。【アフェルカ】とウームリュイナが結託《けったく》した事実を把握《はあく》したからこそ、シセルニアは性急にことを運んだ。自らの命さえも賭《か》けのチップとして、まずは【アフェルカ】から手を付けたのだ。

「責任を取れ、とは言わない。それは私の為《な》すべきことだから。ただあなたもお兄さんなら、妹のちょっとした手助けぐらいはしたら？　どうやら一方通行の絆《きずな》だったみたいだけど、これからは改めてもらうわよ。それとついでにあなたには、今後、光と影《かげ》の道を行き来してもらうことになるだろうけど、それも我慢《がまん》しなさい。ま、せいぜい手遅《ておく》れになる前に、傷をお治しなさいな。リリシャの嘆願《たんがん》を無駄にしないためと……何より、あなたがこの暴挙に引き込んだ、他の隊員達のためにもね」

それは、実にシセルニアらしいともいえる、悪辣《あくらつ》な物言い。レイリーだけでなく、彼に付き従ってきたエルヴィやその他の部下達を人質《ひとじち》にとったも同然の台詞だった。レイリー個人の命ならば、自分の判断一つでどうとでも投げ打つことができるだろうが、その他の者達の命が天秤《てんびん》に掛かっているとなれば……。

今やすっかり観念したのだろう、シセルニアの憎《にく》まれ口《ぐち》を、レイリーは目を閉じたまま甘受《かんじゅ》する態度を見せた。

「分かった、是非《ぜひ》もない。リリシャ、今更許してくれなどというつもりはないが、助言くらいはしてやろう。新生【アフェルカ】に残る者達のためにも、それが俺に残された最後の務めというのならば」

「それではっ！」

一瞬パッと目を輝《かがや》かせたリリシャだったが、その表情は次の瞬間《しゅんかん》、一気に青ざめた。その言葉を最後に、レイリーが床に倒れ込んでしまったためだ。

シセルニアが素早《すばや》く視線で合図し、リンネが密《ひそ》かに呼び寄せていたらしい治癒魔法《ちゆまほう》師と警備員の一団が、さっと広間に駆け込んできた。彼らはそのまま動かなくなったレイリーを担架《たんか》に乗せて、広間から運び出す。

同時に拘束されていたエルヴィも、警備員に引き渡された。最後に気遣《きづか》わしげにレイリーを一瞥《いちべつ》すると、エルヴィは今度は素直《すなお》に指示に従い、連行されていった。

なおその時、レイリーを拘束していたエイトの姿は、いつの間にか広間から消えていた。

一方、残されたリリシャもレイリーに付き添《そ》うべく後を追おうとしたところ、シセルニアに呼び止められた。

「リリシャ、彼の傷が癒《い》えたら、いろいろと大変よ。あの兄と、しっかり話し合う必要があるのだから。さらに、これは個人的な助言なのだけど……アルスとは、くれぐれも仲良くね」

「はい……！　では、御前を失礼させていただきます」

随分《ずいぶん》と作法を端折《はしょ》った軽いお辞儀《じぎ》一つだけを残し、リリシャは急ぎ足で出ていった。

一部始終を見届けたアルスは、ふと振《ふ》り返って、ロキとフェリネラに言う。

「やれやれ、これで本当に終劇というわけか。せっかくだ、お前達も治療してもらってこい。後は大丈夫《だいじょうぶ》だ」

固唾《かたず》を呑《の》んで見守っていたらしい二人は、大きな傷こそ受けていないが、アルスの言葉により、確かに身体《からだ》に残るダメージに今更気づいたようだった。

「分かりました。アルス様、ではまた後で」

「そうですね。私も着替《きか》えたいところではありますし、お言葉に甘えさせてもらいますね」

殊勝《しゅしょう》にもすんなりとアルスの提案を受け入れる。後は任せろと言ったアルスの言葉を受け、気を利《き》かせたというのが正しいのだろう。

同じく空気を読んだらしいミルトリアも、腰《こし》をさすりつつ、杖をつきながらゆっくりした足取りで、玉座の間から出ていく。

最後に残ったのは、アルスにシセルニア、リンネの三人。

「さて、どうだった？　悪くないオチだったでしょ、私の騎士さん」

アルスの反応を楽しむように、組んだ両手の甲《こう》に顎《あご》を乗せつつ、シセルニアはにやにやした笑みを浮かべた。俗《ぞく》にいうドヤ顔。

「……最悪じゃないってだけだろ。どの口が言うんだ」

「仕方ないでしょ。あなたが私の手を取ってさえくれれば、もっと話は早かったのよ」

アルスが選ばなかったシセルニアの柔《やわ》らかな手。その代わりというわけではないが、せめてもの片方は、リンネがしっかりと繋いでいる。自ら元首の片腕《かたうで》となることを選んだ、勇敢《ゆうかん》にして忠実なる探知魔法師。

アルスはそんな愚痴《ぐち》めいた一言を、軽く聞き流す。

「手を取ってくれ、なんてのは贅沢《ぜいたく》過ぎる。少なくとも手を貸してやったんだ、それで我慢しろ」

「ひねくれ者ね、ホント。まあ良いわよ、知ってたから。それに、あなたが結局はリリシャさんの呪印を解くためだけに協力してくれたんだとしても、随分助けられてしまったわ」

「勝手に巻き込んでおいて、今度は一方的に感謝の言葉か。随分気ままな立場だな、元首というのは」

「それでも、よ。助けてくれたことに、感謝しているわ……」

「二度と御免《ごめん》だ。というか、リリシャのついでなければ、誰が見たくもない腹の黒さなんぞ拝みたいものか」

アルスがそう言い捨てると、シセルニアは戯《おど》けたような仕草で、胸元でフロントクロスしている服の隙間に人差し指を引っ掛ける。そのままそっと押し開くと、左右に分かれていく布地の下で、胸から腹部にかけてすっと乳白色の線が引かれたように、美しい肌が露わになった。

月明かりの下、傷一つない透き通るような白皙《はくせき》の肌に、微かに浮いた肋骨が僅かな影を落とす。

「黒いかしら？」

ニヤリと人の悪い笑みを浮かべるシセルニアだったが、リンネは「はしたない」と眉を顰《ひそ》めるや否や、有無を言わさず歩み寄り、シセルニアの乱れた服装を正す。

「普段から素直に腹を出してるレティなんかと比べれば、黒そうだ」

素肌を晒してアルスの動揺を誘おうとでもいうのか。だが、軍人時代から傷の手当てや女性軍人たちのちょっとしたからかいの対象にされて、そんなものを見慣れているアルスには、特段思うところはなかった。それよりも……改めて彼女によく思い出させようとするかのように、鋭い眼光とともにアルスは硬い声を発した。

「そもそも、お前は焼き印の件までは予想していなかったにせよ、リリシャの命を、勝手にゲームの天秤に掛けた。失っても損のない駒《こま》としてな。だから、リリシャの傷はどんなことをしても治せ、レイリーの傷もそっちでなんとかしろ。加えて、治療費は全て王宮持ちだ」

せめてもの誠意を見せろ、とでもいうように、アルスは捲し立てる。

「そうね。もちろん全費用は王宮から支払った上で、個人的にもお詫びはさせてもらうつもりよ。あなたの口からそう言ってもらえて良かったわ。手間をかけさせるわね、アルス」

あえて含みを持たせたその言い方は、あくまでも「アルスの要求を呑んだ」形を作りたかったからだろう。アルスは求め、シセルニアは応じた。これで、妙な貸し借りはなし。付かず離れず、二人の関係は微妙な距離を保たれたまま、進展も後退もない。

ふと、シセルニアはじっとりとした目でアルスを見つめた。

「でもアルス、あなただって、いろいろと首を突っ込んでいるみたいじゃない？　聞いてるわよ、この前はレティと外界に行って……いえ、やっぱりその件はいいわ、疲《つか》れちゃったし」

その気はないにせよ、シセルニアはそれが、まるで他の女と食事に行った恋人《こいびと》を責めるような、ある意味で女を下げる行動だと悟ったのだろう。

ただ口にしなかったというだけで、不満ではあるらしい。シセルニアは幼い少女のように口を尖《とが》らせ、眉根《まゆね》を寄せた表情になる。

それは、この場にリンネとアルスしかいないからこそ見せる、シセルニアの別の一面。

「そう、疲れちゃったのよね。本当に、疲れちゃったわよ……」

そう言いながら、彼女《かのじょ》はアルスをそっと手招きする。

リンネを指名しないあたり、彼女の性格がよく表れている。

アルスは仕方なく、彼女の意図を察せてしまう自分を恨《うら》みながら、シセルニアの前まで行き……背を向けて、そっとしゃがんだ。

「まあいいだろう。俺の背中を貸すくらいはサービスしてやる。結果が一つ違えば、許さなかったところだが」

「ええ、それも分かってたわ。それにしてもこのゲームはねぇ、いつもいつも、本当に大変なのよ。途中《とちゅう》じゃ気にならないけど、終わった時にはどっと疲れてしまうのよ。元首なんて、なるものじゃないわね」

「どの口が」とアルスがまたも言いかけた時、シセルニアはふと……倒れ込むようにしてアルスの背に、全体重を預けてきた。その肩口《かたぐち》に小さな顎が乗り、耳の裏側に彼女の美しい黒髪《くろかみ》がふわりと触《ふ》れるのを、アルスは確かに感じた。

そんな様子を、何故か微笑ましそうに見つめるリンネ。

「ふふっ、本当に、一時はどうなることかと。アルス様、私からも御礼《おんれい》申し上げます。ま、この広間は、酷い壊れようですけどね。もう少し、穏《おだ》やかにやれなかったのかしら」

「それを言いますか、リンネさん」

「でも、私が言わないと誰も、でしょ？　まったく、修理と清掃《せいそう》費用はどれくらいになるのやら……まあ、息抜《いきぬ》き代わりの愚痴くらいは許してくださいな」

リンネも平静なように見えて、正直、気が気ではなかったのだろう。同時に彼女は、シセルニアを常に守ることができる戦力の不足をも、痛感しているようだ。リンネにしては珍《めずら》しく、深く思《おも》い悩《なや》むような表情を見せていた。

そして気苦労が絶えないことに、彼女の次の仕事はアルスに、申し訳ないがそのままシセルニアを自室に運んでほしいと申し入れることだった。

それを心地《ここち》よさそうに聞きつつ、シセルニアはアルスの耳元で囁《ささや》く。

「アルス、あなたは心配しているようだけど、リリシャさんのことは悪いようにしないわ」

「当たり前だ。あんなメンタルが弱い奴を、急ごしらえの騎士長に任命しやがって。挙句にろくなフォローもする気がないくらいなら、元首なんて辞《や》めた方がいいな」

「その嫌味《いやみ》、笑って聞き流してあげるほどの気力ないわよ。でもそうね、この後は公式の場で、【アフェルカ】の再編成計画の公開と、直属部隊としての任命式をなるべく急ぐわ。

順を追ってやるけど準備にはしばらくかかるだろうから、リリシャさんにはまだ当分、学院で生徒をさせてあげられるわね」

「そうか、本人が望むならそうさせてやってくれ。後、貴族側の方はどうする？　大々的に【アフェルカ】捕縛《ほばく》命令を下したと言ってなかったか？　そっちの後処理も優先すべきだろ」

そんなこともあったかという風に、シセルニアはピタリと頬《ほお》をアルスの肩《かた》に付けたまま、ごく無造作に答える。

「それなら大丈夫よ。密命のことは、こちらの裏の意図を察せられる程度には、信頼《しんらい》感があって頭の回る貴族にしか告げていないから。フェーヴェル家もその一つね。だからこそ、後始末は簡単よ。全《すべ》ては【アフェルカ】を燻《いぶ》し出すための口先三寸。そもそも勅判《ちょくはん》がないものだしね。それに気づいたからこそ、フェーヴェル家、フローゼがここにまで手勢を差し向けたのでしょ。仮に彼らが馬鹿正直《ばかしょうじき》に【アフェルカ】捕縛に走って混乱が起きても、それはそれで問題ない。全部、知らぬ存ぜぬで通せるようにしてあるわ」

エイトがエルヴィを追って王宮内に現れた時、主家を巻き込むまいとするセルバの配慮が水泡《すいほう》に帰すのを案じたアルスだったが、それはどうやら杞憂《きゆう》だったようだ。

シセルニアはフェーヴェル家の反応すらも、きちんと読み切っていたのだから。

そして実際、アルス達が知る由もないことだが、【アフェルカ】の拠点《きょてん》を襲《おそ》いレイリーの不在に気づいたセルバが、直後に本家の連絡《れんらく》用メイドから受け取った手紙には、そのことが記されていたのである。

それはさておくとしても、恐るべきはシセルニアの推察力というべきか。まるで一連の事件全てについて、詳細《しょうさい》な事後報告書がすでに出来上がっており、なおかつその内容全てが完璧《かんぺき》に頭に入っているかのように、彼女はスラスラと淀みなく語る。

ただ、いつか彼女が言った通り、シセルニアも神ではない。ここに至るまでは相当に考えをめぐらしたに違いない。それこそ、ほんの些細《ささい》なことにまで神経をすり減らしつつ、あらゆる可能性を考慮《こうりょ》した結果、最善の一手を選び出し、導いたのだろう。

そう思えば、さすがのアルスも、せめてベッドまでは疲れ切った頭脳を休ませてやりたい気にもなる。そんなアルスの心中を聡《さと》くも察したように、シセルニアがまたも抜群《ばつぐん》のタイミングで、囁きかける。

「私をこの狭い箱庭に置いて、一人で飛び立たないでね、アルス……」

「…………」

どこか哀切《あいせつ》を帯びたそんな言葉。それを寝所《しんじょ》での睦言《むつごと》のように告げつつ、アルスが肩越《かたご》しに見たシセルニアは、静かに目を閉じていた。

だが、それは夜の戯れめいた甘《あま》い気分から出たと取るには、少し重い。そう、不用意に返答できないほど重たい言葉だと、アルスは受け取る。

彼女が背負う重圧は、とても一人では耐《た》え切れないものだ。それをアルスは、今回のことで嫌《いや》というほど目《ま》の当たりにした。

常人には及《およ》ぶべくもない途方《とほう》もなく綿密な計画を立て、いつ途切《とぎ》れるともしれない細い糸を、揺るがぬ強い精神で手繰《たぐ》り寄せる。そんな綱渡《つなわた》りじみた苦心の連続の果てに、彼女は何を得られるのだろうか。

国の平穏？　国民からの称賛《しょうさん》？　それとも元首として名声だろうか。

（どれも、似合わないな）

結局のところ彼女は一人になりたくないのだ。その根に在るものが、自分と同じ孤独であることを、アルスはこの時自覚できなかった。完全にではないにせよ、どこかでずっと満たされなかったものが、充足《じゅうそく》していると感じられる現在《いま》。だがそんな時にこそ、人は己《おのれ》が本当の意味で何を得たのかを気づけない。そしてお決まりのように、失った時初めて、そのかけがえのなさを知るのだ。

そう、アルスも今は、自分一人では気づけない。

しかしその代わりに、知れたことはある。元首とは何か。あらゆる者に号令できる、国の政治上の最高峰《さいこうほう》という立場の者が、どういった定めを負うのか。

「つまり、嫌《きら》われるのが仕事か」

「…………」

沈黙《ちんもく》しているシセルニア。代わって返事をしたのは、リンネであった。彼女は軽く目を伏せつつ、短い言葉の一つ一つに多くの想《おも》いとニュアンスを乗せて、しみじみとした口調で語る。

「本当に、頼りにしているからこそ、なのでしょうね。シセルニア様が敵を作り過ぎないことを願うばかりですが、そんな綺麗事《きれいごと》だけでは、そうそう一国家は回らない。まったく、この世界は、実に良く出来ていますね」

皮肉の一つも言わずにはおれない、リンネの恨みがましい口調が、そんな風に明快に、彼女の複雑な胸の内を語っていた。

一方のシセルニアは、意味深な無言を貫いたのかと思いきや、すでに緊張《きんちょう》の糸が切れていたせいか、アルスの背中で小さな寝息《ねいき》を立て始めていた。だがアルスは彼女を起こさないよう配慮《はいりょ》するようなことはせず、声のトーンは落とさないまま、リンネに言う。

「リンネさんでも、そんな感傷に浸《ひた》るんですね」

「失礼ですね。これでも大人ですから、ときには過去を振り返って物思いに耽《ふけ》ったり、人生の些細な出来事に、いちいち喜怒哀楽《きどあいらく》を覚えたりするものですよ。まあ何よりも今は、シセルニア様の背負われているものを考えると、運命の神様とやらに文句の一つも言いたい気分ですが」

「そうですか、それが聞けただけでも」

「はい、アルス様にはご迷惑《めいわく》をおかけしますが、今後ともシセルニア様を、ぜひに……」

そう言いながらも、リンネは実は、まだシセルニアがアルスに全てを語っていないことを知っている。彼女は少し前、リンネを辺境に派遣《はけん》して大魔法犯罪者であるイリイス――ミナリス・フォルセ・クォーツ――に接触《せっしょく》させたことを、アルスに対して教えていないのだから。同時に、そこで話した内容と得た情報についても。

確かにそれは考えようによっては、知らせる必要がないことかもしれないが……。

それでも、と、そうリンネは思ってしまう。アルスを必要としているというのなら、やはり全てを包《つつ》み隠《かく》さず打ち明けたほうが妙手《みょうしゅ》なのではないか、と。シセルニアの態度は矛盾《むじゅん》しているようでいて、その実、傷つきやすい彼女の思わぬ内面を示している。

手を取ってほしい、でも、同時に恐ろしいのだろう。きっと彼女の中では、アルスの信頼を得たい気持ちと、全てを知られて嫌われたくない気持ちが、同時にせめぎ合っている。

だからこそ、事態はより複雑なのだ。そんな女心と元首としての気構えの間に在る二律《ジレ》背反《ンマ》を考えると、寧《むし》ろリンネの方がやるせなさを感じてしまう。

信頼したい相手にさえ、心を開けない立場が、彼女をより孤独にさせる。リリシャを次代の【アフェルカ】の管轄《かんかつ》者に指名した理由も、もっともらしくいろいろ言ってはいたが、やはり彼女《リリシャ》が、アルスに近しい存在だと見て取ったからだろう。

何しろあのアルスが、わざわざリリシャの呪印を解くために、重い腰を上げたのだから。そう、リリシャを選んだのは、彼女がアルスに少しでも近しい場所に置いておける人間――駒――だったから。もしかするとシセルニア自身すら自覚していないかもしれないが、きっとそれが本音に近いと、リンネは推測している。

大人になるということが、他者に容易に胸襟《きょうきん》を開かない狡《ずる》さを身に付けることだとすれば、シセルニアほど恐ろしく狡猾《こうかつ》な人間はいない。

特に素直さに関していえば、ともすれば軍上層部や貴族の古狸達《ふるだぬきたち》のほうが、まだ遥かに可愛《かわい》げがあるというもの。そしてそんな彼女が、唯一《ゆいいつ》素直《すなお》で可愛らしい顔を見せることがあるとすれば……。

（まあまあ、こんなにぐっすりお眠《ねむ》りになってしまわれて）

そんな風に、リンネは半ば呆《あき》れながら微笑《びしょう》する。

この食えない女主人が、すっかり纏《まと》い慣れてしまった鋼鉄の仮面。それは意外にもアル

スならば、あっさりと脱《ぬ》がせることができるのかもしれない
（本当に、アルス様が常に、シセルニア様のお側《そば》に立っていてさえくだされば……。いえ、それは所詮《しょせん》、無理な相談なのでしょうね。私の口からは、それこそ遠回しにお願いすることさえ、はばかられることでしょうし）

遥か前に別れを告げ合った恋人同士にもどこか似て、二人の間では、すでに決着のついた問題なのだ。直接口に出しはしないが、アルスのスタンスをシセルニアは許容できず、シセルニアの要求をアルスは呑めない。

だがこの奇妙《きみょう》な二人の関係性の中で、どちらかというと、より強く相手に何かを望んでいるのはシセルニアの方なのだろう。現1位たるアルスの持つ力、影響力《えいきょうりょく》を考えに含《ふく》めた政治的な思惑を抜《ぬ》きにしても、である。

その力関係のバランスを微妙《びみょう》に感じ取っているからこそ、誰に対しても物怖《ものお》じしないこの元首が、アルスに対してだけは妙《みょう》に不器用というか、その態度がどうにも一定しない。手綱を取って制御《せいぎょ》するどころか、女の武器とばかりに弱気になったかと思えば、次には妙に強気に出て憎まれ口を叩《たた》いてみたりと、ちぐはぐな態度を取る。

いくらか作為的《さくいてき》にやっている部分はあるにせよ、シセルニアともあろうものが、結局のところアルスに対してだけは、望む結果を出すことができていないのだ。

彼《かれ》に相対する時に限って、シセルニアはいつもの怖《こわ》いほどに研《と》ぎ澄《す》まされた政治的手腕《しゅわん》を忘れ、相手を常に巧《たく》みにコントロールし切る、あのバランス感覚すらも失ってしまうのだろう。

決して交わらない二人の道——この先何処《どこ》かで、それが交わってくれると信じるしかない、今は。

そんな想いを胸に、リンネはアルスの背で、安らかな寝息を立てるシセルニアを眺める。

それから間もなくしてリンネは、そんなしどけない姿を見せる主を負《お》ぶったままのアルスを特例として招き入れるべく、元首の寝室《しんしつ》に通じるドアを開けたのだった。

第75章「クレビディートの絶対者」

アルファの隣《となり》に位置する国――クレビディート。

そのクレビディートから外界に向かって数十キロの地点。そこでとある部隊が、激しい戦闘《せんとう》を繰《く》り広《ひろ》げていた。

その目的は、一帯の魔物の完全掃討《そうとう》である。手練《てだ》れ揃《ぞろ》いの魔法師達が働《はたら》き蟻《あり》の如く走り回り、同時に草原を焼きつくす猛火《もうか》のような勢いで、そこに巣食う魔物を次々屠《ほふ》っていく。無駄のない連携《れんけい》、互《たが》いをフォローし合う状況《じょうきょう》判断の素早さ、どれを取っても並の魔法師の一団では到達《とうたつ》できないレベルだ。

彼らはとある一線上に並んで留《とど》まり、まさに四方八方から迫《せま》り来る魔物の群れを、ギリギリのところで凌《しの》ぎ切っていた。

今、隊員らに課せられている使命は、そこから半径十メートル以内に魔物を侵入《しんにゅう》させないこと。

もし今、誰《だれ》かにそことは？　と聞かれようものなら、隊員達は必死の形相とともに、それでも一様にちらりと振り返り、視線のみで指し示しただろう。

アーチを描《えが》くように地中から飛び出た巨大《きょだい》な根の上に腰を下ろして上品そうな細い傘《かさ》の柄《え》を抱《だ》き、ゆっくりと回転させている華奢《きゃしゃ》な少女を。

苛烈《かれつ》な攻防《こうぼう》の最中、その空間だけは、まるで華《はな》やかなバカンスの場を思わせるような、美しい絵画の中にも似た優美な空気が漂《ただよ》っている。

彼女には、許されていた。この戦闘の中において、そんな気の緩《ゆる》みにさえ見える態度を取ることが。

彼女こそは、堅牢《けんろう》の国クレビディートが誇《ほこ》る〝最硬〟の魔法師、ファノン・トルーパーである。藤色《ふじいろ》の髪《かみ》を左右で結《ゆ》い、小柄《こがら》な体躯《たいく》でゆったりと腰かけているその様子。顔にはどこかあどけない幼女のような趣《おもむ》きがあり、その印象は、この場にいるどんな魔法師とも異なっている。

外界には似つかわしくない、外出着とも呼べるような晴れやかな衣装を着用し、上等そうなヒールの高い靴を履《は》いている。そして何よりも、どうにも場違《ばちが》いすぎる優雅《ゆうが》なデザインの傘。

彼女の姿は何もかもが違和感《いわかん》で満ち溢《あふ》れているが、隊員達がそれを指摘《してき》することはない。寧ろその点については、全員感覚が麻痺《まひ》しているとさえいえる。

だがそれは、お仕着せの軍服とも異なる、まぎれもない彼女の〝戦闘服《せんとうふく》〟であった。

そうとは知っていても、どうにも納得しかねる部分はあるが、それこそが彼女なのである。ファノン・トルーパーのそんなスタンスは、どこにおいても揺らがない。そう、この戦場においてさえ。

違和感といえば、ファノンの胸部には、その少女じみた外見の印象とは異なる、ふんわりと大きな膨《ふく》らみが見て取れる。

当然ながら、不自然さはぬぐえない。だが万が一、そのことに触れてしまえば……。恐《おそ》ろしい噂《うわさ》がある。

とある男性軍人が、そこに関してうっかり失態を演じた結果、こともあろうに睾丸《こうがん》を蹴《け》り潰《つぶ》されたというのだ。

噂というより、ほぼ誰も事実であろうことを疑っていないそんな前例があるだけに、ファノンの身体的特徴《とくちょう》に触れることは、もはやこの部隊、ひいては軍部全体においても絶対の禁句《タブー》とされている。

そんな絶対強者としてこの場に君臨する彼女が、傘を弄《もてあそ》ぶ手を止め、ふと声を発した。

「ねぇ、まだ？　さっさと片付けてくれない？」

途端《とたん》、ギクリと隊員らの肩が跳《は》ねる。一瞬《いっしゅん》たりとも気が抜けない魔物との戦闘中であるが、その実、彼らが何よりも恐れているのは、無数の魔物よりもたった一人の背後の女性隊長であった。

そして、そんな彼女の傍《そば》には、涼《すず》やかな表情のもう一人の女性が立っている。この金髪《きんぱつ》の美女はその立ち位置から、恐らく副官かそれに相当する立場であろうか。

男性隊員たちが魔物と死《し》に物狂《ものぐる》いの戦いを続けている中、彼女は返り血はおろか、泥《どろ》一つさえかぶっていないようだった。

いや、彼女だけではない。他の女性隊員らも、現在血みどろで戦っている男性隊員たちとは別格の扱《あつか》いを受けていた。彼女らは男性隊員の後方、ファノンの傍に陣取《じんど》って、戦いを見守っているのみだ。

いや、女性が特別扱いされているというより、この隊においては、男性により厳しい試練が与《あた》えられているというのが正しいだろうか。その結果、過酷《かこく》な戦場を生き抜く羽目になった古参の実力はどんどん上がり、隊全体の熟練度も、並の部隊を遥かに凌駕《りょうが》するレベルに到達している。

なお、女性隊員達は戦闘だけでなくファノンのお世話役をも担《にな》っており、そこは女性ならではの役割ということになっている。

だからこそ、ファノンが今日は行軍だけで疲れたから休むと言い出しても、身体が汚れたと唐突に最前線でシャワーを浴びようとも、そのために、巨大なテントの設営に駆《か》り出されようとも。

男どもは文句一つ言わない。寧ろ、ファノンのささやかな願いのために馬車馬の如く働くことを、彼らは使命とすら感じていた。

それは何より、ファノンの実力が他を圧倒《あっとう》しているからだ。精鋭《せいえい》と呼ばれる彼ら全員が立ち向かっても、ファノンには傷一つつけることができないというほどに。

何よりも彼らは……。

「〝姫《ひめ》〟をお守りしろっ！　万が一、一匹《いっぴき》でも姫の手を煩《わずら》わせることになったら、今後、倍の荷を担《かつ》がせられるかもしれんのだっ！」

男性隊員のリーダー格から、この部隊ならではのそんな妙な檄《げき》が飛ぶ。たちまちそれに応じる気合の声が一帯の空気を震わせた。無論、荷物が倍になる程度の生易しい罰《ばつ》で済むとは、誰一人《だれひとり》思っていない。

今も、魔物《まもの》の大群が一斉《いっせい》に彼らの周囲に押《お》し寄せてきているが、そもそもこれはファノンが原因だ。チマチマ討伐するのは面倒《めんどう》だからという理由で、彼女が手始めに小物をなぶって、一帯の魔物全《すべ》てをここに引き寄せたのである。

ただ、肝心《かんじん》のファノン本人は木の根に座《すわ》り込んだまま、宙に放《ほう》り出した足を交互《こうご》にぶらぶら揺《ゆ》らしているばかりで、手を貸す気などさらさらない様子——いつものことだが。

そして、ファノンの隣にいる副官——エクセレス・リリューセムもまた、涼しい顔でただ立っているのみ……。

だがそう見えた次の瞬間、様子が変わる。その彼女の首元から微《かす》かに薄黒《うすぐろ》い痣《あざ》が蠢《うごめ》いたかと思うと、まるで生き物であるかのように、顎下まで広がった。

「どうやら波状攻撃《こうげき》のようですね。この第二波は数が増えただけでなく、レートも上がっていそうですよ」

「ふぅん。でもまぁ、大丈夫でしょ」

事も無げにそう言った直後、ファノンはきっと眦《まなじり》を吊《つ》り上げた。

「あっ!! アンタら何下がってんのよっ! 誰が防衛線を下げて良いって言ったの、ねえ? あ? ちょっと、あそこから一歩でも下がった奴から、尻《しり》を焼いて良いわよ!」

そう指示された側近の女性隊員は、気の毒そうな表情を浮《う》かべつつも、しっかりとその手に炎《ほのお》を纏い出す。

そんな光景の先で、ファノンの指示通り円陣《えんじん》を組み、彼女から半径十メートルの絶対防衛ラインを死守していた男性隊員らに、異変が起き始めていた。

あまりに多い魔物《まもの》に圧《お》され、ジリジリと後退を余儀《よぎ》なくされ始めたのだ。そしてついに、一人、また一人と、尻を焼かれる者が現れ出す。

「オメェら踏《ふ》ん張れ!!　残りの魔力《まりよく》を絞《しぼ》り出せ！」

リーダー格が怒鳴《どな》る。ファノンの部隊は先日から外界に出ているのだが、戦闘の矢面《やおもて》に立つのは常に男性陣《だんせいじん》であった。

しかも、戦闘は激戦続きである。だがこんなことを何年も続けているにもかかわらず、死者は他の部隊と比べるとかなり少なかった。その理由は。

「あ？　もう、仕方ないわね。面倒だから例によって、ロエンを囮役《おとりやく》にしなさい」

ファノンの一言に、男性隊員達《たち》はえっ、とでもいうような表情を浮かべ、彼らの心中を代弁するかのように、副官のエクセレスが告げる。

「ファノン様、ロエンさんはもういませんよ。自分の部隊を立ち上げてこの隊を抜けたじゃないですか、お忘れですか？」

「あれ？　そうだったかしら」

「そうですよ。この前ロエンさんが一緒《いっしょ》だったのは、たまたまです。彼の部隊も合流していましたからね、もっとも人手はまだまだ足りてないようでしたけど」

「あ？、そうだったわね。でも、良い囮がいなくなったって考えると、ちょっと痛手よね」

「いえ、自分の部隊を持ちたいというロエンさんの夢がせっかく叶《かな》ったんですから、大目に見てあげないと。でもまあ、ロエンさんも今ごろ、病室でうなされてそうですが。まったく、新設されたばかりの部隊だっていうのに、可哀《かわい》そうに」

エクセレスはファノンに少しあてつけるように、元同僚《どうりょう》のロエンの不運をわざとらしく嘆《なげ》いた。

「しーらない」

小言を避《さ》けようとするかのように、ファノンはそっぽを向く。

そんなファノンに、エクセレスは手のかかる妹の面倒を見る姉のような表情で、そっと溜《た》め息《いき》を吐《つ》いた。

(そもそもあの共同作戦は、ファノン様の根回しだったんでしょうに。まあ新設のロエン隊に、シングル魔法《まほう》師たるファノン様の部隊との共同作戦で、実績を作らせてあげたいっていう親心までは良かったんですけど。しかしあのキツイ現場を振るのは、さすがに過酷すぎでしょうに……はぁ〜　どうにもやりすぎてしまうのが、玉《たま》に瑕《きず》なんですよね)

エクセレスの溜め息が再び重なるその間にも、ファノンは「じゃあ誰を囮にしよっか」などとのたまい、また彼女の悩みの種を増やそうとしていた。

その証拠《しょうこ》に、悪魔の声を耳にした男性隊員らの背中が、明らかに強張《こわば》ったのが分かる。

次の瞬間、誤差なくファノンとエクセレスが同時に視線を動かすと、ファノンはパチリと軽快に指を鳴らした。

直後、男性隊員達《たち》が敷《し》いていた防御陣形《ぼうぎょじんけい》に綻《ほころ》びが生まれ、そこにBレートクラスの魔物《まもの》が殺到《さっとう》してきた。

瞬時《しゅんじ》に陣形《じんけい》が食い破られたと見て、ファノンは側近の女性隊員を二名あてがう。

ファノンの意図を的確に理解すると二名は、陣形の綻びの穴を繕《つくろ》うかのように、魔法を放つ。たちまち炎系統の魔法が魔物達の前面を火の海へと変え、同時に盛り上がった土壁《つちかべ》が、強烈《きょうれつ》な熱波を放つ。それらは、彼女らが二人で発生させた、いわば煮《に》え立つ岩焦《マグマ》によるものだ。

熱気の凄《すさ》まじさに、近くにいた隊員でさえ、思わず顔の前に腕《うで》をかざしていた。

その直後――ふとエクセレスが何気ない口調でファノンに報告する。

「やっと釣れましたよ。ただ……」

二人以外の者にはどうにも脈絡《みゃくらく》がなく思える、何かの報告じみた台詞《せりふ》。だがエクセレスがさらに続く言葉を告げる前に、ファノンの背後に一瞬で巨影が回り込んでいた。

誰にも認識《にんしき》できない速度で、その魔物はファノンの背を捉《とら》える。

光沢《こうたく》のある黒い体色、上半身は蝙蝠《こうもり》が巨大化《きょだいか》したような形状で、両腕《りょううで》の下には飛膜がある。下半身は地面を蹴るために特化した頑強《がんきょう》な足。絞られた両眼は、獲物《ファノン》を鋭《するど》く睨《ね》め付けていた。

ファノンの背後、死角から迫る強靭《きょうじん》な爪《つめ》。一瞬にて爆発的《ばくはつてき》な魔力量が魔物の凶爪《きょうそう》に宿ったかと思うと、粘性《ねんせい》の魔力が弾《はじ》け、駆け寄ろうとした隊員達の足をコンマ一秒止めさせる。

そのまま、まるで全てを賭けるかのように全力を注ぎ込んだ魔物の一撃《いちげき》が、ファノンの背に向けて振り下ろされる。

が、誰もが息を呑んだその奇襲《きしゅう》は、半透明《はんとうめい》の障壁《しょうへき》にいとも容易《たやす》く弾かれてしまった。

まるでその前では全てが無意味であるかのように、完全で完徹《かんてつ》した防御《ぼうぎょ》。魔物の凶爪――五指全てが弾《はじ》け飛び、反動で腕がひしゃげる。

魔物の血が降り注ぐ中、優雅に差した傘の下から悪魔的《あくまてき》な笑《え》みを浮かべて、ファノンは振り返ると同時、一言のみ発した。

「ば～か」

「Aレート、【幻影の半獣／バクラ】を確認《かくにん》。気をつけてください！　内包魔力が多い！」

エクセレスが声を張り上げる。【バクラ】は、目立つ戦いは全て仲間や配下に任せ、奇襲を得意とする。さらに驚異的《きょういてき》な索敵《さくてき》能力と俊敏《しゅんびん》さをも備え、クレビディート近辺では、討伐《とうばつ》に骨の折れる魔物の代表格である。

狡猾で用心深いこの魔物を釣り出して討伐するために、ファノンはわざわざ、こんな大

立ち回りをしたのだ。そしてもちろん、獲物がまんまと飛び出してきた今、この機を逃《のが》す愚《ぐ》を犯《おか》すわけにはいかない。

一方、ファノンの障壁を突《つ》き破《やぶ》れなかった時点で、【バクラ】には選択肢《せんたくし》が二つあった。逃走《とうそう》を図《はか》るか、魔物らしく蛮勇《ばんゆう》を振るうか。

次の瞬間《しゅんかん》——厳密には一秒にも満たなかったであろう、血飛沫《ちしぶき》が舞《ま》う緩慢《かんまん》な時間の流れの中……。

まるで切り札を使うことを決意したように、【バクラ】が一瞬跳躍《ちょうやく》した。その外皮表面に細かなラインが無数に伸《の》び、そこに不気味な光が灯《とも》る。

飛膜までも一瞬で伸びたその様を、ファノンは不敵な笑みを崩《くず》さないままに最後まで見届ける。

「ファノン様、変質しますッ⁉」

ファノンの視界から【バクラ】が掻《か》き消える。

それは、【バクラ】が次なる段階に進化しようとファノンから距離《きょり》を取ったためだ。いや、正確には襲い掛《か》かってきた時点で、その身体《からだ》はすでに変じ始めていたのだが……。

まずは空中で新たな姿と力を獲得《かくとく》する時間を稼《かせ》ぎ、それから再び、襲撃《しゅうげき》態勢を取ろうというのであろう。

だが、いったん離脱《りだつ》を選んだ時点で、【バクラ】の運命は決していた。

飛翔《ひしょう》して距離を取ったはずのその身体が、〝見えない何か〟にぶつかる。

それは、魔法《まほう》の障壁《しょうへき》――ファノンがその魔法で編んだ、四方から伸びた巨大な壁《かべ》である。

【バクラ】はまさに右往左往といった様子で飛び回り、その度に壁にぶつかっては、追い詰《つ》められた鼠《ねずみ》のように悪あがきを繰り返す。

そして最後に魔物が辛《かろ》うじて見つけた逃走ルートは、〝頭上〟であった。上だけは、まだ壁に覆《おお》われていない。そう悟《さと》るや、【バクラ】は四方の障壁を蹴りつけ、その反動を利用して飛翔。それを高速で繰り返し、四方を押し包む壁の中を、より上空へと昇《のぼ》っていく。

その動きを悟った直後、ファノンは傘の下で指をクイッと曲げる。すると四方を囲っていた障壁が、【バクラ】の動きを追うかのように、凄まじい速度で空へと向けて伸長《しんちょう》していく。魔物が飛翔し、そのたびに壁が伸びる。それが繰り返された結果……果して壁はどれほど伸び、魔物はどれほどの高みに到達したのか。

下から目を凝《こ》らしても、巨大な魔物の身体が芥子粒《けしつぶ》ほどにしか見えなくなったその時。

ファノンはふと傘を下げる。

途端、永遠に繰り返されるかのようだった鼬《いたち》ごっこに終止符《しゅうしふ》が打たれた。一際その伸長速度を上げた魔法障壁が、魔物の飛翔速度を大きく上回ったのである。

上空遥《はる》かな塔《とう》の天辺《てっぺん》、鳥籠《とりかご》の蓋《ふた》が閉まる。

突如《とつじょ》現れた天井《てんじょう》に【バクラ】は勢いのままに激突《げきとつ》。それと同時、その鋭い脚爪《あしつめ》で蹴られ続けてきた魔法障壁が、溜め込んできた恐ろしい量の反動エネルギーを一気に打ち返す。

その衝撃《しょうげき》は、さしもの魔物の頭をも柘榴《ざくろ》のように軽々と弾けさせ、巨体《きょたい》は血しぶきとともに落下してきた。

それを待っていましたとばかり、魔力を温存していた女性隊員らが、一斉に頭上に向けてそれを撃《う》ち出し、高威力《いりょく》の魔法を浴びせる。互いの魔法の干渉《かんしょう》などお構いなしの、猛烈《もうれつ》な魔法の連撃。それこそ魔物の肉片《にくへん》すら残さぬ高火力の魔法が、花火のように絶え間なく撃ち続けられた。

その衝撃と乱れに乱れた魔力残滓《まりょくざんし》により、その周辺は一時的に、天然の探知阻害《そがい》空間と化したほどである。

だがその間、ファノンはまたも傘を差し直すと、木の根の上で、上機嫌《じょうきげん》で足を交互に揺らしていた。

「魔核《まかく》の完全破壊《はかい》を確認しました」

どれくらい経《た》ったのか、エクセレスのそんな一言で、隊員全ての動きがぴたりと止まる。

同時、たちまち塔のように伸びていた魔法障壁は解除され、ファノン達のみを囲う箱状へとその形を変じる。

そこに降り注ぐのは、半ば崩壊《ほうかい》し質量を失いかけた魔物の肉片やら大量の血液の名残《なご》り……。

その無残な音を、目を閉じたファノンは、いっそ静かな雨音のように聴《き》く。

全てが止《や》んだ直後、ようやく目を見開いた彼女は、軽快に木の根の上から跳躍《ちょうやく》し、ぽんと着地する。続いて凝った身体を解《ほぐ》すように、頭上で両手を組んで背筋を伸ばし。

「さあ、かーえろ」

一週間はかかるであろうと想定されていた任務も、蓋を開ければたった二日で完遂《かんすい》。如何《いか》に強引《ごういん》なやり方であろうとも、ファノンが一度そうと決めたら、あらゆる出来事は彼女に従う。無論、その分だけ、隊員らは相応の死線を潜《くぐ》ることになるのだが……。

この任務もまた結局は、外界の空気にうんざりした彼女が「彼《か》の地《ち》に一週間もいるなど耐えられない、ならば二日で終わらせる」と決め、そうしただけのこと。

しかし。

「ファノン様、帰るだなんて！　ま、まだ任務が……あちらからも、新手の魔物が多数押し寄せて……」

悲痛な声とともに、男性隊員が指さす方向を、ファノンは一顧《いっこ》だにせず。

「は？　残りの雑魚《ざこ》なんて、アンタらでなんとかしなさいよ。とにかく、私達はもう帰るから！」

冷たくそう言い捨て、手を振《ふ》りながら去っていくファノンは、その足取りを緩めようとすらしない。

そんな背中に縋《すが》るような目を向けた男性隊員を、怒鳴りつける声がする。

「この馬鹿野郎《ばかやろう》が！　あれしきの敵に弱音を吐いて、姫を煩わせるな！」

男性隊員らのリーダー格が弱気になった部下を叱責《しっせき》し、そう叫《さけ》んだかと思うと、いかつい顔に似合わぬ笑顔《えがお》で、ファノンに向けて手を振った。

「さあ、どうぞ姫は、ご遠慮《えんりょ》なくお帰りになってください！　あれは、俺達《おれたち》が食い止めますんで！」

「あっそ。あら、でもこっちの帰る方向にも、ウザいのがいっぱい来ちゃうみたいだけど……」

「あ、そちらもお任せください！　俺達が帰路を切り開いてご覧に入れます！」

彼らの軍人としての使命から考えると当然なのかもしれないが、魔力も尽《つ》きかけている男性隊員達だけで、本当にそれが可能かというと……嫌な予感しかしない。彼らの未来には、それこそ最悪の状況が待っているに違《ちが》いない。

それでもファノンは、脳裏《のうり》にそんな地獄《じごく》絵図を明確に思い描きながらも、平然とその戦場を後にする。

「せいぜい励《はげ》めば？　さて、そんなことよりエクセレス、帰ったら気晴らしに買い物にでも行きましょう！」

「え、ええ、それは構わないのですが。大人向けの服を試着するのはいいのですけど、似合わなかったからって、また臍《へそ》を曲げないでくださいよ？」

エクセレスは、モデル並みの美貌《びぼう》と高身長を兼《か》ね備《そな》えた自分に向け、ファノンの嫉妬《しっと》の炎が燃え盛らないことを祈《いの》りつつ、そう釘《くぎ》を刺《さ》す。

「あら、もちろんよ。私だって子供じゃないんだし、当然のことね」

「へえ、本当にそうだといいんですが」

そんないつも通りの呑気《のんき》な会話を交《か》わす隊長と副官の脇《わき》で、男性隊員らが怒号《どごう》を上げつつ魔物を薙《な》ぎ払《はら》い、打ち倒《たお》し、いつ果てるともしれない奮闘《ふんとう》を続ける。

そんな彼らが切り開いた血路の中を、美貌の副官・エクセレスにかしずかれ、愛用の傘型AWRを手元にしずしずと歩んでいくファノン。今や彼女《かのじょ》の表情は、終始すっかり上機嫌そうであった。

第76章「約束」

王宮での出来事から二週間あまり。

学院の訓練場では、いつかの約束が果たされようとしていた。

赤毛を快活そうに揺らしながら、居丈高《いたけだか》な雰囲気《ふんいき》を纏ったテスフィアが訓練場の一区画、そのバトルフィールドの中央に立つ。

「リリシャ、逃《に》げなかったことは誉《ほ》めてあげるわ。あんたの血でマットを赤く染めてあげるからね」

訓練場にマットがあるのかどうかは知らないが、その言い様は、まるで試合前のトラッシュトークで会場を盛り上げる悪役選手のようである。

残念ながら当事者であるテスフィアとリリシャの他《ほか》に、観客っぽいと言えるのはアルスとロキ、それにアリスだけだ。訓練場は貸切ではないが、椅子《いす》を数脚《すうきやく》据えてあり、テスフィア以外はそこに座っている。外から見えないように暗幕を張っているせいで、テスフィアも妙に気が大きくなっているのだろう。

今日のテスフィアの対戦相手であるところのリリシャは、そんな彼女に白い目を向けつつ、隣に座るアルスに言った。

「あれ、貴族の子女なのよね？」

「ああ……それも三大貴族の御令嬢《ごれいじょう》だな」

品位とか礼儀《れいぎ》とか、とにかくそういった体裁《ていさい》を全《すべ》てかなぐり捨てた様子のテスフィア。

そんな貴族の成れの果てとも呼べる相手を、リリシャは呆れたように眺《なが》めて。

「もう私の負けでいいから、せめてこっちだけは、貴族としての品位を保ちたいんだけど」

今更《いまさら》この争いの不毛さに気づいたのか、リリシャは心底嫌そうな顔でアルスを見る。

「俺《おれ》に言っても仕方ないだろ。それにあいつを見てみろ、もう引き下がれないところまで息巻いてるぞ」

確かに、テスフィアの頬《ほお》に少し赤みが差している。テンションを維持《いじ》するだけでも、相当な消耗《しょうもう》がありそうなものだが、とにかくやる気は満々なのだろう。

そもそも二人の間で起こった些《さ》細《さい》な言い争いがことの発端《ほったん》だったと、アルスは記憶《きおく》している。とにかく互いに馬が合わない、存在自体が気に食わないとかいう、非常に感情的でくだらない理由だったような気がする。

だがこの分だと、そんなことすら、リリシャは忘れていたのだろう。

彼女が【アフェルカ】再編の大役に一段落をつけ、学院に戻《もど》ってきたのは何《なに》を隠そう今朝のことだったからだ。

テスフィアが決闘《けっとう》のことを持ち出した時、一瞬ポカンとしてしまったリリシャは、全力で脳内の記憶を手繰《たぐ》って、ようやく思い出せたくらいだ。

人生最大の大役を果たし、ようやくどっと肩《かた》の荷が下りた……そんな一大イベントの直後だったのだから、リリシャにとってはつまらない意地など、もはやどうでもいいことになり果てていたのだ。

そういう意味で、今や彼女はこの決闘に何の意義も見出《みいだ》せない。まあ、最初から意味なんてものがあったとしたら、の話だが。

「さあ～、盛り上がってまいりました！」

溜め息をつく彼女を他所《よそ》に、突然《とつぜん》、そんなリングアナウンサーじみた口上が始まる。

唐突《とうとつ》に声を張ったのは、いつの間にか、テスフィアとリリシャの座っている椅子の中間上に立ったアリスだった。

「さて、今度こそ決着を、と燃えに燃えているフィア！　まさに貴族の誇りを懸《か》けた世紀の一戦にして挑戦《ちょうせん》！　そして、これに応じるのはリリシャちゃんです！」

唐突に指を突きつけられ「はあ？」と目を丸くするリリシャ。加えてお前は何をやってるんだ？　とでも言いたげなアルスの冷たい視線を受けると、アリスはそっと赤くなった顔を背《そむ》け、気持ち小声になった。

この分だとどうせ、テスフィアにやらされている口なのだろう。

だがこのどうにも締《し》まらない感じ……アリスは仲間に引き込まれたというより、自爆気《じばくき》味な三文芝居《しばい》の道連れにされた感がある。

「ど、どうかなぁ、果たしてこの挑戦をリリシャちゃんは受けて立つのかあぁぁぁ、ああ……フィアあぁぁ、もう嫌《いや》だよ、こんなの」

「い、いいからちゃんとやってよ」

小声でアリスを宥《なだ》めるテスフィア。

仕方なく、アリスは手元のメモに目を落として。

「お、おやあ、反応がないぞぉ～⁉　腰抜《こしぬ》けのリリシャちゃんは土壇場《どたんば》で尻尾《しっぽ》を巻いて逃げ出してしまうのか。こ、ここでフィアからの提案があるようです」

アリスがそう促《うなが》すや、ふんすと息巻きながらテスフィアが胸を反らして仁王《におう》立ち。「逃げるなら、地面に頭をこすりつけて私に謝《あやま》ることね。それなら許してあげなくもないわ」と芝居じみた台詞をドヤ顔で決める。

それを見ていたロキが、白け切った様子で言う。

「どうにも下手すぎる挑発《ちょうはつ》ですね。というかこれ、三文芝居というよりもはや学芸会レベルなのでは？」

「言ってやるな。こっちが居たたまれん」

アルスももはや、見守ることしかできない。どんな形であれ、テスフィアはちゃんとケジメをつけたいのだろう。きっとリリシャと一度は拳《こぶし》を交えた上で、それなりの落としどころに持っていきたいのだ。それがたとえ、予定調和の和解展開だとしても。

顔を見合わせるアルスとロキの横で、仕方ない！　とばかり、リリシャは大きく溜め息をつくと、顔を上げて真っすぐテスフィアを睨《にら》みつけた。

「言わせておけば、まったく生意気な！　あなたみたいな貴族の〝き〟の字も知らない小《こ》娘《むすめ》に下げる頭なんて、持ち合わせてないっての！」

それから重々しく立ち上がると、リリシャはまるでボクシングのグローブのように、手にＡＷＲを装着し始めた。

「結局出ていくあたり、こいつも似たもの同士だな」

「いいんじゃないですか。案外リリシャさんもノリが良いですよね」

「それも言ってやるな」

まあ、家のことや兄のこと、その他もろもろ、リリシャは長年背負ってきた肩の荷を、ようやく全て下ろすことができたのだ。ここで多少学生らしく羽目を外したところで、それを責める気になどなれない。

つまるところ、彼女にとってもこの学院は、構えずに素《す》でいられる本当の居場所となったということなのだろう。

「それはそうとリリシャ、お前のAWRってそんなのだったか？」

アルスが気持ち小声で訊《たず》ねると、リリシャはちょっと片手を掲《かか》げて見せる。

その中指には以前の手袋《てぶくろ》型ではなく、爪のようなAWRが嵌《は》められていた。猛禽類《もうきんるい》のもののように鋭く、表面には紋様《もんよう》のような魔法式が刻まれている。

「あ～これね、ちょっといろいろあって」

その後、リリシャは囁《ささや》くように続けて。

「……実はあの後、フェーヴェル家に正式な謝罪ってわけじゃないけど、私も直接出向いたのよ。ホント、菓子折《かしおり》とか持って。一応襲撃しちゃったわけだし、あそことウチは、ずっと確執《かくしつ》を抱《かか》えていたからね」

テスフィアに聞こえないようにかなり声量を落としているが、アルスとしては突っ込まざるを得ない。

「どんだけ軽いノリなんだ……あそこの腕利《うでき》き執事《しつじ》を、暗殺しようとしておいて」

「あの時は仕方ないでしょ！　だいたい、謝る以外にどうしろってのよ。ま、ともかく今後の立場とかもあるから、謝罪と一緒に今後の当家のビジョンの説明とかいろいろね。セルバさんは快く許してくれて、とにかく全面解決とはいかないんだけど、幸い【アフェルカ】も生まれ変わったから、今後血の掟《おきて》だとかセルバさんを粛清《しゅくせい》だとかいう話は、完全になくなったのよ」

セルバはかつて【アフェルカ】を私情で抜けたため、その粛清対象として長年リストに載《の》っていたのだが、晴れて面倒事から解放されたということらしい。またフリュスエヴァン家としても、仮にも元首直属部隊となった組織が、三大貴族の一家を相手に、そう簡単に事を構えるわけにはいかなくなったのだろう。

「フィアは知ってるのか？」

「さぁね。まっ、少なくともセルバさん絡みの問題は解決したとはいえ、仔細な経緯までは知らないでしょうよ。あなたが私を救うために、元首を敵に回すほど熱いアプローチをかけたこととかはね」

「曲解も甚だしいな。ま、お前が助かった上、こうして目の前で馬鹿をやろうとするまでになったんだから、確かに熱いアプローチとやらの意味はあったかもな」

「惚れるのは勝手だけど、面倒な女よ、私」

「今回で、嫌というほど知ったつもりだったが？」

アルスの皮肉たっぷりの切り返しに、リリシャは「まあ、確かにね……」と妙に自分でも納得するような苦い顔を見せた。思い返せば、この一連の出来事に巻き込まれたアルスにとっては、本当に面倒なゴタゴタばかりだっただろう。彼への感謝の念は別にしても、彼には結果的に、隠しておきたいこともそうでないことも含めて、自分の全てがすっかり知られてしまった。まるで丸裸にでもされたような気分で、何故か少し悔しいような気持ちもあり……リリシャは、とりあえず眉を顰《ひそ》めて。

「ハァ～、余談はさておき、あの単細胞《たんさいぼう》には今後もちょっとくらいおバカでいてもらったほうが助かるのよ」

どうやら、アルスが密《ひそ》かに感じていた二人の仲が改善しそうな兆《きざ》しは、錯覚《さっかく》だったらしい。多少大人になったかと思いきや、リリシャのそんなところはすぐには変わらないようだ。

「で、そんなもろもろは良いんだけど、逆にこれをねぇ、もらっちゃったんだよね」

リリシャに届いたAWRこそが、今彼女が嵌めようとしている爪型のものであった。フエーヴェル家からの返礼というか、正確にはその執事セルバ・グリーヌスからの贈《おく》り物《もの》らしい。だが、貴族社会において、無償《むしょう》のプレゼント交換会《こうかんかい》めいた微笑《ほほえ》ましいイベントは成立しない。

それは、元首シセルニアに近しい立場になったと見做《みな》しての、リリシャへの事前投資。いわば付け届けとでもいったニュアンスを持つものだ。

一応シセルニアにお伺《うかが》いを立てたらしいが、シセルニアは平然と「いいじゃない、貰《もら》っちゃいなさいよ」と言い放ったらしい。

リリシャとしてはなまじ負い目があるだけに、苦笑《くしよう》してその貴族の狡猾《こうかつ》さの象徴《しようちよう》を受け取らざるを得なかった、というわけだ。

ただ救いとなるのは今後も、フェーヴェル家がシセルニアの現体制に対し異を唱えることはないだろう、という事実だ。当主のフローゼは現総督《そうとく》のベリックともそれなりに親しく、加えてその娘《むすめ》のテスフィアが、ミルトリアと並んで子弟《してい》ともにシセルニア寄りの、〝魔女《まじよ》〟システィ〟の学院に通っているのだから。

おそらくこの贈り物には、そういった意思表示のニュアンスもあるのだとリリシャは読み取った。

とはいえ、正直複雑な心境である。昨日の敵は今日の友、ではないが、フェーヴェル家の世渡《よわた》りの巧《うま》さ、貴族故《ゆえ》の計算高さをまじまじと感じ取り、ちょっと空恐《そらおそ》ろしくすらなったぐらいだ。暗殺貴族として裏の世界に在り続けてきたフリュスエヴァンの方が、影《かげ》に徹《てつ》

していた分だけ、そういった政治的な狡猾さからはまだ遠い、と思えたほど。

だからこそ目の前の赤毛のご令嬢《れいじょう》が、そのフェーヴェル家の次期当主候補だとは、到底《とうてい》思えなくなってくるのだが……。

いずれにせよ、そんな様々な事情や思いを全て語り切るのは諦《あきら》めて、リリシャは短く一言に纏《まと》めた。

「……まあ、要は〝貰っちゃった〟のよ」

自慢《じまん》するでもなく迷惑《めいわく》そうにでもなく、どうにも複雑な苦い笑みを浮かべつつ、あえてシセルニアの言い方を真似て、リリシャはそう言った。

そう、それこそが人生でリリシャが初めて浮かべた、酸《す》いも甘《あま》いも噛《か》み分けたほろ苦い大人の笑み、というものだったかもしれない。

アルスとロキは、やがて始まるはずの、決闘という名の原始的和解方法を興味なさげに見守る。

実際にロキは、なんやかやとわざとらしい台詞の掛け合いをしていた二人がようやくＡＷＲを構えるやいなや、戦いなどとはまったく関係ない話題をアルスに振ってきた。

「一時はどうなるかと思いましたけど、結果的にシセルニア様の狙《ねら》いはこれだったのですね」

　半分はロキの言う通り。暴走しかけた【アフェルカ】を再編し、元首直属の刃《やいば》として、無事に鞘《さや》に納めるという目論見《もくろみ》は、確かに成功したように見える。

　だが、アルスがすぐに同意しかねたのは残り半分の部分で、どうにも消せない疑念があるからだ。

（本当に、シセルニアの狙いは、それだけだったのか？　あの時もし、俺がリリシャを助けなかったとしたら、一体あいつはどんなシナリオを……いや、考えれば考えるほど、迷路に迷い込むだけだな。どうせ、あの元首様がそれなりに得をするような幕引きになっていたに違いない）

　そこまで考えて、面倒になったアルスは、小さく皮肉な笑みを浮かべて。

「そうだと良いがな。あの女は何を考えてるか分からん。いっそ、臨機応変に動いてるだけで、本心なんてどこにもない可能性すらある」

「アルス様がそう仰《おつしや》るならそうなのかもしれませんが、それでも一段落には変わりありませんよね？」

「……あぁ、とにかくこれでいろんなものが、次の段階に進む。ちょっと癪《しやく》だが、リリシャも無事戻り、こうして全員が学院に揃《そろ》ったわけだ。これればかりは誰《だれ》かさんの思惑《おもわく》通りと思いたくないところだな」

「アルス様ぁ、考えすぎはよくないですよ。どうせいくら考えても、先のことなんて誰にも分からないんですから、一先《ひとま》ずどこかで『これで良かった』としないと。だから、ほら」

ロキは小さく微笑むと、訓練場中央に立つ二人の少女をそっと指し示し、因縁《いんねん》の試合がようやく始まりそうだと、アルスに伝える。

「ほとほと興味が尽きてた感じですが、改めてあの面構《つらがま》えを見ると、わざわざ観戦してあげても良い程度のレベルにはなってそうです。多分お二人とも、確実に成長してますよ」

「そうだな」

ロキに指摘された通り、脳内の懸念をゴミ箱に入れてアルスは無益な私闘に目を向けた。

それでもなお、あの神秘的な笑みを湛《たた》えた美しき元首が未だ脳裏を掠める。

神がかった智謀《ちぼう》で胸の内の計画を語ったかと思えば、アルスの背ではいかにもあどけない寝顔《ねがお》を見せる、あの二律背反な女神《めがみ》にして悪魔《あくま》な存在のことを。

（本当に、あいつの計画は、全てが無事に終わったんだろうか。いや、俺もいい加減くどい。今はそう信じるしかないか）

今、己《おのれ》と皆《みな》がようやく立ったこのゴールが、実はただの通過点などではないことを願いながら……様々な紆余曲折《うよきょくせつ》を経てようやく鳴った試合開始のブザーを、アルスはただ、押し黙《だま》ったまま聞いた。

学生の学生たる所以《ゆえん》、血気盛んな魔法師二人が撃ち合う姿を眺め、同時に少女二人が辿ろうとする確かな成長の道筋の、その第一歩をしっかりと見届けたのだった。

あとがき

お久しぶりです、イズシロです。ようやく最新巻をお届けすることができました。

本作はＷＥＢ版を元にしてはおりますが、ここしばらくオリジナルの書き下ろしが大半となり、読者様をお待たせすることも多く、どうもすみませんでした。どこかで道筋が交わるかと思いますが、今しばらくは、慌ただしい状況に四苦八苦するアルス達の姿をお楽しみいただけますと幸いです。

さて、それでは恒例の謝辞をば。

いつもアドバイスをしてくれる担当編集様と、お世話になっている印刷・出版・流通関係者様。本書を作り上げ、店頭に並べていただくことができるのも皆様方のおかげです。どうもありがとうございます。

そしてイラストをご担当いただいているミユキルリア先生。今回も無理なリクエストにお付き合いくださり、感謝の言葉もございません。表紙の新キャラ・ファノンの姿には、私も随分と心揺り動かされました！　次巻では、彼女もさらにがっつり登場する予定ですので、再びお力をお貸しいただけますよう、厚かましくも宜しくお願い申し上げます。

そして最後に、本書を手に取ってくださった皆様に最大の感謝を。いつも応援、ありがとうございます。いただいた言葉の一つ一つを励みにして、今後とも頑張っていく所存です。

なお、米白かる先生によるコミック版「最強魔法師の隠遁計画―ジ・オルターネイティブ―」も、最新2巻が絶賛発売中です！　こちらも書籍版と合わせて応援・お引き立てのほど、今後とも何卒宜しくお願い致します。

亜人の眷属となった時、無能は最強へと変貌する!!

最弱無能が玉座へ至る

～人間社会の落ちこぼれ、亜人の眷属になって成り上がる～

著者／坂石遊作　イラスト／刀 彼方

能力を持たないために学園で落ちこぼれ扱いされている少年ケイル。ある日、純血の吸血鬼クレアと出会い、成り行きで彼女の眷属となった時、ケイル本人すら知らなかった最強の能力が目覚める!!　亜人の眷属となった時だけ発動するその力で、無能な少年は無双する!!

シリーズ既刊好評発売中

最弱無能が玉座へ至る 1～2

最新巻　最弱無能が玉座へ至る 3

HJ文庫毎月1日発売　発行：株式会社ホビージャパン

HJ文庫 945 http://www.hobbyjapan.co.jp/hjbunko/

最強魔法師の隠遁計画 13

2021年8月1日　初版発行

著者――イズシロ

発行者―松下大介
発行所―株式会社ホビージャパン

〒151-0053
東京都渋谷区代々木2-15-8
電話　03(5304)7604（編集）
03(5304)9112（営業）

印刷所――大日本印刷株式会社
装丁――AFTERGLOW／株式会社エストール

ISBN978-4-7986-2554-6　C0193